本著作受河南师范大学学术出版基金资助

二十世纪
中国小说"隔膜"
主题研究

郭运恒 ◎ 著

中国社会科学出版社

图书在版编目（CIP）数据

二十世纪中国小说"隔膜"主题研究/郭运恒著.
—北京：中国社会科学出版社，2021.1
ISBN 978-7-5203-1090-1

Ⅰ.①二… Ⅱ.①郭… Ⅲ.①小说研究—中国—20 世纪
Ⅳ.①I207.42

中国版本图书馆 CIP 数据核字（2017）第 238675 号

出 版 人	赵剑英
责任编辑	郭晓鸿
特约编辑	张金涛
责任校对	杨　林
责任印制	戴　宽

出　　版	中国社会科学出版社
社　　址	北京鼓楼西大街甲 158 号
邮　　编	100720
网　　址	http://www.csspw.cn
发 行 部	010-84083685
门 市 部	010-84029450
经　　销	新华书店及其他书店
印　　刷	北京明恒达印务有限公司
装　　订	廊坊市广阳区广增装订厂
版　　次	2021 年 1 月第 1 版
印　　次	2021 年 1 月第 1 次印刷
开　　本	710×1000　1/16
印　　张	12.5
插　　页	2
字　　数	193 千字
定　　价	76.00 元

凡购买中国社会科学出版社图书，如有质量问题请与本社营销中心联系调换
电话：010-84083683
版权所有　侵权必究

目　录

绪　论 ·· 1

上篇　中国现代小说"隔膜"主题研究

篇首语　中国现代小说"隔膜"主题概述 ·································· 5
第一章　鲁迅：中国现代小说"隔膜"主题的开创者 ··················· 8
第二章　叶圣陶：小城镇市民社会"隔膜"现象的表现者 ············ 19
第三章　巴金：家庭"隔膜"的表现者 ······································ 26
第四章　老舍：乡村与都市"隔膜"的表现者 ···························· 51
第五章　丁玲：传统与现代"隔膜"的表现者 ···························· 66
第六章　钱锺书：中西文化"隔膜"的表现者 ···························· 76

下篇　中国当代小说"隔膜"主题研究

篇首语　当代小说"隔膜"主题概述 ·· 89
第七章　贾平凹：现代化与文化之根"隔膜"的表现者 ··············· 92
第八章　刘震云：权欲追逐与人性"隔膜"的表现者 ················· 105

第九章　张洁：追求爱情与坚守传统"隔膜"的表现者 …………… 114

第十章　王安忆：个体精神成长与社会环境"隔膜"的表现者 …… 126

第十一章　迟子建：人与自然"隔膜"的表现者 …………………… 138

第十二章　余华："狂人"与众人"隔膜"的表现者 ……………… 145

第十三章　阎连科："边缘人"与社会"隔膜"的表现者 ………… 155

第十四章　韩东：知识者与乡村"隔膜"的表现者 ………………… 166

结　语　"隔膜"：一个难以尽说的话题 …………………………… 186

参考文献 ………………………………………………………………… 188

后　记 …………………………………………………………………… 194

绪　　论

"20世纪中国文学"的概念现已被学界所认可,"20世纪中国小说"应是它的题中之义,为此,我们把传统的"现代""当代"小说作为一个整体,从"隔膜"主题的角度进行研究,以期对其有新的发现和阐释。

中国"现代文学"诞生已经一百多年了,期间经过几代学人的努力,从初创到现在已基本成熟,其基本概念、范畴、话语方式、研究范围已经确定,也就是说中国"现代文学"学科已经成为一门历史学科逐渐地被规范。因此,对"现代文学"的研究,如果仍用传统的理论方法和视角,在诸如文学现象、社团流派,甚至作家作品等固有的范围内进行的话,不能说没有意义,但取得突破性成果的可能性不大。而反观21世纪以来"现代文学"研究新成果的特点,主要表现在两个方面:即新的理论方法和新的切入视角。前者如高玉的《现代汉语和中国现代文学》(中国社会科学出版社2003年版)即用现代语言学——语言既是工具又是思想(思维方法)的理论,对中国文学从古代到现代的历史性转型作了独到而深刻地论述。又如金宏宇的《中国现代长篇小说名作版本校评》(人民文学出版社2004年版),用传统校勘的方法对中国现代著名长篇小说的版本及修改情况进行了校评,使"现代文学"学科更加历史化。至于从新的视角对中国"现代文学"的研究,其空间则更为宽阔,如近年来许多学者对"现代文学"期刊、报纸文艺副刊的梳理研究,就使"现代文学"研究建立在坚实的史料基础上,其中栾梅健的《20世纪中国文学发生论》(广西师范大学出版社2006年版),从现代传媒的视角对中国新文学的发生发展进行研究，其视角和结论比较新颖；而周惠博士的《20世纪中国文学中的"灾害"书写》（获2010年度百篇优秀博士论文）对20世纪中国文学的"灾害"主题进行了系统的论述，其选题和视角都比较独特，获"百优"博士论文自是专家对这一选题的肯定。当然，也有从"疾病"的角度对中国现代小说进行研究的等。受此启发，本课题主要是对20世纪中国小说的"隔膜"主题进行系统地研究，其选题具有相当的实际意义和理论意义。

"隔膜"一词的含义，《现代汉语词典》的解释是：第一，情意不相通，彼此不了解；第二，不通晓，外行。其同义词或意思相近的词还有"隔阂""隔心""隔行"，以及"冷淡""冷漠""漠视"等。在社会生活中，由于出身、地位、职业，特别是教育背景、所处境遇等等的不同，人们之间有一定的距离或隔阂是正常的，但是这种距离或隔阂超过了一定的限度而成为"隔膜"时，就是一种精神疾患和社会痼疾，它不仅影响了人们之间关心互爱的情感交流，更为严重的是它表现为一种"无主名无意识"的"杀人"的冷酷或残忍。因此对"隔膜"这种精神现象的描写或批评，曾是20世纪中国小说一个普遍的主题现象。通过对20世纪中国小说进行全面的梳理，我们筛选出表现"隔膜"主题特点鲜明的作家作品，进行仔细地阅读归纳，按表现"隔膜"主题的内容和侧重点的不同，以学界普遍认同的概念，把20世纪中国文学分为现代和当代两个部分，再以"中国现代小说'隔膜'主题研究"和"中国当代小说'隔膜'主题研究"两个题目，分上、下两篇具体地实施，这也是本书的基本思路和主要内容。

上 篇

中国现代小说"隔膜"主题研究

篇首语

中国现代小说"隔膜"主题概述

在文学领域里，所谓"隔膜"，主要是指人与人之间由于情感上的不相通和彼此之间的不理解而出现的一种个体的内心感受。这种内心感受往往与孤独、寂寞等词语密切相关联。这是因为孤独会使人产生寂寞之感，而寂寞又会在人与人之间平添一道隔膜的鸿沟，个体难以逾越这道心灵的鸿沟，无法沟通和相互理解。面对孤独和寂寞，个体又往往会采取封闭自己、不与外界交流与沟通的态度，抑或是以猜疑戒备等消极心理来处理人与人之间的关系。这些人与人之间没有交往、没有沟通或难以相互理解的现象都是隔膜的表现。正是由于隔膜的存在，人们彼此之间会产生隔阂、矛盾、冲突、争斗等人际关系中的不和谐现象。这些不和谐现象又往往会加重人们彼此之间的隔膜，从而使人类个体更加孤独、寂寞。事实上，从某种意义上可以说，隔膜也是人性的一种表现。这是因为，作为独立存在的不同个体，人与人之间的沟通与理解只能是在相对意义上存在，并没有达到绝对意义上的彼此完全理解，因而在生活中，人们才会发出对"理解万岁"的生命呼唤，产生一种乌托邦的理想。这从一个反面证明了人与人之间存在的彼此不能相互理解的隔膜是在绝对意义上存在的。从20世纪20年代开始，作为"中国现代小说之父"的鲁迅便开始在小说创作中表现"隔膜"这一文学主题。隔膜存在于不同阶级、不同人群及不同生命个体之间。鲁迅以他敏锐的洞察力和犀利的笔锋，将世间一切隔膜的存在形式毫不留情地揭示出来，以此来警醒世人。

"隔膜"作为一种社会病象在"五四"时期被普遍地感受和发现。鲁迅的短篇小说《孔乙己》《故乡》等，就是最早表现隔膜现象的短篇小说，其中《故乡》的中心思想就是悲哀人与人之间的不了解和隔膜，《孔乙己》更是表现了世人的"凉薄"。1922年3月，上海商务印书馆出版了叶圣陶的第一本短篇小说集《隔膜》。小说集通过描述日常生活中、人际交往过程中不为人们所注意甚至是习以为常的种种客套，深刻地揭示出存在于人与人之间的可悲、可怕的隔膜。由此开启了中国现代小说的隔膜主题。本篇首先通过对鲁迅小说隔膜主题含义的概括，即：一是表现隔膜的基本义项——"情意不相通，彼此不了解"的一般隔阂；二是由情意不相通，不了解所引起的冷漠、冷淡等人与人之间缺乏基本的关爱同情；三是它的进一步发展所表现出的漠然视之、无动于衷或麻木不仁的冷酷和残忍等，作为总的指导思想，然后就中国现代小说有代表性的作家作品进行阐释或分析，其基本思路如下。

第一，鲁迅是20世纪中国小说"隔膜"主题的开创者和表现者，他的现实题材小说《呐喊》《彷徨》描写了现实中各色人等之间的"隔膜"，而《故事新编》则描写了古人与古人、古人与现代人等方面的"隔膜"，可以说"隔膜"之雾，遍披华林，纵贯古今。第二，叶圣陶是20世纪初叶中国小城镇市民社会"隔膜"主题的表现者，他主要描写了小知识分子与普通市民的难以沟通的寂寞和普通市民之间互不了解的百无聊赖的情状。第三，巴金是20世纪初叶封建大家庭"隔膜"主题的表现者。和鲁迅对"隔膜"主题所表现出的人与人之间那种漠然视之、无动于衷或麻木不仁的冷酷和残忍的深刻不同，巴金主要表现家庭成员间由"隔膜"而引起的"代际冲突""婆媳矛盾""夫妻矛盾"以及兄弟妯娌之间的冲突等。第四，老舍是20世纪中国城乡"隔膜"的表现者。他最早表现了进城的农民和市民之间在生产方式、生活方式、价值观念、文化习俗等方面的不同而引起的矛盾冲突等，而由这些"隔膜"，最终造成最初进城的农民如祥子的生存悲剧、婚姻悲剧以及生命悲剧等。第五，丁玲是20世纪女作家中最早从现代女性意识的角度表现"时代女性"与中国"传统"各个方面的"隔膜"的作家，她特别擅长从女性的觉醒和社会普遍的封建观念之间的冲突入手，表现现代女性无论是在城市还是在乡村，无论是求学还是就职都难以"生存"的悲剧。第六，钱锺书是20世纪中西文化"隔膜"的表现者。其《围城》主要通过一群归国的留学生在抗战时期的经历，在表现中西文化"隔膜"的同时，重点表现了他们对西方文化和东方固有文化的双重"隔膜"等。

"隔膜"主题曾是中国现代小说中的显性主题，不仅以上作家作品有如此深入的表现，其他作家作品也有不同的表现，只是限于角度和篇幅不能一一论述罢了。

第一章　鲁迅：中国现代小说"隔膜"主题的开创者*

　　鲁迅（1881—1936）原名周树人，是中国现代文学的开创者和中国现代小说的奠基者。1918年5月，他以"鲁迅"为笔名在《新青年》上发表的《狂人日记》是中国现代文学史上第一篇白话小说，不仅宣告了中国现代文学的诞生，更是揭开了中国小说史的新的一页。由此他一发而不可收，陆续发表了《孔乙己》《药》《故乡》《阿Q正传》等，不仅"显示了文学革命的实绩"，而且代表了中国现代短篇小说的最高成就，具有很高的思想价值和艺术价值。1923年鲁迅把之前的小说以《呐喊》结集出版，随后又出版了《彷徨》和《故事新编》两部短篇小说集，总计33篇小说。

　　鲁迅是中国现代文学史上伟大的文学家和伟大的思想家，对其作品和思想的研究，如果从1913年算起，已经一百多年了，如果从1918年算起，也接近一百年了。一百年来，几代研究者用各种理论方法，从多个角度、多个侧面对其进行了多方面的研究，取得了令人瞩目的成就。然而，通过对鲁迅研究历史和现状的梳理，我们发现还很少有人从"隔膜"主题的角度对其研究，为此我们不避浅薄，从"隔膜"主题的角度对鲁迅小说进行全面的阐释，力图发现其新的价值等，为鲁迅研究开拓出一片新的领域。

---

* 本章部分内容曾在《南京师范大学文学院学报》2012年第3期发表，参见郭运恒《鲁迅小说"隔膜"主题论析》一文。

第一章 鲁迅：中国现代小说"隔膜"主题的开创者

"隔膜"一词的含义，《现代汉语词典》的解释是：第一，情意不相通，彼此不了解；第二，不通晓，外行。其同义词或意思相近的词还有"隔阂""隔心""隔行"，以及"冷淡""冷漠""漠视"等。在社会生活中，由于出身、地位、职业，特别是教育背景、所处境遇等等的不同，人们之间有一定的距离或隔阂是正常的，但是这种距离或隔阂超过了一定的限度而成为"隔膜"时，就是一种精神疾患和社会痼疾，它不仅影响了人们之间关心互爱的情感交流，更为严重的是它表现为一种"无主名无意识"的"杀人"的冷酷或残忍。因此，对"隔膜"这种精神现象的表现或批评，曾是中国现代文学一个普遍的创作现象，而鲁迅就是这种主题的开创者和艺术成就的代表者。据统计，鲁迅作品中使用"隔膜"一词共 32 处（据北京鲁迅博物馆"鲁迅作品在线系统检索"的词条检索），其中还专门写过一篇题为《隔膜》的杂文。大意是说，清乾隆年间，山西有个叫冯其炎的生员，对其十七岁的表妹十分爱慕，欲娶为妻，但因家境贫寒无力办到。由于受才子佳人小说"奉旨成婚"套路的影响，于是当听到乾隆皇帝去河北祭祖时，便拦路"进呈"，在颂扬皇帝功德的同时，顺便让皇帝做媒，准其与表妹玉成好事。但当时的地方官认为其形迹可疑，图谋不轨，随即将其逮捕，按大清法律属重罪，于是照例解部刺字，发配黑龙江与人为奴，其结果未免一死。鲁迅说："凡这等事，粗略一看，先使我们觉得清朝的凶虐，其次，是死者的可怜。但再来一想，事情是并不这么简单的。这些惨案的来由，却只为了'隔膜'。"鲁迅接着分析说："满洲人自己，都严分着主奴，大臣奏事，必称'奴才'，而汉人却称'臣'就好。这并非是'炎黄之胄'，特地优待，锡以嘉名的，其实是所以别于满人的'奴才'，其地位还下于'奴才'数等。奴隶只能奉行，不许言议；评论固然不可，妄自颂扬也不可，这就是'思不出其位'。"而冯其炎不懂就理，也就是对此心存"隔膜"，以为皇帝都"爱民如子"，结果"咎由自取"，客死他乡。①

以上只是鲁迅所说"隔膜"的一种意思，由于不理解别人意图而带来了杀身之祸。其实鲁迅作品所说"隔膜"的含义十分丰富，但就小说中表达的"隔膜"主题来说，我们认为大体有三个层次的含义：一是表现它的第一义

---

① 鲁迅：《鲁迅全集》第 6 卷，人民文学出版社 1981 年版，第 42—44 页。

项，即"情意不相通，彼此不了解"；二是由情意不相通，不了解所引起的冷漠、冷淡等人与人之间的缺乏基本的关爱同情；三是它的进一步发展所表现出的漠然视之、无动于衷或麻木不仁的冷酷和残忍等。当然这三种含义也是互相贯穿或交叉的，但为叙述的方便，以下我们分别从这三个方面对鲁迅小说"隔膜"主题的特点进行论述。

一 无所不在的"隔膜"

前面已经说过，由于出身、地位、职业等方面的不同，人们之间会有一定的距离和隔阂，但鲁迅所说的"隔膜"则主要是指在专制政体的统治下和封建文化思想意识的影响下所造成的人们之间的互不了解、互不相通的精神疾患。在《俄文译本〈阿Q正传〉序及著者自叙传略》中，鲁迅说："造化生人，已经非常巧妙，使一个人不会感到别人的肉体上的痛苦了，我们圣人和圣人之徒却又补了造化之缺，并且使人们不再会感到别人的精神上的痛苦。"因为"在我自己，总仿佛觉得我们人人之间各有一道高墙，将各个分离，使大家的心无从相印。这就是我们古代的聪明人，即所谓圣贤，将人们分为十等，说是高下各不相同。其名目现在虽然不用了，但那鬼魂却依然存在，并且，变本加厉，连一个人的身体也有了等差，使手对于足也不免视为下等的异类。"所以他说："要画出这样沉默的国民的魂灵来，在中国实在是一件难事，因为，已经说过，我们究竟还是未经革新的古国的人民，所以也还是各不相通，并且连自己的手也几乎不懂自己的足。我虽然竭力想摸索人们的魂灵，但时时总自憾有些隔膜。"①

正是由于鲁迅对中国封建政体和文化思想意识所造成的人们之间如一道高墙的彼此隔离的深切了解（虽然他也"自憾有些隔膜"），所以他在小说中对中国社会历史的和现实的人们之间精神"隔膜"现象的表现是广泛而又深刻的。

首先，就其广泛性来说，鲁迅小说不仅描写了现实生活中不同阶层、不同领域、不同性别之间人们"隔膜"的精神现象（当然他也描写了相同阶层、

---

① 鲁迅：《鲁迅全集》第7卷，人民文学出版社1981年版，第81—82页。

领域、性别之间人们"隔膜"的精神现象),而且他还描写了古代人们之间或现代人与古人之间"隔膜"的精神现象。大体上说,《呐喊》《彷徨》描写了现实中各色人等之间的"隔膜":《故乡》描写了现代知识分子与农民的"隔膜",《孔乙己》描写了末代读书人与民众的"隔膜",《在酒楼上》《孤独者》等描写了现代知识分子之间的"隔膜",《肥皂》《离婚》《风波》等描写了旧式夫妻之间的"隔膜",《伤逝》描写了现代知识男女(夫妻)之间的"隔膜",《药》《阿Q正传》《风波》等描写了革命或革命者与民众的"隔膜",《弟兄》描写了兄弟之间的"隔膜",《兔和猫》描写了人和动物之间的"隔膜",等等。当然其间还交叉描写了诸如民众与民众之间(如《示众》)、母子之间(如《在酒楼上》)、代际(如《风波》)等的"隔膜"现象。而在《故事新编》中,《奔月》叙述的是英雄和美人之间的"隔膜",《出关》叙述的是圣人之间的"隔膜",《起死》叙述的是圣贤与民众之间的"隔膜",《理水》叙述的是文人之间的"隔膜",其间也暗示了现代文人对古代人的"隔膜",《补天》叙述的是神与人之间的"隔膜"等,可以说"隔膜"之雾,遍披华林,纵贯古今。

在这无处不在的"隔膜"中,鲁迅表现最为深切的是民众与革命或革命者的"隔膜",以及知识者与民众的"隔膜"等。在《药》中,鲁迅一方面表现了民族革命者夏瑜为推翻清朝统治者,即为民族的解放所表现出的大无畏的革命精神,即使被统治当局关在牢里,还向狱卒宣传革命的道理,"这大清的天下是我们大家的",并劝狱卒造反,以致被统治者杀害。另一方面鲁迅更多地更为深刻地表现了夏瑜(革命者)和所有人之间存在的"隔膜"。如果说,统治者(包括狱卒、刽子手)不能容忍他的革命行动,要杀掉他,虽然夏瑜认为他们"可怜",但是出于维护统治者政权的需要,还是可以让人理解的,因为革命者和统治者的矛盾是固有的,不是你死就是我活。可是夏瑜的不被所有人的理解:贫困市民华老栓对革命是不理解的,他关心的只是用革命者夏瑜的鲜血所蘸的人血馒头来治好他家小栓的痨病,但小栓吃过之后"却全忘了什么味",结果仍是病死;普通民众对革命也是不理解的,他们只会伸着脖子去看杀头;茶客们当然也不理解,认为夏瑜的劝人"造反","简直是发了疯了";甚至夏四奶奶对自己的儿子的行为也不理解,她虽然认为儿子死得冤枉，但却只能寄托神灵的报应；至于夏三爷为了中饱私囊而投书告官的卑劣行径就更不用说了……这就更能引起人们的思考，医治华夏民族精神疾患的"良药"究竟是什么呢？

在《阿Q正传》里，鲁迅不仅描写了革命党对革命（目的）的"隔膜"——连赵秀才、假洋鬼子都能够投机革命，而且革命的结果也是换汤不换药："知县大老爷还是原官，不过改称什么，而且举人老爷也做了……官，带兵的也还是之前的老把总。"更为深刻的是鲁迅描写了普通民众如阿Q等对革命的"隔膜"：阿Q先前认为"革命党就是造反，造反便是与他为难，所以一向是'深恶而痛绝之'的"，可是当看到革命使百里闻名的举人老爷都很害怕时，阿Q便决计投降革命党"造反了"。但是阿Q的革命也只不过是"我要什么就是什么，我欢喜谁就是谁"的传统农民起义式的革命，因为这种"革命"除了"纯粹兽性方面的欲望的满足——威福，子女，玉帛"① 以外，并不能给中国社会带来真正的进步，几千年来多次农民起义的结果，除了改朝换代以外，并没有改变中国封建社会的性质，便是很好的明证，阿Q的"革命"也不过如此，他土谷祠里的梦幻也很好地说明了这一点。如果不改变农民起义式的革命方式，中国社会便永远处在"皇帝轮流做"的"轮回"之中，阿Q的"大团圆"的结局似乎也说明了这一点。

至于知识分子与民众的"隔膜"，在鲁迅的小说中，那就不仅是身份、地位的差异，而是思想、意识、观念、精神等方面的透彻心灵的隔阂。在《故乡》中，先前那样健康、活泼、智慧、英俊的少年闰土，现在变得如此的苍老、木讷，"像一个木偶人了"，虽然觉得苦，"却又形容不出"，"仿佛石像一般"，特别是那一声恭敬的"老爷"的称呼，像一堵"看不见的高墙"，将"我"和闰土（以及其他人）隔绝开来，闰土的愿望（对神明的寄托）的"切近"和"我"的希望（改革国民魂灵的"立人"）的"茫远"之间的距离，何时能够缩短呢？正如在《祝福》中面对祥林嫂"一个人死了之后，究竟有没有魂灵"的询问，作为知识者的"我"将如何回答呢？说有，会给祥林嫂带来和死去的儿子会面的慰藉，也会给她带来被阎王"锯成两半"的地狱的恐怖。说没有呢，虽然消除了祥林嫂死后被"锯成两半"的恐惧，也将

---

① 鲁迅：《鲁迅全集》第7卷，人民文学出版社1981年版，第81—82页。

会毁灭祥林嫂在人世间希望和儿子见面的最后的一点慰藉,她的最终死去,不是"我"一句"说不清"就能够释然的,那么,知识者用什么样的方法才能消除和民众之间的"隔膜",仍然是一个需要思考的命题。

二 由"隔膜"而来的冷漠

鲁迅小说还对人们之间由于情意不相通,彼此不了解所引起的冷漠、冷淡等精神现象进行了普遍描写,以此来达到他改良社会、人生的目的,其中"看客"现象是其描写最为深刻的一种精神病态。鲁迅在《呐喊·自序》中谈到他"弃医从文"的原因,说是因为看到许多中国人在围观另一个被日军杀头的中国人的幻灯画片引起的。他说:"因为从那一回以后,我便觉得医学并非一件要紧事,凡是愚弱的国民,即使体格如何健全,如何茁壮,也只能做毫无意义的示众的材料和看客,病死多少是不必以为不幸的。所以我们的第一要著,是在改变他们的精神,而善于改变精神的,我那时以为当然要推文艺,于是想提倡文艺运动了。"[①]

这种刺激太强烈了,以至于鲁迅在他的小说(包括杂文)中多次写到"看客"的冷漠神态看杀头的场面:如《药》中一清早人们就伸长脖子,"眼里放出一种攫取的光""鬼也似的在那里徘徊",等着看杀夏瑜;《阿Q正传》中一大群民众跟着囚车,"张着嘴"去看枪毙阿Q,而且还认为这个囚徒没有趣儿,因为不仅枪毙没有杀头好看,而且这个"死囚""游了那么久的街,竟没有唱一句戏:他们白跟一趟了";甚至在描写古代复仇故事的《铸剑》中,国王(包括王后、大臣等一干人等)也因为看被杀掉的眉间尺的头在水缸中表演,被黑色人宴之敖乘机杀掉而为眉间尺复了仇。但更为奇特的是《示众》一篇,小说没有基本的情节,甚至人物的名字也只是某一类人的指代,连鲁迅小说惯见的议论也没有,它只是叙述酷热夏天街头一干民众围观犯人的一个场面:小说中所有的人物——无论是叫卖馒头的"十一二岁的胖孩子","赤膊的红鼻子胖大汉","挟洋伞的长子",还是有着发亮秃头的"老头子",梳着喜鹊尾巴似的"苏州俏"的抱着孩子的"老妈子",戴着"雪白的布帽"

[①] 鲁迅:《鲁迅全集》第1卷,人民文学出版社1981年版,第416—417页。

的"小学生","一个猫脸的人",一个张着"死鲈鱼"一样眼的"瘦子",一个"戴硬草帽的学生"等,都只有一个动作——"看"。"他们之间只有一种关系:一面'看别人',一面'被别人看',由此构成了'看/被看'的二元对立。"①

小说的结尾或许更有意思,正当一干人等汗流浃背地拥挤互相观看时,那边一个车夫跌倒了,于是这一干人等又马上把脸扭向车夫,直到车夫又拉了车走,"大家就惘惘然目送他"。人们之间表面上虽然存在着拥挤的"热闹",但骨子里却是透彻的冷漠,正是鲁迅《一思而行》所发的一句感慨:"真不知是'何所闻而来,何所见而去'",虽然社会因此而"热闹",但也因此更加冷漠。②

鲁迅所描写的这种冷漠,在《祝福》中却是另一种表现——"听"。祥林嫂的儿子阿毛不幸被狼吃掉了,她到处向人倾诉自己的痛苦,以期获得人们的同情,但是人们的反应如何呢?"这故事倒颇有效,男人听到这里,往往敛起笑容,没趣的走了开去;女人们却不独宽恕了她似的,脸上立刻改换了鄙薄的神色,还要陪出许多眼泪来。有些老女人没有在街头听到她的话,便特意寻来,要听她这一段悲惨的故事。直到她说到呜咽,她们也就一齐流下那停在眼角的眼泪,叹息一番,满足的去了,一面还纷纷的评论着。"祥林嫂的不幸并没有引起人们的同情,因为大家只不过把她的不幸作为一出戏,所以男人们觉得"没趣"而走开,女人们在流泪的同时,而庆幸自己的运气——自己幸好没碰上这样的事,老女人们则在"鉴赏"祥林嫂痛苦的过程中,不仅感到某种程度的满足,而且在"叹息""评论"之中,使自己的不幸与痛苦得到宣泄、转移以至遗忘。所以鲁迅说:"群人,——尤其是中国的,——永远是戏剧的看客。牺牲上场,如果显得慷慨,她们就看了悲壮剧;如果显得觳觫,他们就看了滑稽剧。北京的羊肉铺前常有几个人张着嘴看剥羊,仿佛颇愉快,人的牺牲能给予他们的益处,也不过如此。而况事后走不了几步,他们并这一点愉快也就忘却了。"③ 这种不会感应,缺乏同情的冷漠的进一步发展,就会变成"无主名无意识"的杀人的冷酷或残忍,你能说祥

---

① 钱理群等:《中国现代文学三十年》(修订本),北京大学出版社1998年版,第40页。
② 鲁迅:《鲁迅全集》第1卷,人民文学出版社1981年版,第474页。
③ 同上书,第163页。

林嫂的死和这种冷漠没有关系吗?

三 由冷漠而来的冷酷

鲁迅在《我之节烈观》一文中曾说:"社会上多数古人模模糊糊传下来的道理,实在无理可讲;能用历史和数目的力量,挤死不合意的人。这一类无主名无意识的杀人团里,古来不晓得死了多少人物;节烈的女子,也就死在这里。"①

不节烈的女子也是这样死的。这种情况不仅古代有,而且现实生活中,因为多数人的冷漠而被"杀死"的也不少。鲁迅的小说曾描写了许多人的死亡,如夏瑜、阿Q的被杀,华小栓、宝儿(《明天》)、"三岁的小兄弟"、顺姑(《在酒楼上》)等都因病而亡,阿毛的被狼吃掉等,然而像孔乙己、陈士诚(《白光》)、祥林嫂、子君以及魏连殳等人的死,不能说没有原因,但又确实找不出具体的凶手,只能说是被"无主名无意识"的多数人的冷漠合伙"挤死"的。

过去我们在论述祥林嫂悲剧的原因时,都引用毛泽东在《湖南农民运动考察报告》中所说的"政权、族权、神权、夫权"等是束缚农民,特别是妇女的"四条极大的绳索"的观点,来说明祥林嫂是死于封建社会的"政权、族权、神权、夫权"这四条绳索。这当然不能说不对,但仔细阅读文本,又觉得不全是这样,因为在小说中,封建政权并没有以行政的手段直接介入祥林嫂的悲剧经历,也很难确定鲁四老爷就是致祥林嫂于死命的政权的化身,即以现在的观念来说,鲁四老爷解雇一个不能正常干活的佣人也是他应有的权利。族权和夫权似乎介入了祥林嫂的悲剧,如"童养媳"的婚俗,如婆婆的出卖儿媳、大伯的收掉族屋等,但它们都没有出现在祥林嫂悲剧的高潮,也就是说它们只是祥林嫂死亡的间接原因。在小说中神权作为社会意识形态的精神力量直接介入了祥林嫂的生活,祥林嫂对"人死后有没有魂灵"的疑问即因它而生。但是除它之外,人们的冷漠也应该是致祥林嫂于死地的主要原因。前面说过,祥林嫂向人们诉说她的不幸,目的是想从人们的同情中得

---

① 鲁迅:《鲁迅全集》第1卷,人民文学出版社1981年版,第124页。

到一点慰藉，然而"当她的悲剧经大家咀嚼赏鉴了许多天，早已成为渣滓，只值得厌烦和唾弃"，她从人们的笑声里，得到的是"又冷又尖"的戏弄和无尽的冷漠，她也就彻底地绝望了，带着"魂灵的有无"的疑问，死在了人们"祝福"的礼炮声中。同样，孔乙己也"大约的确"是死在茶客的戏笑声中，而子君确是在父亲的"烈日一般的威严和旁人的赛过冰霜的冷眼"中，走向了人生的尽头——"连墓碑也没有的坟墓"。但是魏连殳的死则更值得人们的思考。魏连殳是 S 城远近闻名的怪人，他思想激进，行为怪异，可以说是个"异类"。因此他不见容于普通民众，不见容于上司和同事，不见容于族人和亲戚，甚至也不见容于房东和孩子……他终于成为一个穷困潦倒、无处安身的"孤独者"，如果他在这种状况下死去，我们可以说他是死于人们的冷漠，或者说他是被"无主名无意识"的多数人的力量挤死的。但是他却死在当了杜师长的顾问"飞黄腾达"以后，也就是说他是死在"新的宾客，新的馈赠，新的颂扬，新的钻营，新的磕头和打拱，新的打牌和猜拳"的应酬之中，死在宾客盈门，"说的说，笑的笑，唱的唱，做诗的做诗，打牌的打牌"的"热闹"之中，为什么呢？通过文本阅读，我们认为魏连殳仍然是被人们的冷漠所挤死，是"热闹"中的冷漠。也就是说魏连殳当了杜师长的顾问以后，虽然表面上看是宾客盈门，热闹非凡，但实际上是先前讨厌他，不见容于他的人们所采取的另一种方法，即以奉迎拍马的方法来"孤立"他，排挤他。鲁迅在《这个与那个》一文中说："中国的人们，遇见会使自己不安朕兆的人物，向来就用两样法：将他压下去，或者将他捧起来。压下去就用旧习惯和旧道德，或者凭官力，所以孤独的精神的战士，虽然为民众战斗，却往往反为这'所为'而灭亡。到这样，他们这才安心了。压不下时，则于是乎捧，以为抬之使高，餍之使足，便可以于己稍稍无害，得以安心。"① 奉迎巴结，不仅仅是"于己稍稍无害"，而且还想从中得到好处，房东及孩子们在魏连殳"交运"前后的不同表现，其实质是一样的。没有推心置腹的心灵的交换，没有真情的沟通和关爱，魏连殳仍然是一个"孤独者"。正如鲁迅所说："无情的冷嘲和有情的讽刺相去本不及一张纸，对于周围的感受和反应，又大概是

---

① 鲁迅：《鲁迅全集》第 3 卷，人民文学出版社 1981 年版，第 140 页。

所谓'如鱼饮水冷暖自知'的;我却觉得周围的空气太寒冽了。"① 所以魏连殳在死前给"我"的信中才会有那样的感慨,说以前他想为自己多活几天时,却活不下去,因为人们孤立他,现在他不想为自己活,但却"偏要为不愿意我活下去的人们而活下去"时,人们又来巴结他,奉迎他,心照不宣的热闹(胜利)的背后,虽然"快活极了,舒服极了",但是难掩内心的孤寂,因为"我已经躬行了我先前所憎恶,所反对的一切,拒斥我先前所崇仰,所主张的一切了。我已经真的失败了"。所以说魏连殳是在心灵极度孤寂的状况下,"孤独"而死的。

四 "隔膜"的现实意义

正是由于鲁迅深知不同阶级、阶层甚或同一阶级、阶层的难以理解和沟通,于是在作品中表现了横披华林、纵贯古今的无尽的隔膜,其本人产生了深广的虚无主义,深沉的悲凉和孤独……鲁迅曾说"我常惟'黑暗与虚无'乃是'实有'",但"终于不能证实:惟黑暗与虚无乃是实有","却偏要向这些作绝望的抗战"②,由此而产生了鲁迅的"孤独"。在《呐喊·自序》中鲁迅说:"我感到未尝经验的无聊,是自此之后的事。我当初是不知其所以然的;后来想,凡有一人的主张,得了赞和,是促其前进的,得了反对,是促其奋斗的,独有叫喊于生人中,而生人并无反应,既非赞同,也无反对,如置身毫无边际的荒原,无可措手的了,这是怎样的悲哀呵,我于是以我感到者为寂寞。这寂寞又一天一天的长大起来,如大毒蛇,缠住了我的灵魂了"③。

我们经常从精神人格方面谈到鲁迅的孤独和绝望,他不见容于传统(其对传统的彻底反叛),不见容于权势(从不与权势者合作),不见容于群众(对庸众宣战),不见容于论敌("我也一个都不宽恕"),不见容于同人(与同人的决裂),甚至不见容于家人(与妻子朱安的分居,与弟弟周作人的分裂)等,用李怡在《为了现代的人生——鲁迅阅读笔记》中的话说:"鲁迅,在自己'独自前进'的道路上是最不'听话'的人,他不听中国古人的至理

---

① 鲁迅:《鲁迅全集》第1卷,人民文学出版社1981年版,第292页。
② 鲁迅:《鲁迅全集》第11卷,人民文学出版社1981年版,第20—21页。
③ 鲁迅:《鲁迅全集》第1卷,人民文学出版社1981年版,第417页。

名言，也不轻易相信外国的'先进理论'，不听知识精英的宏篇大论，也不接受民间大众的窃窃私语，他拒绝了官方的指令，也拒绝了在野的革命势力的干预。他按照自己的方式在独自前行。"① "独自前行"见出了鲁迅精神的高远，也更加显出鲁迅"隔膜"主题的意义。

鲁迅逝世已经80周年了，鲁迅小说发表的时间也许更早，然而鲁迅表现"隔膜"主题的冷漠"杀人"的小说，今天似乎仍有警示作用。媒体不断爆出的冷漠"杀人"的场面，让人愤慨的同时，也让人不时发出鲁迅式感慨："仿佛时间的流驶，独与我们中国无关。现在的中华民国也还是五代，是宋末，是明季。……难道所谓国民性者，真是这样地难于改变的么？"② 鲁迅当年所提出的问题，理应引起我们的关注和思考。2011年10月中共中央召开了党的"十七届六中全会"，会议通过了《中共中央关于深化文化体制改革，推动社会主义文化大发展大繁荣若干重大问题的决议》，明确提出把"提高全民族文明素质，增强国家文化软实力"作为建设中国特色社会主义的重要国策，全会认为："建设社会主义文化强国，就是着力推动社会主义文化更加深入人心，推动社会主义精神文明和物质文明全面发展，不断开创全民族创造活力持续迸发、社会主义文化生活更加丰富多彩、人民基本文化权益得到更好保障、人民思想道德素质和科学文化素质全面提高的新局面，建设中华民族共有的精神家园，为人类文明作出更大贡献。"在此背景下，重读鲁迅表现"隔膜"主题的小说，思考当下我们在享受物质文明的同时，如何构建人与人之间情感相通、真情互爱、和谐共生的社会生活，不仅是鲁迅"隔膜"主题小说给我们的启示，也是时代赋予我们的重要使命。

---

① 李怡：《为了现代的人生——鲁迅阅读笔记》，上海教育出版社2004年版，第19页。
② 鲁迅：《鲁迅全集》第3卷，人民文学出版社1981年版，第17页。

第二章　叶圣陶：小城镇市民社会"隔膜"现象的表现者

叶圣陶（1894—1988）又名叶绍钧，江苏苏州人，出生于一个城市贫民家庭。1914年起，他在《礼拜六》《小说丛报》等杂志上发表文言短篇小说，描写了平凡的人生悲剧，触及现实的某些黑暗现象。1919年，叶圣陶开始用白话文进行创作，先后出版了《隔膜》《火灾》《线下》《城中》《未厌集》等短篇小说集，1929年他又出版了长篇小说《倪焕之》。

叶圣陶曾说："空想的东西我写不出，倒不是硬要戒绝空想。我在城市里住，我在乡镇里住，看见一些事情，我就写那些。中国革命逐渐发展，我粗浅地见到一些，我就写那些。小说里的人物差不多全是知识分子跟小市民，因为我不了解工农大众，也不了解富商巨贾跟官僚，只有知识分子跟小市民比较熟悉。"① 因此，总的来说，叶圣陶小说主要有两方面的内容，一是描写小市民的生活情状，在这些作品中，作者集中描写了人们习以为常的一些陈腐可笑或令人窒息的社会现象，尖锐讽刺半封建半殖民地制度下小市民的灰色生活以及他们的庸俗、苟安、自私、冷漠、作伪、取巧、守旧等劣根性。二是描写小城镇中小学教师的生活和精神面貌，主要"表现了城市小资产阶级的没有社会意识，卑谦的利己主义［precaution（戒备）］，琐屑，临虚惊而失色，暂苟安而又喜，等等心理"。② 下面我们主要从"隔膜"主题对其进行

---

① 叶圣陶：《叶圣陶选集·自序》，开明书店1951年版。
② 沈雁冰：《王鲁彦论》，《小说月报》1928年第1期。

研究，以期对其有新的发现。

一 小城镇市民间的"隔膜"

就"隔膜"主题来说，虽然叶圣陶不像鲁迅那样对"隔膜"这种精神疾患表现得那样广泛而深刻，但他却是小城镇市民社会"隔膜"现象的表现者，其中最典型的是他的短篇小说《隔膜》。

小说主要从三个场面来表现市民间人与人无所不在的隔膜。

第一个场面是"我"和一个亲戚在书房的谈话。谈话的内容仍然是先前我已回答过五个人的那些话。因为"我"从外地回来，人们一见到我首先就问："回来了？今天来顺风么？你那条路程顺风也还便利，逆风可就累事了，六点钟还不够吧？……有几天耽搁？想来这时没事，可以多盘桓几天，我们难得叙旧呢。……府上都安好？令郎会走了？话都会说了？一定聪慧可喜呢！……"我回答是："回来了！今天刚遇顺风。我那条路程最怕是遇着逆风，六点钟还不够呢，我大约有一星期耽搁，我们可以畅叙呢。……舍下都安好。小儿会走了，话说得很完全，总算是个聪慧的孩子……"

如同录音带一样的回答完以后，我们无话可说。于是作者写道："……现在我坐在一家亲戚的书斋里，悬空的煤油灯照得全室雪亮，连墙角挂着的那幅山水上的密行线题识都看得清楚。那位主人和我对面坐着，我却不敢正视他，恐怕他也是这样一直是相对着那幅小篆的对联做无意识的赏鉴；因为彼此的片子都开完了，没有了，倘若目光互对而没话讲，就有一种说不出的不好意思，很是难受，不相正视是希望躲避幸免的意识，然而眼珠真不容易驾驭，偶不留意就射到他的脸上，看见无畏的胡须、高起的颧颊，和很大的眼珠。不好了，赶紧回到对联上，无聊的想那'两汉'两字结构最好，坐着的印泥鲜明净细，倒是上品呢。我如漂流在无人的孤岛，我如坠入寂寞的永劫，那种孤凄彷徨的感觉，超于痛苦以上，透入我的每一细胞，使我神思昏乱，对于一切都疏远，淡漠。我的躯体渐渐地拘挛起来，似乎受了束缚。"只有表面的交流，没有心灵的沟通，一切都是套话甚至废话，所以会令人感到寂寞难耐、无聊透顶。

第二个场面是"我"出席朋友酒会的情况。朋友请客，连我一共七个客人。整个过程是:"仆人执着酒壶,跟在主人背后。主人走到一个位子前,拿起酒杯,待仆人斟满酒,很恭敬的样子,双手举杯过额,向一个客人道:'某某兄',将杯子放在桌子上。那位'某某兄'遥对着主人一揖。主人拿起桌上摆着的筷子,双手举过了额,又重新放回原处。'某某兄'又是一揖。末了主人将椅子略动一动,便和'某某兄'深深地对揖,这才算完了一幕。"这一套程式做了六遍。酒席才开始进行。席间,主人真是眼观六路、耳听八方、左右应对、八面玲珑:他要轮流和客人说话,不欲冷落任何一个客人,脸儿笑着向这个,口里发出沉着恭敬的语音向那个,接着又表示深挚的同情于第三个的话……另外,他又要指挥仆人为客人斟酒,又要监视上菜的仆人,叫他当心,不要让菜汤玷污了客人的衣服,又要称述某菜的滋味还不错,以引起客人的食欲……一切都是程式,一切都是应筹的繁文缛节,没有实质,没有内容,更没有推心置腹的交流,只有浪费时间的无聊和醉酒的无奈。

第三个场面是茶馆里的情状:茶客的状态动作各个不同,有几个执着烟袋,只顾吸烟,每一管总要深深地咽入胃底,才觉得过瘾。有几个手支着头,只是凝想,好像很有思想。有一个人,尖瘦的鹳颊,狡猾的眼睛,踱来踱去地找人讲他昨天夜里赌博的情况。他走到了一个桌子旁边,那桌的人就现出似乎谛听的样子,间或插一两句话。另有一些人山南海北、神仙鬼怪,逸闻趣事地胡吹乱侃。"我欲探求他们每天聚集在这里的缘故,竟不可得,他们欲会见某某么?不是,因为我听他们的谈话,不必辨个是非,不要什么解答,无结果就是他们的结果,讪笑、诽谤、滑稽、疏远是这里空气的性质。"把无聊当有趣,把吹牛当才能,在表面的热闹背后,是互不关心的"隔膜"。

作者从纷繁复杂的社会关系网中抽取出三种最基本的社会关系:"我"与亲戚,"我"与朋友,"我"与路人,这三种关系几乎可以涵盖小城镇市民社会中一切的人际关系。虽然在具体的交往过程中这三种关系有着各自不同的亲疏,但是这些交往模式给"我"的感觉是异常的雷同——"我"与他们之间无法沟通和交流。亲戚故旧久别重逢,说着意料之中的客套话,问着一些掩饰尴尬填补沉默的无关紧要的问题。说者只顾说了,答者便也答了。在一问一答的过程中,双方似是尽了交流的义务,卸去了自身责任。人与人之间的交往只停留在言语表层,真正心灵的交流却在互相躲避的尴尬中阻塞了。

《隔膜》集中的小说大都表现了小城镇市民之间的隔膜：如短篇小说《苦菜》表现的是知识分子与农民之间的"隔膜"，知识分子认为饶有趣味的种菜的喜悦，农民感到却是劳作的沉重和无法维持生计的苦难。在短篇小说《一个朋友》里，夫妻之间只剩下"共同生活"一点，根本没有思想和感情上的交流沟通。在短篇小说《云翳》里，即便是夫妻之间也互相存有戒心，不能作心与心的交流。短篇小说《义儿》则让人看到骨肉至亲——父母与幼子之间的隔膜。"他们各有各的心，被什么深深掩埋着专用蓄音片说话？这个不可解"，这就是短篇小说集《隔膜》所提出的发人深省的"社会问题"。经济崩溃、社会动荡不安，小市民心灵深处充满了危机感和自卫意识。人与人之间"心和心之间筑起了无形的坚壁，深厚而致密，决不容摇撼或是窥探"。于是，"把自己的心深深的掩埋"，"两个人见了面，一面颔首，目光都不肯互注，各自东西，此后便永不相见也无所谓怀念，一封信送来，里面固然有两张八行笺，但写在上面的都是尺牍上的话"①。

　　生存在这样一个冷酷无情的社会，人的善良本性一天一天丧失，人与人之间缺乏情感的交流和心灵的感应，只剩下虚伪的敷衍。

　　短篇小说《孤独》则叙述了一个迟暮老人的生存悲剧。"他"也曾有过幸福的早年，然而他的老年是孤独、悲苦的，他借住在别人的房子，"像磨难中的修道士似的"，"张开眼睛，只是个无边的黑暗，仿佛永不会再见光明似的，闭上眼睛，便觉种种的恐怖和悲哀纷纷向心灵刺来。"他在孩子们的眼里是个小丑，在茶馆里他是多余人，"一个人也不理他"，人们的"自得其乐""谈笑风生"反而使他脆弱的心理难以承受，怀疑人们是在"奚落他的孤独和昏老"。他去表侄女家探亲，却时时感觉不到亲情的温暖，总觉得年轻人不明白老年人的苦处，并且后悔自己"这一趟去看他们真是多事"。作品注意对老人的生活、心理进行细致的描写，通过老人的眼睛、老人的无助展示了一个人生命暮年在社会生活中不被重视的凄惨事实。尤其令人感动的是老人身处冷漠的环境中得不到他人的理解与关照，但他的生命意志仍然具有积极的活力，他要为自己设造一种情愫，主动领略生命存在被重视的快乐。于是买了一个橘子，"原想逗引屋主家的孩子叫他一声，但是他失败了"。孩子只见橘

---

① 商金林：《叶圣陶传》，安徽教育出版社1995年版，第336—337页。

子的诱惑，根本不理会老人的存在，努力从老人的手里把橘子抢夺过来。老人唯一期盼得到的快感也被孩子的小手击得粉碎，他生活的世界谁都不同他对话交谈，完全与他疏远、隔膜。作品通过不同场景的对比展示，生动形象地刻写了老人心理律动的复杂性，塑造了一个年老体衰、孤苦伶仃、缺乏亲情与温情的悲剧形象。

二 小知识者的卑微

茅盾曾说："要是有人问道：第一个十年中反映着小市民知识分子的灰色生活的，是哪一位作家作品呢？我的回答是叶圣陶！"[①] 从1919年开始，叶圣陶先后发表了多篇反映教育界小知识者的生活情状，特别是他们卑微的性格特点的作品中，如《饭》中的吴先生在上司面前称妾作小的奴态，《校长》中的淑雅空抱理想、回避斗争的怯懦等，都是出色的小说。而《潘先生在难中》是叶圣陶这类小说的代表作。这篇小说写于1924年，写的是当时军阀混战中一个小学教员逃难的故事。主人公潘先生是距上海不远的一所小学的校长，在战争风声很紧的时候，他一家四口逃到了上海。但第二天，看到报上消息说当地教育局长主张照常开学的时候，他又匆匆只身回到学校。结果，学是没有开成，而战争也并没有打到他的头上来，潘先生虚惊一场。这在当时是一个极普通的故事，小说的情节非常单纯，然而，这篇小说的妙处正在于从单纯中见出深刻。这篇小说被茅盾所赞赏和推崇："在叶绍钧的作品中，我最喜欢的也就是描写城市小资产阶级的几篇；现在还深深地刻在记忆上的，是那可爱的《潘先生在难中》，这把城市小资产阶级的没有社会意识，卑谦的利己主义，Precaution，琐屑，临虚惊而失色，暂苟安而又喜，等等心理，描写得很透彻。这一阶级的人物，在现文坛上是最少被写到的，可是幸而也还有代表。"[②] 在这里赞扬的首先也是这篇小说的极为出色的心理描写。作为小资产阶级知识分子的潘先生，思想中充满动摇和妥协，像大海里没有根底的浮标，稍有风浪，就左右晃荡。"墙上芦苇，头重脚轻根底浅"，就是这一类

[①] 茅盾：《中国新文学大系·小说一集导言》，《茅盾全集》第20卷，人民文学出版社1990年版，第479页。
[②] 沈雁冰：《王鲁彦论》，《小说月报》1928年第1期。

人的性格写照。为了躲避战乱，他携妻带子，东奔西藏。一家四口，"四条性命一个皮包"组成一条蛇，在人群中推移。以后，每当组成这条"蛇"的五大件，有失散，有危险的时候，潘先生便懊悔，着急落泪；稍得安宁的时候，便又陶陶然庆幸，悠悠然坐卧。即使他只身返回乡镇，也是为了不丢职位，保住装得饱饱的"皮包"；他到红十字会多领了旗帜徽章，也是为了保性命皮包。甚至连他很有意味地蘸墨挥笔，为军阀歌功颂德，也只是因为性命皮包暂时保稳了所产生的兴致。作者驱动一枝既怜又讽，亦庄亦谐的笔，曲折而又笔直地写出潘先生的内心波澜，做到张弛有度，起伏成趣。对潘先生的表里不一、虚伪自私、苟且偷安、装模作样、处处钻营的丑态描绘体现了作者的写作苦心，目的在于给这类人物以针砭。

三 小知识者与市民的"隔膜"

代表着叶圣陶创作水平的长篇小说《倪焕之》的出现是从更广阔的社会背景下，从更为复杂的心理历程上刻写了一类知识分子灰色生命悲剧的存在。年轻而充满理想的倪焕之刚刚从革命失败后悲怆人生的困境中走出来，又满怀对美好未来的憧憬，受蒋冰如之邀与他一起搞教育改革。他认为他的教育理论很快就会付诸现实，从而达到他培养新人，运用教育来改造社会的目的。所以他的喜悦感受是空前的。在他看来"一切的改革似乎都有把握，都以为非常简单、直捷"，事实上实践的过程并非如此。改革就是冲破传统，就是完成新的超越，那么在改革的进程中就必然遇到尖锐复杂的矛盾斗争，更何况倪焕之所处的社会环境正面临着"黑云压城城欲摧"的危机。当倪焕之、蒋冰如满怀信心尝试新教育、理想教育时，社会的厚壁对他们形成了更为残酷的压迫，因为他们的思维超前，完全背离了传统，而他们的生存的环境又是传统守旧冥顽存在的地方——宗法制的农村社会。首先是流言的传播，"茶馆里讲，街头巷口讲，甚至小衖的角落里矮屋的黝暗里也讲"，流言"燃烧着悲惧忿恨、敌视的感情"。然后是以地痞蒋老虎为首的"白相人"趁火打劫，诬赖学校的农场占了他家的地皮，诬蔑平整坟墓伤风败俗……倪焕之与蒋冰如的良苦用心，反被目光短视、不明事理的人们视为大逆不道，他们理想的小舟刚刚起航，霎时间就被卷入了汹涌滔天的排浪中，经受着无情的冲击。他们的力量毕竟太软弱了，在孤立无援的处境中面对无情的事实只好采取了委曲求全的妥协态度。从客观的方面看，倪焕之无论是进行教育改革还是对理想家庭的设想，都表现出思想的先进性，具有超前意识，其中包含着许多合理的因素。然而倪焕之之所以完全失败、幻灭，时时陷入悲剧的境地，关键在于他"希望太切，观察太深"，并没有考虑到社会的复杂性，这就使他的理想变成了不切实际的幻想。严酷的社会现实形成尖锐的对立冲突，而他又难以冲破现实的樊篱，当满腔的激进与愿望失败时，他收获的只能是悲剧。倪焕之的人生价值就在于他不停地追求，然而他的激进情愫又总使他耽于幻想、幼稚的境地，使理想与现实之间存在极远的距离，这也就为他日后的悲剧埋下了种子。倪焕之的一生充满了浓厚的悲剧色彩，他积极的人生追求时时被现实所否定，是社会的浊流与恐怖淹没了倪焕之，他终于没有逃脱社会的制约，在悲哀、消沉中终结了自己的生命。一个富有革命性的小资产阶级知识分子满腔热情搞乡村教育改革，但不为世俗的社会所认可。他经历了追求——幻灭，再追求——再幻灭，又追求——又幻灭的过程。倪焕之仅凭个人奋斗，并不能控制、主宰理想与现实相脱节的命运，由此注定他的悲剧是必然的。倪焕之这一悲剧形象意义就在于作者是"用严正的态度如实地写，不敢有着玩弄的心思"，这一形象具有高度的典型性，生动地体现着他所属时代的人们的特征。

第三章 巴金：家庭"隔膜"的表现者*

关于巴金，文学史家和评论者也有基本一致的看法，即他和茅盾、老舍一起代表了中国现代长篇小说创作的三大高峰。就其整个创作，其中又以两大题材最为显著，第一是表现社会革命、探索青年革命道路的题材系列，包括《灭亡》《新生》《爱情三部曲》和《火》等。第二是表现家庭生活，抨击旧式家庭的腐朽和罪恶的题材系列，主要有《激流三部曲》(《家》《春》《秋》)，还有《憩园》《寒夜》等。对其风格特点，钱理群曾用"青春的赞歌"来概括其早期创作；宋永毅曾把巴金和鲁迅、茅盾、老舍等一起进行过比较，他说："鲁迅提供了深刻而恒久的思想影响；茅盾提供了时代速写式的政治范型；巴金先后提供了青春激情和人格象征；而老舍提供的，则是一种民族性格的素描和民族文化的风采录。"①杨义则用"热血青年的文学火炬"来概括巴金创作的整体风格，他说："巴金的激情是有广阔的幅度的，上承'五四'思潮的遗风，西取美国波士顿监狱电椅上的火花，法国启蒙主义和山岳党人余波，北纳俄罗斯民粹派无政府主义的狂浪，形成一股势不可遏的巨流，冲击着旧中国黑暗腐朽的政治制度、家族制度和伦理观念。他的小说是'五四'以后二三十年间时代激情和青年情绪的历史结晶，因此他的小说成了新文学中最为进步青年嗜读的作品之一，成了一代热血青年的文学火炬。激

---

* 本章部分内容曾发表在《河南师范大学学报》（哲学社会科学版）2014年第5期，参见郭运恒《论巴金小说〈寒夜〉中的隔膜主题》一文。

① 宋永毅：《老舍与中国文化观念》，学林出版社1988年版，第3页。

情的充沛，使他的小说具有冲击心灵的巨大的情感力量。激情的充沛，又使他的部分小说情感冲击着形象和哲理，粗直处略显力有余而味不足。"①

而在对《激流三部曲》特别是《家》的评论中，杨义说它"是倾吐'积愤'之作。作家已经看透了作为旧中国社会的基层细胞的家族制度之黑暗、腐朽、虚伪和残酷，把它看作高老太爷这种老辈尊长专横霸道的堡垒，克安、克定一代不肖子孙腐化堕落的渊薮，鸣凤、梅、瑞珏这类奴婢、小姐、媳妇悲惨命运的地狱，觉慧、觉民、琴、淑英一代觉醒青年的牢笼，从而毫不可惜它的崩溃，充满勇气和义气地'宣告一个不合理的制度的死刑，来向一个垂死的制度叫出我的控告'。"②

以上的评论当然精准，但是，这里我们不准备就巴金的创作作全面的研究，而仍然从"隔膜"主题的角度来作一点分析，其牵强不妥之处或许在所难免。

巴金对"隔膜"现象的表现当然也是多方面的，但我们认为他表现最为深切的是家庭成员间的"隔膜"。下面，我们以《家》和《寒夜》等作品文本为例，主要分析巴金家庭题材作品中的代际"隔膜"、夫妻"隔膜"，以及婆媳"隔膜"等主题现象。不过需要说明的是，和鲁迅表现凡俗人"几乎无事的悲剧"的"深切"与复杂不同，巴金则把这些"隔膜"直接表现为矛盾或冲突，而这些矛盾冲突有时甚至达到"有我没你"的激烈程度，以至于最终都以悲剧结束。

一 代际"隔膜"或冲突

代际"隔膜"或冲突主要指家庭成员中父子、祖孙等血缘伦理中的男性之间的冲突。父女、母子、母女之间当然也有冲突，但是无论是实际生活和文学作品中，这种冲突相对于父子冲突来讲都显得相对缓和和次要。

代际冲突主要是因为两代人之间在行为习惯、文化背景、思想意识、价值观念等方面的不同或者说"隔膜"造成的，这既是传统小说、戏曲表现的主题之一，如《红楼梦》中贾政与宝玉之间的冲突，也是现代小说所表现的

---

① 杨义：《中国现代小说史》第2卷，人民文学出版社1998年版，第142页。
② 同上。

一个普遍的主题现象。就巴金来说,他在《激流三部曲》特别是《家》中,主要表现的是以高老太爷为代表的封建家长和以觉慧为代表的新一代即祖孙之间在行为习惯、思想观念等方面的冲突或"隔膜",其重点表现在祖孙两代对教育、婚姻、疾病、丧葬等新旧两种不同观念的冲突。

首先,在对教育的态度上,两代人之间就存在着根本的不同。高老太爷作为传统教育(科举)制度的直接受惠者,他从小刻苦读书,考取了功名,后来做了官,置办了家业,生养了一大帮儿孙,并希望世代繁盛下去。因此他极力遵从的是传统的教育理想和教育方法,他要儿孙们读的是《刘芷唐先生教孝戒淫浅训》《礼记》《孝经》《女四书》等宣传封建思想特别是忠孝节烈等传统观念的儒家教义,如什么"君要臣死,不死不忠,父要子亡,不亡不孝",以及"万恶淫为首,百善孝为先",如什么要女人"行莫回头,语莫掀唇,坐莫动膝,行莫摇裙"等,把儿孙们封闭在家读旧书、写大字、作诗文等,并且极力反对儿孙们接受新式教育,如囚禁参加学生运动的觉慧。"祖父冷笑一声,威严的眼光在他的脸上扫来扫去,然后说:'你不要扯谎,我都晓得了。他们都对我说了,这几天学生跟军队闹事,你也混在里头胡闹。……学堂里不上课,你整天不在家,到什么学生联合会去开会。……刚才陈姨太告诉我,说有人看你在街上散什么传单。……本来学生就太嚣张了,太胡闹了,今天要检查日货,明天又捉商人游街,简直目无法纪。你为什么也跟着胡闹?'"当觉慧想辩解时,他便又动气地说:"你们学生整天不读书,只爱闹事。现在的学堂真坏极了,只制造出来一些捣乱人物。我原说不要你进学堂的,现在的子弟一进学堂就学坏了。你看,你五爸没有进过洋学堂,他书也读得不错,字也比你写得好。他一天就在家读书作文,吟诗作对,哪儿像你这样整天就在外头胡闹!你再这样闹下去,我看你会把你这条小命闹掉的!"①

而觉慧这时的感觉是:"觉慧把祖父的瘦长的身子注意地看了好几眼,忽然一个奇怪的思想来到他的脑子里:他觉得躺在他面前的并不是他的祖父,他只是整整一代人的一个代表。他知道他们祖孙两代永远不能互相了解的,但是他奇怪在这个瘦长的身体里面究竟藏着什么东西,会使他们在一起谈话

---

① 巴金:《家》,人民文学出版社1953年版,第54页。

不像祖父和孙儿，而像两个敌人。他觉得心里很不舒服。似乎有许多东西沉重地压在他的年轻的肩上。他抖动着身子，想对一切表示反抗。"(《家》，第62页)

那么，觉慧为什么会有这样的感觉呢？其原因就在于两代人的思想观念不同。受时代变迁和社会风气的影响，觉慧一代有幸赶上了新式教育——洋学堂，如觉慧、觉民兄弟就读的"外专"，就是一所新式学校。这所学校直接教授的就是西方现代文学名著（如托尔斯泰的《复活》、斯蒂文逊的《宝岛》等）和现代思潮，特别是受新文化运动和《新青年》的影响，又加上聘用"只手打孔家店"的新文化先驱吴又陵（吴虞）做教员，其学生思想活跃，观念解放，不仅广泛接触了西方现代思潮，更是接受了西方人道主义思想，易卜生《娜拉》中娜拉的名言："……我想最要紧的，我是一个人，同你一样的人……或者至少我要努力做一个人。……我不能相信大多数人所说的。……一切的事情都应该由我自己去想，由我自己努力去解决。……"不仅成为他们思想、行动的指南，而且成为他们反抗传统的武器。正是有了"我们是青年，不是畸人，不是愚人，应当给自己把幸福争过来"（屠格涅夫《前夜》中的名句，《家》，第82页）这样的勇气，所以才有了觉民的抗婚和觉慧的出走等。

有关新旧教育观念的冲突，不仅表现在高老太爷和觉慧等年轻一代之间，也表现在其他家长和年轻一辈之间，如琴向其母亲张太太要求到"外专"和觉民、觉慧一起读书时，就引起了张太太的反对和许多感慨："世界不晓得要变成什么样子！有了女学堂还不够，又在闹男女同学！……我们从前做姑娘的时候，万万想不到会有这些名堂！"当琴向其力争时，她又说："我不跟你讲道理。我讲不过你，你进学堂读了几年的书，自然会讲话。你会从你的新书里面找出大道理来驳我，我晓得你会骂我是个老腐败。""就是因为这个缘故，我才受了不少的闲气。……不过这件事情太大了，你婆婆第一个就会反对，还有亲戚们也会讲闲话。""以前我很有胆量，可是如今我老了，我不愿意再听亲戚们的闲话。我很想安静地活几年，不愿意再找什么麻烦。你看，我也并不是丝毫不体贴女儿的母亲。你爹死得太早，就剩下你一个女儿，把责任都放在我的肩头。我不曾要你缠过脚，小时候就让你到外公家跟表兄弟们一起读书。后来你要进学堂,我又把你送进学堂。你看你五舅母的四表妹脚缠得很小,连字也不认识几个。便是你大舅的三表妹,她很早也就不读书了!我总算对得起你。"(《家》,第23—24页)在《家》中,张太太还不算最保守的,她不让女儿缠脚,还送其上学堂读书,但是受环境的影响,在听到了许多闲话之后,也不得不考虑及早把琴嫁出去:"张太太显出不耐烦的神气挥手说:'我不要听你的大道理。讲道理我当然讲不过你,你的道理很多。你的花样也很多,今天要这样,明天又要那样。……还有一件事情,我没有告诉你。前几天你钱伯母来给你做媒,说男家里很有钱够他一生吃著不尽,嫁到那边去很可以享福。钱伯母怂恿我答应这件亲事,不过我想你一定不愿意,所以索性谢绝了。我说你的年纪还轻,我又只有你一个女儿,打算过几年再提婚事。……不过照现在的情形来看,我想还是把你早早嫁出去的好,免得你天天闹什么新花样,将来名声坏了,没有人要你。'"(《家》,第24页)当然这和长辈们反对觉慧到上海去读书的理由也是一样的。觉新告诉觉慧说:"他们还说,路上不太平,坐船、起早都危险,遇到'棒客'更不得了;他们又说上海地方太繁华,你一个人到那儿去会学坏的;又说送子弟进学堂是很坏的事,爷爷生前就拼命反对;又说上海的学堂里习气更坏,在那儿读书,不是做公子哥儿,就是做捣乱人物。总之,他们,你一句,我一句,说了不少的话,其实不过是不要你走。"(《家》,第318页)至于淑珍(克定的女儿)在其顽固父母的坚持下,连争取在家读书认字的机会都很困难,更不要说上什么洋学堂了。

其次,在婚姻方面,两代人的"隔膜"或冲突就更为激烈。以高老太爷为代表的封建家长,遵从的是传统的婚姻观念或婚姻习俗,讲究的是"父母之命,媒妁之言"、门当户对以及早婚早育、多子多孙等,因此他们让刚刚中学毕业,才只有十九岁的觉新尽早结婚,其父亲跟他说的理由是:"你现在中学毕业了。我已经给你看定了一门亲事。你爷爷希望有一个重孙,我也希望早日抱孙。你现在已经到了成家年纪,我想早日给你接亲,也算了结我一桩心事。……李家的亲事我已经准备好了。下个月十三是个好日子,就在那一天下定。……今年年内就结婚。"(《家》,第27页)父亲一席话不仅断送了觉新继续到上海北京上大学甚至出国留学的梦想,也断送了他的爱情,直至断送了他的青春。而关于觉新的婚事，除了"父母之命，媒妁之言"的传统以外，尤其荒唐的是，觉新的妻子瑞珏竟是用抓阄的方法决定的。作品中写道："关于李家的亲事，他（觉新）事前也曾隐约地听人说过，但是人家不让他知道，他也不好意思打听。而且他不相信这种传言会成为事实。原来他的相貌清秀和聪慧好学曾经使某几个有女儿待嫁的绅士动了心。给他做媒的人常常往来高公馆。后来经他的父亲和继母商量，选择的结果，只有两家姑娘的芳名不曾被淘汰，因为在两个姑娘之间，父亲不能决定究竟哪一个更适宜做他儿子的配偶，而且两家请来做媒的人的情面又是同样地大。于是父亲只得求助于抓阄办法，把两个姑娘的姓氏写在两方小红纸片上，把它们揉成两团，拿在手里，走到祖宗的神主面前诚心祈祷一番，然后随意抓起一个来。李家的亲事就这样地决定了。抓阄的结果他一直这天晚上才知道。"（《家》，第 27 页）对于这样的决定，一向逆来顺受的觉新屈服了："他的前程断送了。他的美好的幻梦破灭了。他绝望地痛哭，他关上门，他用铺盖蒙住头痛哭。他不反抗，也想不到反抗。他忍受了。他顺从了父亲的意志，没有怨言。可是在心里他却为着自己痛哭，为着他所爱的少女痛哭。""不到半年，新的配偶果然来了。祖父和父亲为了他的婚礼特别在家里搭了戏台演戏庆祝。结婚仪式并不如他所想象的那样简单。他自己也在演戏，他一连演了三天的戏，才得到了他的配偶。这几天他又像傀儡似地被人玩弄着；像宝贝似地被人珍爱着。他没有快乐，也没有悲哀。他还有疲倦，但是多少还有点兴奋。可是这一次把戏做完贺客散去以后，他却不能够忘掉一切地熟睡了，因为在他的旁边还睡着一个不相识的姑娘。在这个时候他还要做戏。"（《家》，第 28 页）

觉新是幸运的，虽然是抓阄抓来的媳妇，她却是"一个能体贴他的温柔的姑娘，她的相貌也并不比他那个表妹的差"。但是家中其他的青年男女却没有这个幸运，觉新曾爱恋的钱梅芬表妹，由母亲做媒嫁给了外地一个恶少，不到一年丈夫死去，她孀居在娘家，很快地抑郁而死。至于鸣凤和婉儿等女佣，她们本来就是主人无足轻重的"物品"，可以随意地送人，以履行对朋友慷慨承诺的"大义"，根本不会顾及她们的感受甚至死活。

但是，这样的注重门当户对，这样的讲究"父母之命"的传统婚姻观念，却遭到了觉民的坚决反抗，也得到了觉慧的支持。因为他们追求的是自由，讲究的是男女间的爱情,即"什么样的爱情都可以。我告诉你,照我的意思看来,所有的爱情,没有什么区别。若是你爱恋……一心去爱恋。""爱情的热望,幸福的热望,除此而外,再没有什么了!我们是青年,不是畸人,不是愚人,应当给自己把幸福争过来。"(《家》,第78—79页)所以,当觉民知道高老太爷同意把冯乐山的侄孙女许配给自己后,采取了坚决反抗的行为。他首先要求大哥、继母劝爷爷取消这门亲事,结果不成,他就用逃婚的办法来反抗,并得到了弟弟觉慧的支持。觉慧说:"我要叫他知道我们是'人',我们并不是任人宰割的猪羊。"觉民说:"大哥,我做了我们家里从来没有人敢做的事情,我实行了逃婚了。家里没有人关心我的前途,关心我的命运,所以我决定一个人走自己的路,我毅然这样做了。我要和旧势力奋斗到底。如果你们不打消那件亲事,我临死也不回来。"(《家》,第252页)对于觉民的逃婚,高老太爷首先感到的是自己权威受到了挑战:"反了!居然有这样的事情!""他敢不听我的话?他敢反对我?……他不高兴我给他定亲?那不行!你(觉新)一定把他给我找回来,让我责罚他!"(《家》,第251页)但是,由于时代和他自己身体的原因,他除了责骂觉新一顿以外,也徒唤奈何。他在一阵阵咳嗽声中对觉新骂道:"这都是给洋学堂教坏的。我原说不要把子弟送进洋学堂,你们总不听我的话。现在怎么样!连老二也学坏了,他居然造起反来了。……我说,从今以后,高家的子弟,不准再进洋学堂!听见了没有?"(《家》,第251页)最后,在弥留之际,高老太爷原谅了觉民的逃婚,取消了与冯家的亲事。作品写道:"觉慧把头仰起,死命地看着祖父瘦削的脸。祖父脸上那种茫然的样子渐渐地消失了。嘴唇张开了,像要说话,但是并没有说出什么。他把头侧着去看觉民,嘴唇又动了一下。觉民叫了一声:'爷爷!'他似乎没有听见。他又把眼睛埋下去看觉慧。他的嘴唇又动了,瘦脸上的筋肉迟缓地动着,他好像要做一个笑容。可是两三点眼泪开始落了下来。他伸手在觉慧的头上摩了一下,他又把手拿开,然后低声说:'你来了。他……他……他'(觉慧拉着觉民的手接连说'他在这儿'。觉民也唤着'爷爷'。)'你回来了。……冯家的亲事不提了。……你们要好好读书。唉,'他吃力地叹了一口气,又慢慢地说:'要……扬名显亲啊。……我很累。……你们不要走。……我要走了。……'他愈说,声音愈低,他的头慢慢地垂下去,最后他完全闭了口。"(《家》,第292—293页)"人之将死,其言也善",他也终于流露出一种伦理之下的脉脉温情,显示出一丝人性光辉。但新旧两代的隔膜并没有就此消除,"他们将永远怀着隔膜,怀着祖孙两代的隔膜而分别了"。(《家》,第292页)

最后,在"生老病死"方面,显示出的是两代人之间现代科学和迷信观念的冲突。作为一个封建家长,高老太爷一直都做着使他一手创建的大家庭"一天一天的兴盛发达下去"的美梦,为此他不惜"用独断的手腕来处理和指挥一切","我说的是对的,哪个敢说不对?我说要怎样做,就要怎样做!"但是一方面历史无情地嘲弄了他,他按传统教育出来的儿子们作为这个大家庭的蛀虫,正蚕食着家庭的柱石,"他隐隐约约地看见他的儿子们怎样的饮酒作乐,说些嘲笑他和抱怨他的话"。另一方面新时代生活的激流也冲击着这个大家庭的基础,"他又看见他的儿孙们骄傲地走在一条新的路上,觉民居然敢违抗他的命令,他却不能处罚这个年轻的叛逆"。"他从来没有感觉到像现在这样的失望和孤独","他第一次感到了失望,幻灭,黑暗。他第一次觉得自己好像有点做错了"。(《家》,第281页)气愤和忧虑,失望和幻灭竟使他衰老的肉体难以承受这双重的打击,于是高老太爷病了,并且在延医问药不见好转以后,高家的儿子一辈在陈姨太的主张下,先是请道士作法念咒,陈姨太则烧香拜佛:"一个插香的架子上点了九柱香,又放了一对蜡烛,陈姨太打扮的齐齐整整,系上红粉裙子,立在香架前,口里念念有词,不住地跪拜。她跪下去又站起来,起来又跪下去,不知道接连做了多少次。一夜,两夜,三夜。……"烧香拜佛对高老太爷的病当然不会有效果,于是又有另外的花样:"这便是克明、克安、克定三兄弟的祭天。也是在夜深人静的时候,天井里摆了供桌,代替陈姨太的香架;桌上有大的蜡烛,粗的香,供奉的果品。仪式隆重多了,而且主祭的三位老爷作出过于严肃以至成为滑稽的样子。他们也行着跪拜礼,不过很快地就完结了。"(《家》,第284页)祭天的结果也可想而知,老太爷的病日渐沉重。于是他们又想出新的花样——请了巫师到家里来捉鬼:"一天晚上天刚黑,高家所有的房门全关得紧紧的,整个公馆马上变成了没人迹的古庙。不知道从什么地方来了一个尖脸的巫师。他披头散发,穿了一件奇怪的法衣,手里拿着松香,一路洒着粉火,跟戏台上出鬼时所做的没有两样。巫师在院子里跑来跑去,做出种种凄惨的惊人的怪叫和姿势。他进了病人的房间,在那里跳着,叫着,把每件东西都弄翻了,甚至向床下也洒了粉火。不管病人在床上因为吵闹和恐惧而增加痛苦,更大声的呻吟,巫师依旧热心地继续做他的工作,而且愈来愈热心了,甚至向着病人做出了威吓的姿势,把病人吓得惊叫起来。满屋子都是浓黑的烟,爆发的火光和松香的气味。这样地连续了将近一个钟头。于是巫师呼啸地走出去了。……然而花样又来了。据说这一次捉鬼不过捉了病人房里的鬼,这是不够的。在这个公馆里到处都有鬼,每个房间里都有很多鬼,于是决定在第二天晚上举行大扫除,要捉尽每个房间里的鬼。巫师说,要把鬼捉尽了,老太爷的病才可以痊愈。"(《家》,第284—285页)

对于这样荒唐的迷信行为,"全家没有一个人敢出来反对。克明和觉新都不赞成这样的做法。但是陈姨太坚决主张它,太太们也同意,克安和克定也说'不妨试一下'。克明就勉强点了头。觉新更不敢说一个'不'字。"(《家》,第285页)但是觉慧却给予了反抗,他坚决阻止巫师到他房间里去"捉鬼",并把觉新等一干人等批驳得哑口无言:"觉慧把眼光定在觉新的脸上说:'你也算读了十几年书,料不到你居然糊涂到这种地步!一个人生病,却找端公捉鬼。你们纵然自己发昏,也不该拿爷爷的性命开玩笑。我昨晚亲眼看见,端公把爷爷吓成了那个样子。你们说是孝顺儿孙,他生了病,你们还不肯让他安静!我昨晚上亲眼看见捉鬼的把戏。我说,我一定要看你们怎样假借了捉鬼的名义谋害他,我果然看见了。你们闹了一晚上还不够。今晚上还要闹。好,哪个敢进我的房间,我就要先给他一个嘴巴。我不怕你们!'"(《家》,第287页)觉慧虽然阻止了众人的捉鬼,但是并没有能够留住高老太爷的命,他还是在饶恕了觉慧、觉民之后,带着失望、空虚、遗憾孤寂地死去了。

死亡,本来也是人生的正常现象,人死后以相应的仪式举行殡葬,也算是对死者的尊敬,对生者的教训,所以我们并不反对高公馆以隆重的仪式和相应的习俗来安葬高老太爷。而像觉慧一样对他们在高老太爷停丧期间,以所谓的"血光之灾"阻止瑞珏在家生产的迷信,以至于造成瑞珏郊外难产死亡的结果表示强烈的愤慨,封建迷信在生与死的选择上,宁愿要一具僵尸停在家里，也不愿迎接一个鲜活的新生命的到来，这种迷信和专制制度结合起来扼杀人性的结果，预示着他们后继乏人，趋于崩溃的必然，觉慧的出走只是这个大家庭分崩离析的前兆。

二 夫妻"隔膜"或冲突

从 1944 年年底开始创作，到 1946 年年底完成的《寒夜》，是巴金的最后一部长篇小说。作品描写的是抗战背景下普通人的遭际，虽然也有反映现实，针砭时弊的创作意图，如巴金反复强调，他写这部小说是"为了控诉那个不合理的社会制度那个一天天腐烂下去的使善良人受苦的制度"，是为了"宣判旧社会、旧制度的死刑"①。但是作品在通过普通职员汪文宣的人生遭际，特别是家庭生活中的夫妻矛盾，婆媳冲突，以及母子隔膜等来表现这一意图时，却具有了普遍的人性批判和文化探索的意味。

在《寒夜》中，就汪文宣和曾树生夫妻来说，首先就志向、兴趣、学识交流等方面没有"隔膜"。他们毕业于上海一所大学的教育系，有共同的爱好和志向，毕业以后都立志于教育，特别希望对农村教育有所改革，有所贡献。其次，他们的思想意识、价值观念，包括爱情观、人生观等，一开始也没有"隔膜"。他们是从大学开始相识、相恋、相知，一直到毕业时不计一切世俗礼仪而同居，为的就是爱情。这种始终不渝的爱情，就汪文宣来说一直到死都不曾改变，这在文本中有充分的表现，不用我们多说；就是曾树生也一直牵挂或者说也爱着汪文宣，文本也多有表现。作品开始时，曾树生因为生气曾离家出走，当汪文宣找到她时让她不要生气，要她跟自己回家，曾树生就明确地说："我并没有生你的气！"后来当曾树生下了很大决心离开重庆到兰州去，告别的时候，她还扑上去吻汪文宣，文宣吃惊地说："不要挨我，我有肺病，会传染人。"曾树生却眼泪满脸地说："我真愿意传染到你那个病，那么我就不会离开你了。"到兰州后，即使写了"分手"的信以后，曾树生仍然给汪文宣按时汇款，并且在离别一年后，专门请假来看望汪文宣。曾树生的这些举动，当然有关心儿子的情感在里面，但不能说没有对汪文宣的牵挂和

---

① 巴金：《寒夜》（附录），人民文学出版社 1983 年版，第 234 页。

思念。当得知汪文宣已死的情况后,她还想寻找汪文宣的墓地,以表达一个曾经的妻子的最后的哀悼。

那么汪文宣和曾树生夫妻之间的"隔膜"或冲突是什么呢?我们认为只能是性格和两性关系的不和谐。从文本来看,汪文宣是一个性格软弱甚至懦弱的男人。虽然上大学期间,他也有干一番事业的雄心,但是在现实(战争和贫困)的打击下,他除了一副善良忠厚的空壳之外,所有的只是软弱或者说懦弱。汪文宣是在生活重压下被磨去了生命力,因而意志消沉的人。无论是在社会上还是在家庭中,他都缺乏应有的独立意志和抗争的勇气,只是软弱无力地随波逐流,任人摆布甚至任人宰割。在社会上,他在一个半官半商的书店做校对,虽然在工作上勤勤恳恳,呕心沥血(是真的吐血),但是仍然薪水微薄,入不敷出,不仅养活不了家人,甚至连自己也养不活,最后竟至失业,靠妻子养活。他既没有朋友,也无法获得上级的认可。他的懦弱几乎到了令人震惊的程度,如大家凑钱为上司祝寿,他本来很拮据,也没有丝毫的兴趣,但却不敢说不,忍痛拿出半个月的薪水,和大家一起到酒店强作欢颜。他带着严重的肺病工作,不断地咳嗽、吐血,但是上司的一个眼神,他就不敢咳嗽了,以至于忍耐不住,终于把带有鲜血的浓痰吐到校样上,被上司劝送(实际上是强行解雇)回家,也因此失业。在家庭生活中,他也同样的软弱无能,既做不好丈夫也做不好儿子。他没有能力处理好家庭纠纷,在妻子和母亲冲突的时候,他左右为难,无所适从,在劝说无效的情况下,他只有责骂自己"都是我不好","我对不起每一个人。我应该受罚"。时常用自戕的方式(疯狂地用自己的两个拳头打自己的前额),用咳嗽吐血的方式来使两个女人休战以获得暂时的安宁:"'你们只要不吵架,我的病也好得快些',他欣慰地说,他差不多破涕为笑了。"(《寒夜》,第119页)这样的软弱,已使他丧失了一个男人应有的威严,遭到了母亲和妻子两个女人的唾弃。母亲认为他没有出息,"他居然跑去找那个女人,向那个不要脸的女人低头,太过分了,不是她所能忍受的",并且说:"我如果是你,我就登报跟她离婚,横竖泼出去的水是收不回的。"(《寒夜》,第26页)妻子也认为这样的人就不应该结婚,"我只能怜悯你,我不能再爱你",并且明确地告诉他:"我说的全是真的。请你相信我。像我们这样地过日子,我觉得并没有幸福,以后也不会有幸福。我不能说这全是你的错,也不能说我自己就没有错。我们使彼此痛苦,也使你母亲痛苦,她也使我们痛苦。我想不出这是为什么。并且我们也没有方法免除或减轻痛苦。这不是一个人的错。我们谁也怨不得谁。不过我相信这是命。至少这过错应该由环境负责。我跟你和你母亲都不同。你母亲年纪大了,你又体弱多病,我还年轻,我的生命力还很旺盛。我不能跟你们过刻板似的单调日子,我不能在那种单调的吵架、寂寞的忍受中消磨我的生命。"(《寒夜》,第177—178页)因此曾树生要汪文宣"请你放我走,给我自由",提出了"分手"的请求,给汪文宣病弱的肉体和脆弱的心灵沉重的一击,加速了他的死亡。

相对于汪文宣的老实懦弱,曾树生则具有活泼、开朗,甚至敢于向命运抗争的性格。作为一个学过教育的现代知识女性,她曾不顾一切(世俗的、父母的)阻挠,勇敢地和自己相爱的人结合,初步显示了她叛逆的性格。抗日战争爆发以后,一切都改变了,她原有的"教育"理想的梦破灭了,不得不到一个银行去做职员,实际是银行对外应酬的一个"花瓶"。这其中自有她难以言说的痛苦和无奈,但也说明了她为了生活而适应环境的能力,这和汪文宣谨小慎微地固守在一个半官半商的图书公司,痛苦地校对那些狗屁不通的文稿,即使把命搭上也难以养家糊口的迂腐相比,显得更为灵活和务实。特别是相对于汪文宣病弱的肉体,曾树生年轻、漂亮、健康、丰腴的外表,不仅和汪文宣的衰老、枯萎、瘦弱、咳嗽、吐血形成鲜明的对比,而且更显示出她的生命的活力。这样的比较也许是残酷的,但我们主要是想说,曾树生在这样的家庭,这样的丈夫那里,身心都得不到满足,她的离汪文宣而去,虽然有许多不忍,因为她内心深处还是爱着汪文宣的;也有许多原因,如婆媳矛盾,如汪文宣性格的懦弱等,但生理的不能满足恐怕也是一个很重要的原因。正如曾树生的信上所说:"我爱动,爱热闹,我需要过热情的生活。我不能在你那古庙似的家中枯死。""我今年三十五岁了,我不能再让岁月蹉跎。我们女人的时间短得很。我并非自私,我只是想活,想活得痛快。我要自由。可怜我这一辈子就没有痛快地活过。我为什么不该痛快地好好活一次呢?人生就只能活一次,一旦错过了机会,什么都完了。所以为了我自己的前途,我必须离开你。我要自由。"(《寒夜》,第179页)然而,对于这样明确的生理欲求，以往的评论者大多从道德的角度出发，批评曾树生在汪文宣重病之际离他而去，跟随陈主任"私奔"到兰州，说这不仅有违作为人妻的私德，也有违传统的道德伦理。这种批评显然是站不住脚的。即使是从道德的角度来说，也应该以新的道德标准来解释。恩格斯曾经说过，只有以爱情为基础的婚姻才是道德的，而在婚姻生活中，"性爱常常达到这样强烈和持久的程度，如果不能结合和彼此分离，对双方来说即使不是一个最大的不幸，也是一个大不幸；仅仅为了能彼此结合，双方甘冒很大的风险，直至拿生命孤注一掷……"①对于要不要跟随陈主任到兰州之事，一开始曾树生也是犹豫和拒绝的，但是交谈交往之中，一个"黄瘦的病脸"和一个年轻健康的男人的对比太强烈了，以至于她不愿意在陈主任面前提到她的丈夫，"这太寒伧了"。而且眼前一再闪现着"丈夫的没有血色的病脸，母亲的憎恨与妒忌的眼光，永远阴暗的房间"（《寒夜》，第89页），"她觉得心酸，她又起了一种不平的感觉。这是突然袭来的，她无法抵抗。她想哭，却竭力忍住。没有温暖的家，善良的懦弱的患病的丈夫，自私而又顽固、保守的婆母，争吵和仇视，寂寞和贫穷，在战争中消失了青春，自己追求幸福的白白的努力，灰色的前途……这一切像潮似的涌上她的心头。……她才三十四岁，还有着旺盛的活力，她为什么不应该过得好？她有权追求幸福。她应该反抗。她终于说出来了：'走了也好，这种局面横顺不能维持长久'。"（《寒夜》，第94—95页）因此，从某种意义上来说，曾树生的离家出走，不仅是一种改变生活环境的选择，也是一种重塑自我的现代知识女性的新道德，即"情爱常常达到这样的强烈和持久的程度"，对曾树生来说，如果不与汪文宣分离，那将是她最大的不幸。对此，钱理群在《中国现代文学三十年》中曾作过较为含蓄但却十分中肯的分析："与汪文宣不同的是，她（曾树生）年轻美丽，有充沛的活力，思想开放，然而内心藏着孤独与苦闷。这苦闷除了社会环境的压迫，和她的身心要求得不到满足也有关。她爱自己的丈夫，也曾经想遵循传统道德的规范，作安分守己的妻子，但一回到家中，面对病入膏肓的丈夫，内心便控制不住恐惧和压抑。所以在年轻、富有而又健壮的陈主任的引诱面前，她

---

① 恩格斯：《家庭、私有制和国家的起源》，《马克思恩格斯选集》第4卷上册，人民出版社1972年版，第73页。

惶惑而无法抗拒，本来潜隐内心的苦闷浮现出来，并终于驱使她决定离开丈夫而随陈主任去兰州。小说注意发掘她的潜意识，如写她虽然想努力唤起对儿子小宣的亲近感，但又很难控制内心的冷漠。这是由于小宣那未老先衰的病态模样总引起她对丈夫潜在的烦恼与恐惧，生理和心理的压抑感使她在儿子面前也表现出排他和自恋的深层个人特征。"①

这里所说的曾树生"身心的要求不能满足"，以及在"健壮的陈主任的引诱面前"不能自持，隐晦地说明了病弱的汪文宣不能满足曾树生的生理欲求的事实。关于这一点，汪文宣本人也是清楚的，他曾多次面对曾树生及健壮的陈主任而自惭形秽。如汪文宣一次路过"国际"咖啡厅，无意中看到曾树生和陈主任在一起，他看到她的背影，"今天她的身子似乎比任何时候都动人，她丰腴并且显得年轻而富于生命力。虽然她和他同岁，可是他看看自己单薄瘦弱的身子，和一颤一簸的走路姿势，还有他那疲乏的精神，他觉得她同他相差的地方太多，他们不像是同一个时代的人。这样一想，他感到一种锋利的痛苦了。那个身材魁梧的年轻男人使他苦恼。她和那个人倒似乎更接近，距离更短。她站在那人旁边，倒使看见的人起一种和谐的感觉。他的心不安静了。"（《寒夜》，第42—43页）又如，一次曾树生跳舞半夜回来后，曾到他的床前，"温柔地对他一笑，安慰他说，便俯下脸去，轻轻地吻他的嘴唇，又把柔嫩的脸颊在他的左边脸上紧紧地靠了一下，然后走到书桌前坐下来，对着镜子弄她的头发。他轻轻地摸着左边脸颊，用力吸着她留下来的香气，痴痴地望着她的浓黑的头发。过了一会儿，他想道：'她对我并没有变心，她没有错。她应该有娱乐。这几年她跟着我过得太苦了。'他想到这里，便翻了一个身把脸转向墙壁，落下了几滴惭愧的眼泪"。（《寒夜》，第52页）还有一次，当曾树生为去不去兰州而征求他的意见时，"他半天不作声，后来忽然叹了一口气，柔声唤道：'树生。'她侧过头看他。'其实你还是走的好。我仔细想想，你在我家里过着怎样的日子啊，我真对不起你。妈的脾气又改不了……她心窄……以后的日子……我不敢想……我何必再耽误你……我是没有办法……我这样的身体……你还能够飞啊……'他的喉咙被堵住了，他的声音哑了"。（《寒夜》，第121页）以至于最后，当曾树生提出"分手"以

---

① 钱理群等：《中国现代文学三十年》（修订本），北京大学出版社1998年版，第269—270页。

后，他虽然很痛苦，但仍以平静的心态回信道："收到来信，读了好几遍，我除了向你道歉外无话可说。耽误了你的青春，这是我的大不是。现在的补救方法，便是还你自由。你的话无一句不对。一切都照你说的办理。我只求你原谅我。"（《寒夜》，第184—185页）表达的是耽误了妻子的青春，不能满足其身心需要的歉疚之情。

以上我们从"性格"，即一个老实，一个活泼，一个懦弱，一个"勇敢"；并且还从身体—生理，即一个疾病缠身，终日疲惫不堪，不是咳嗽，就是吐血，一个青春靓丽、充满生命活力等方面分析了汪文宣、曾树生夫妻间"隔膜"的内容，那么我们现在的问题是，曾经受过大学教育的汪文宣，为什么会变得如此"懦弱"？其中的原因除了曾树生在给汪文宣的信中所强调的"应该由环境负责"以外，还有没有其他原因？对此，许多研究者和文学史家都给予了深入的探讨，如郭志刚等主编的《中国现代文学史》则主要从汪文宣"痛苦"的原因说起："一是生活的贫困给他带来的痛苦，这是最主要的。他为人老实，工作勤恳，每天总是累得疲惫不堪，但薪水微薄，入不敷出。在物价飞涨，法币贬值的情况下，他为了维持生活，不得不带病上班，即使如此，全家生活仍然处于朝不保夕的窘状中。失业的打击时刻在威胁着他，使他内心分外痛苦。二是病体给他带来的痛苦。作品既写了咳嗽、吐血、嘶哑给他带来的肉体上的痛苦，也写了他为了治病，导致妻子去当'花瓶'赚钱和导致母亲典卖陪嫁物品，从而给他带来了精神上的痛苦。三是母亲与妻子的争吵给他带来的痛苦。他的文化价值观是双重的，他一方面很爱他那作为'新派人物'的妻子，另一方面又孝顺他那守旧的母亲；但是，母亲和妻子的矛盾，他无法解决，既不能舍弃妻子，又不能违逆母亲，只好夹在中间，两头受气。家庭的破裂使他痛不欲生。妻子远去兰州，并最终提出'分开'，加速了他的死。"①

郭志刚等虽然是就汪文宣痛苦的原因所作的分析，但用来说明汪文宣的性格也无不可，因为这些痛苦除了身体的疾病这种客观原因以外，其余如环境及婆媳的争吵等终归还是汪文宣自身的原因，不然同一种环境中，即和他一起在半官半商的图书公司工作的那些职员，也没有一个人像他那样过得如

---

① 郭志刚等：《中国现代文学史》（下册），高等教育出版社1999年版，第169—170页。

此窝囊。是他们一个个都"良心丧尽"了吗?话恐怕还不能这样来说。那么要弄清汪文宣懦弱的原因,我们认为还得从其特有的家庭背景和家庭教育谈起:汪文宣一直就是一个没有长大的孩子。从作品文本来看,汪文宣从小丧父,并且没有其他兄弟姐妹。正是由于这样的家庭背景,从小和母亲相依为命的他不仅经历了孤儿寡母的生活的艰辛(虽然他们原也是富有人家,但毕竟有许多不便),而且目睹了母亲为抚养自己而做出的牺牲和努力,这使他从小就养成了理解母亲、依赖母亲,在母亲面前毕恭毕敬的顺从心理或性格。另外,在汪家,父亲的缺失并不意味着父权的缺席,在汪文宣成长的道路上母亲代行了父亲的权利,一方面,她用传统的男权文化的价值观来教化汪文宣;另一方面又用女性(包括母性)的阴柔细致去影响和感化汪文宣,这种家教不仅造成了汪文宣有传统思想文化如孝顺的内涵,而且还养成了他听话、顺从的柔弱性格,没有父亲的威严,没有兄弟姐妹的争斗,再加上母亲的娇生惯养,他不知道应该如何建立起男子汉应有的威严以及自己独立的人格规范,对母亲的感恩及对母亲权威的认同,致使他永远停留在孩童阶段,并且还是一个缺乏阳刚之气的男孩。这或许是造成汪文宣软弱甚至懦弱的根本原因。

三 婆媳"隔膜"或冲突

婆媳矛盾或冲突是中国文学(特别是戏曲)的传统主题,也是中国社会固有的家庭问题,甚至一直到当下还十分突出。中国传统的家庭,一直是几世(四世、五世,甚至六世)同堂的大家庭模式,在这个人口众多、性情各异、关系复杂的大家庭中,存在着各种各样的矛盾,如父子(包括祖孙)矛盾、夫妻矛盾、兄弟矛盾、妯娌矛盾、婆媳矛盾等。不过在传统社会中,由于封建家长的威严和伦理道德的规范,这许多矛盾都处于遮蔽状态,而即使发生冲突,也往往以下辈、弱者的屈从(失败)而告终。即以婆媳矛盾来说,在传统的家庭关系中,无论她们生活在富贵家庭或贫贱家庭,作为女人她们都是受压迫者,第一她们要受封建文化思想如什么"三从四德""从一而终"等传统道德规范的压制。第二,用毛泽东的话来说,她们除了受政权、族权、神权的压迫以外,还要受到夫权(丈夫)的直接压迫。鲁迅曾说:"天有十日,人有十等。下所以事上,上所以共神也。故王臣公,公臣大夫,大夫臣士,士臣皂,皂臣舆,舆臣隶,隶臣僚,僚臣仆,仆臣台……'台'没有臣不是太苦了么,无须担心的,有比他更卑的妻,更弱的子在。而且其子也很有希望,他日长大,升而为'台',便又有更卑更弱的妻子,供他驱使了。如此连环,各得其所。有敢非议者,其罪名曰不安分!"① 这就是说,社会无论怎样循环,妇女总是被压在社会的最底层,民间社会也有一句流传久远的顺口溜"娶来的媳妇买来的马,任人骑来任人打",说的也是妇女牛马不如的社会地位和家庭地位。

第三,在婆媳关系中,媳妇是处在弱者的地位,婆婆也像男性一样,有权处置儿媳妇的去留甚至生死。《孔雀东南飞》中的焦母就是这样,她不管儿媳妇如何能干,"三日断五匹,大人故嫌迟",她也不顾儿子儿媳的感情如何深厚,"结发同枕席,黄泉共为友",固执地认为,"此妇无礼节,举动自专由。吾意久怀忿,汝岂得自由!"强硬地拆散了儿子的婚姻,把媳妇遣送回娘家,结果不仅造成了刘兰芝"揽裙脱丝履,举身赴清池",也造成了儿子焦仲卿的"徘徊庭树下,自挂东南枝"的悲剧。本诗在选入《玉台新咏》一书时,编者徐陵(507—583)还题有小序:"汉末建安中(196—220),庐江府小吏焦仲卿妻刘氏,为仲卿母所遣,自誓不嫁。其家逼之,乃没水而死。仲卿闻之,亦自缢于庭树。时人伤之,为诗云尔。"这当然是为了说明故事的真实性,其实在中国历史上,公婆遣送儿媳回娘家的事应该是相当普遍的,人们所说的"七出"或"七休"(不顺父母,无子,淫,妒,有恶疾,多言,盗窃),其中"不顺父母"为第一休妻的理由,而这样的事情在南宋著名诗人陆游身上却真实地发生过。据史料记载,陆游和前妻唐婉是姑舅表兄妹,他们的结合本来是符合亲上加亲的传统婚姻习俗的。结婚以后,尽管陆游夫妻十分恩爱,"伉俪相得",但陆母并不喜欢儿媳(也是自己的侄女),"而弗获于姑母",强行要陆游把唐婉休掉,造成难以挽回的爱情婚姻悲剧。虽然他们为此留下"错错错","难难难"的千古绝唱,但婆婆欺压儿媳的罪过却不能因此有所减轻。

第四,鲁迅曾经说过:"人们因为能忘却,所以自己能渐渐地脱离了受过

---

① 鲁迅:《鲁迅全集》第1卷,人民文学出版社1981年版,第215—216页。

的苦痛，也因为能忘却，所以照样地再犯前人的错误。被虐待的儿媳做了婆婆，仍然虐待儿媳。"① 这就是说，在传统社会中婆媳矛盾是代代相因，恶性循环的。鲁迅还说，"奴才做了主人，是绝不肯废去'老爷'的称呼的，他的摆架子，恐怕比他的主人还十足，还可笑。这正如上海的工人赚了几文钱，开起小小的工厂来，对付工人反而凶到绝顶一样"。② 由此可知，被婆婆虐待得越厉害的儿媳，做了婆婆后对她的儿媳也就越凶狠，所以中国社会越到后来儿媳越不好做，因为它积历代对付媳妇的手段，一举一动你必须谨小慎微，一着不慎，轻者挨打受骂，重者被遣送回娘家，再重者被卖为妓为奴。这种现象明清小说、戏曲多有表现。

第五，顺便再说一句，"五四"之后在人的解放、男女平等、个性自由、家庭革命等现代思想观念的启蒙之下，婆媳关系发生了变化，婆媳的地位也大多发生了位移。在当下家庭的婆媳关系中，概括起来大致有三种现象：一是婆媳能和谐相处的，这种现象恐怕为数不多，二是还存在着婆婆压迫儿媳的现象，但是更多的是第三种现象，即儿媳欺压甚至虐待婆婆。这种现象在当下的新闻报道和影视剧中多有反映。真的不得不使人发出这样的感慨：她们的关系真的是一种历史的宿命吗？那么她们之间难以相处的原因到底是什么呢？

首先，她们之间没有血缘关系，缺少了母女之间的天然亲情，以及共同生活所形成的相互理解和宽容。如同样的一件事情，如果是母女之间可以是哪说哪了的，但是如果是婆媳之间，这就会产生隔阂，因为她们只是偶然相遇，相互之间更多的是不适或因传统的伦理规范所造成的对立，如公婆对儿媳的挑剔和儿媳对公婆的敬畏等。唐朝诗人朱庆余在《闺意献张水部》一诗中曾真切地表达了这种对立。诗作以婆媳关系来比喻君臣关系或上下级关系，描写新婚儿媳拜见公婆前特有的小心和不安，她的一举一动，一画眉一描口都要仔细地考虑到，否则一个细节的疏忽，将决定她后半生的去留幸福。"洞房昨夜停红烛，待晓堂前拜舅姑。妆罢低声问夫婿，画眉深浅入时无？"这样的状况，你想她们以后怎么能和谐相处？其次，为了争夺同一个男人的爱与

---

① 鲁迅：《鲁迅全集》第1卷，人民文学出版社1981年版，第162页。
② 鲁迅：《鲁迅全集》第4卷，人民文学出版社1981年版，第302页。

被爱,她们费尽心机,互不相让。作为母亲,一方面为了儿子的成人成才付出了大量的心血,并且在长期的共同生活中形成了难以割舍的亲情,所以母子之爱是天然的,血缘的,希望儿子幸福是所有母亲的天性。但是另一方面,儿子结婚以后,母亲的内心也存在着深深的担忧和恐惧,一是担忧媳妇会不会使儿子幸福,因此出于天性,她要过问,她要干预,结果会造成媳妇的厌烦或不满;二是对自己今后生活的恐惧,有句顺口溜曾经家喻户晓:"灰喜鹊,尾巴长,娶了媳妇忘了娘",随着自己年纪的越来越老,母亲对儿子"忘了娘"的恐惧也越来越深,她也就越来越多地缠着儿子,也会引起媳妇的厌烦和不满。而作为儿媳,和丈夫结婚以后,即使是传统的"父母之命,媒妁之言"的包办婚姻,一方面,她就以为自己的终身有了依靠,"嫁汉嫁汉,穿衣吃饭";另一方面,在和丈夫的相处过程中,也会产生感情即爱情,即"先结婚后恋爱"的中国传统爱情模式,而爱情本质上是自私的,排他的,所以家庭关系中的婆媳矛盾,很多时候都是两个女人为了争夺对同一个男人的爱的权利,同时也是为了分享同一个男人的爱的权利而进行的斗争。三是代际冲突。无论任何时代,家庭当中的代际差异都是一个客观存在,而家庭关系中的婆媳冲突也像父子冲突一样,大多都是由于对权力、地位的争夺,以及生活习惯与思想观念的不同引起的。在传统社会的家庭中,父母对家庭所涉及的政治、经济、外交以及生产生活等方面具有绝对统治和支配的权力,即所谓的"父叫子亡子不得不亡",但实际上,儿或媳也总想突破父母的统治,在政治地位、家庭财产或其他方面为自己争得更大的利益和权力,这样冲突也就在所难免。另外,在代际冲突中,还有因生活习惯的不同而引起的冲突。一般来说,老年人遵规守时,如早睡早起,青年人自由散漫,如晚睡晚起;老年人勤俭节约,青年人铺张浪费;老年人沉着稳重,青年人活泼好动等不同自然会引起冲突。还有,老年人和青年人还因身体、生理等健康的原因而发生冲突,如常说的久病床前无孝子等。但是在代际冲突中,最激烈的是思想观念等方面的冲突,如上一辈要专制独裁,下一辈要民主自由;上一辈要伦理规范,下一辈要独立平等;上一辈要遵守传统,下一辈要追随新潮……这种冲突往往会达到"有你没我,有我没你"的地步,最终会造成家庭的破裂。

由此，我们来看《寒夜》中的婆媳的冲突，虽然有我们以上所说的诸如对权力、地位的争夺，以及生活习惯的不同等方面的冲突，但贯穿小说始终的则是思想意识、价值观念等方面的冲突。具体来说，就是在时代转换（或变迁）的过程中，以汪母为代表的传统思想意识和价值观念与以曾树生为代表的现代思想意识和价值观念之间的冲突。

首先，在《寒夜》中，文本并没有具体描写汪母的出身背景和受教育的程度，但是根据作品中的如"读过书""缠过脚""我是花轿接来的"等片言只语的叙述来推测，汪母的娘家应该是富有的大户人家，接受过相当程度的传统教育或传统思想的浸染。另外，从"我是花轿接来的"，以及汪文宣一再自责让母亲现在跟自己过吃苦受累的生活等情况来看，也从传统社会讲究"门当户对"的婚姻习俗来推测，汪家以前也应该是当地的富有人家，因为富贵人家的小姐是不会嫁给穷苦人家为妻的。这既是汪母的幸运，也是她的不幸。幸运的是在物质生活上她可以衣食无忧，甚至可以享受荣华富贵。不幸的是：一、大户人家都比较讲究传统的礼仪规范，遵守传统的伦理道德及行为操守，如婆媳关系的尊卑秩序等，汪母从18岁嫁入汪家，对此有深切的感受和体悟。二、汪母早年丧夫，受传统的"从一而终"的贞节观念的影响而守寡多年，唯一的儿子是她的希望和最后的依托。三、时代发生了变化，即她先经历了辛亥革命的政治思想变革，又经历了"五四"新文化——中国历史上一场彻底地反对封建专制和封建文化思想，以及提倡西方现代文化思想的启蒙运动，这些虽不曾改变她的思想观念，但曾树生等却正是这一场运动的受惠者，以及现代思想观念的拥护者和实施者。曾树生之所以敢和婆婆对抗，正得益于现代思想意识和价值观念的支持，她曾明确地告诉婆婆："现在是民国三十三年（1944年），不是光绪、宣统的时代了。我没有缠过脚，——我可以自己找丈夫，用不着媒人。"（《寒夜》，第118页）从另一个方面来说，时代的变迁也使婆婆的权力、威严等发生变化，如果在传统社会的家庭关系中，曾树生是没有和婆婆吵架这种胆量的，因为"不顺公婆"是"七出"的第一出，婆婆是有权为儿子休妻再娶的。四、家庭的败落和抗战的发生，使汪母不得不避难到逃难的儿子租住的阴暗、寒冷、狭窄，充满各种气味的一间公寓内，和儿子、儿媳生活在一起。战争时期特有的恐怖气氛，以及儿子薪水的低下、物价的飞涨等带来的生活的艰苦，本来就使人没有好心情，又加上观念的对立，性格的不合，以及生活习惯的不同等，终于使婆媳矛盾发展到"有我就没有她，有她就没有我"的不可收拾的地步，以至于家破人亡。

在《寒夜》中，曾树生和汪母婆媳之间新旧观念的冲突，主要表现在，一是新旧婚姻观念的冲突，二是追慕自由新潮的生活方式与保守传统的伦理规范的冲突。

其一，就新旧婚姻观念的冲突来说。前面我们说过，汪母出生和生活在封建伦理道德规范严谨的大家庭中，耳闻目染，使她养成了自觉按照传统规范办事的思想方法和行为习惯。就婚姻观念来说，她遵从的是"父母之命，媒妁之言"的传统的婚姻模式，是"用花轿接来的"明媒正娶的婚嫁习俗。因此，她从一开始就不接受儿媳曾树生没有媒人、没有婚嫁仪式的同儿子的同居行为，认为她不过是儿子的"姘头"，是不会真正关心儿子和这个家的。当曾树生第一次离家出走后，儿子汪文宣去找她，汪母还认为儿子"没出息"，"向那个不要脸的女人低头"，并且明确地告诉儿子："我比你更了解她。她不会永远跟着你吃苦的，她不是那种女人，我早就看出来了。""她跟我们母子不是一路人，她迟早会走自己的路。"（《寒夜》，第53页）因此，每当她跟儿媳吵架时，总是拿"姘头"一类的话来骂曾树生："哼，你配跟我比！你不过是我儿子的姘头。我是拿花轿接来的。""无论如何我总是宣的母亲，我总是你的长辈。我看不惯你这种女人，你给我滚！"（《寒夜》，第118页）

其二，就思想观念和行为习惯来说，汪母遵守的是传统的道德规范和行为规范，她常说："我十八岁嫁到你们汪家来，三十几年了，我当初做媳妇，哪里是这个样子？我就没有见过像她这样的女人！""我做媳妇的时候哪里敢像这样！"

而相反，曾树生是在五四现代思想观念沐浴下成长起来的知识女性，在情感方面，她追求恋爱自由、婚姻自主，只要两个人相爱就可以了，"我可以自己找丈夫，用不着媒人"，也不讲究什么婚嫁仪式，两个人住在一起就可以了。为此，嫁给汪文宣她并不后悔，她曾说："跟着你吃苦，我并不怕，是我自己要跟你结婚的。"但是她主要忍受不了的是汪母对她的侮辱,如在一次吵架之后,曾树生告诉汪文宣,她要和他离婚,其主要原因还是因为汪母骂她是姘头。她说:"她恨我,看不起我,她刚才还对我讲过,我没有跟你正式结过婚,我不是你的妻子,我不过是你的姘头。她骂我不要脸,她骂我比娼妓还不如。我可怜她没有知识,我不屑于跟她吵。我不是在跟你开玩笑,我跟你说明白,如果你不另外找个地方安顿她,我就跟你离婚!我们三个人住在一起,一辈子也不会幸福,她根本就不愿意你对妻子好。你有这样的母亲,就不应该结婚!"(《寒夜》,第106页)另外,在职业,在衣着打扮,甚至在日常行为方面,曾树生年轻、漂亮,充满活力,喜欢交际,为了养活自己及一家老小,她放弃曾学过的教育,到一家银行去充当"花瓶"——对外交际的联络人员,为了应酬的需要,她每天必须打扮得漂漂亮亮,并经常地陪人跳舞、吃饭、喝酒,和一些业界的男子交往,等等。对此曾树生也曾经说过,以她学教育的出身,现在去银行做一个"花瓶",也自有她的许多苦衷。但是她也想到,在战争的环境下,在物价飞涨、民不聊生的情况下,为了生存,人也不可太过固执,眼前的职业也是暂时的无奈选择。可是汪母从传统的道德规范和行为规范出发,对儿媳的职业和日常行为十分地看不惯,她多次劝儿子离开曾树生,并且许诺以后会给他再娶一个好的。她告诉儿子:"你怕什么,这又不是你的错。明明是她没道理,她不守妇道,交男朋友——"她整天在外面还能有什么事:"还不是看戏,打牌,跳舞!你想她还能有什么正经事情!……儿子都快成人了,还要假装小姐,在外面胡闹,亏她还是大学毕业,学教育的!"(《寒夜》,第48页)"说是在银行办公,却一天打扮得妖形怪状,又不是去做女招待,哪个晓得她一天办些什么公?"并且还明确地告诉儿子:"我什么苦都受得了,就是受不了她的气!我宁肯死,宁肯大家死,我也不要再见她!"(《寒夜》,第112页)而曾树生也多次向汪文宣表示与婆婆的势不两立:"如果你不另外找个地方安顿她,我就跟你离婚!""我受不了你母亲的气,我今天下了决心了。有我就没有她,有她就没有我!我一个星期我全忍着,快闷死我了!"(《寒夜》,第105页)直到最后,曾树生给汪文宣"分手"的信中还说:"总之,我不愿再回你的家,过'姘头'的生活。……你太伤了我的心,纵然我肯回,肯送一个把柄给她,可是她真的能够不恨我吗？你希望我顶着'姘头'的招牌，当一个任她辱骂的奴隶媳妇，好给你换来甜蜜的家庭生活。你真是做梦！""而且你母亲在一天，我们中间就没有和平与幸福，我们必须分开。"（《寒夜》，第179页）

正如作品中汪文宣百思不得其解的问题，即"她们都是好人"，她们又都爱我，但是她们"为什么不让我安静？"为什么见面就吵架呢？"为什么女人就不能原谅女人？"这也是我们要探讨的问题：为什么女人就不能原谅女人？或者说在《寒夜》婆媳矛盾冲突中，除了我们以上所说的原因以外，还有没有其他原因？答案应该是肯定的，这就是汪母的寡居所引起的生理和心理的扭曲。关于这一点，以前并没有引起人们的注意。其实这应该是一个很大的疏忽。在作品中，首先发现这一问题的是曾树生。西蒙娜·德·波伏娃曾说过，女人互相认同，所以她们能相互理解；然而由于同样的原因，她们彼此对立。正因如此，曾树生"从女人的相互了解"方面，几次都向汪文宣控诉说汪母对她的憎恨，是因为他们夫妻之间的关系太过亲密，引起了汪母的不快。第一次是在曾树生离家出走后，汪文宣找到她后，要她跟自己回家，曾树生说："你不要难过，我并不是不可以跟你回去。不过你想想，我回去以后又是怎样的情景。你母亲那样顽固，她看不惯我这样的儿媳妇，她又不高兴别人分去她儿子的爱；我呢，我也受不了她的气。以后还不是照样吵着过日子，只有使你更苦。"（《寒夜》，第23页）曾树生的这种感受应该说是准确的。前面我们说过，汪母早年丧夫，除了汪文宣以外，并没有生养其他孩子，孤儿寡母相依为命几十年，又处在战争、逃难、物价暴涨、生活艰难的情况下。作者之所以如此设计，主要是为凸显汪母把孩子拉扯长大的艰难，她为夫守节，独自把儿子养大成人，对汪家来说居功至伟，因而自觉不自觉地形成了她独断专行的家长作风，她以为自己有权决定儿子的一切。然而长大以后的儿子不仅违背了"父母之命，媒妁之言"的传统婚姻观念，自己给自己找了媳妇，而且没有按照传统的婚嫁礼节——"用花轿接来"的方式而自由同居，这当然是对家长权威的挑战。然而对于儿子这种自作主张的行为，对于汪母来说，无论是出于偏袒，还是出于溺爱，她都不愿责备儿子，但内心深处却实在气愤不过，所以她只好把这种怨愤撒在儿媳身上。这也是她一开始就没有接纳儿媳的原因。

还有一次，当曾树生和汪母吵架以后，约汪文宣在"国际咖啡厅"面谈，她曾明确告诉汪文宣："我跟你说明白，如果你不另外找个地方安顿她，我就跟你离婚！我们三个人住在一起，一辈子也不会幸福，她根本就不愿意你对妻子好，你有这样的母亲，就不应该结婚！"（《寒夜》，第 106 页）最后，曾树生在给汪文宣的那封"分手"信中，用了一大段来谈分手的原因："像我这样地过日子，我觉得并没有幸福，以后也不会有幸福。我不能说这全是你的错，也不能说我自己就没有错。我们使彼此痛苦，也使你母亲痛苦，她也使你我痛苦。我想不出这是为了什么。并且我们也没有方法免除或减轻痛苦。这不是一个人的错。我们谁也怨不得谁。不过我相信这是命。至少这过错应该由环境负责。我跟你和你母亲都不同。你母亲年纪大了，你又体弱多病。我还年轻，我的生命力还很旺盛。我不能跟着你们过刻板似的单调日子，我不能在那种单调的吵架、寂寞的忍受中消磨我的生命，我爱动，爱热闹，我需要过热情的生活。我不能在你那古庙似的家中枯死。我不会对你说假话：我的确想过，试过做一个好妻子，做一个贤妻良母。我知道你至今仍然爱我。我对你也毫无恶感，我的确愿意尽力使你快乐。但是我没能够做到，我做不到。我曾经发誓终身不离开你，体贴你，安慰你，跟你一起度过这些贫苦日子。但是我试一次，失败一次。你也不了解我这番苦心，而且你越是对我好（你并没有对不起我的地方），你母亲越是恨我。她似乎把我恨入骨髓。其实我只有可怜她，人到老年，反而尝到贫苦滋味。如虽然自夸学问如何，德行如何，可是到了五十高龄，却还来做一个二等老妈，做饭、洗衣、打扫房屋，哪一样她都做得出色！她把我看作在奴使她的主人，所以她那样恨我，甚至不惜破坏我们的爱情生活与家庭幸福。我至今记得她骂我为你的'姘头'时那种得意而残忍的表情。"

正如曾树生所说的，夫妻矛盾，婆媳矛盾，"这不是一个人的错"，但曾树生对婆婆扭曲的心理感觉是正确的：她不愿儿子对儿媳好，而且儿子越对媳妇好，她就越恨媳妇，甚至不惜破坏儿子的爱情和家庭幸福。发生这种情况的原因，除了社会、历史、现实、家庭等以外，还有精神、心理的原因。汪母早年丧夫，又没有其他子女，她只能把所有的感情都放在唯一的儿子身上。长期寡居的非正常生活，使她母性中的爱子情感发生了错位和扭曲。根据弗洛伊德精神分析的理论，人类中儿子有"恋母情结"，同样也有"恋子情结"。汪母对儿子就具有"恋子情结"的倾向，前面所说的儿子自由恋爱结婚，不仅是对其家长权威的挑战，更重要的是对其"恋子情结"的破坏，所以她一开始就有不能接纳儿媳的潜在心理。而在实际的日常生活中，她越是爱儿子，就越是不能接纳儿媳。反之也是这样，儿媳对儿子越亲密、越热爱，汪母心里就越不舒服，就越气愤不过，只能用狠毒的嘲骂来发泄内心的郁闷，直至让儿媳"滚"出家门。大家都知道，如果从情理上说，天下父母谁不希望儿女婚姻幸福生活美满？可汪母却是例外，这只能从她几十年的寡居所造成的身心的扭曲寻找原因。鲁迅在《坟·寡妇主义》一文中曾说："至于因为不得已而过着独居生活者，则无论男女，精神上常不免发生变化，有着执拗猜疑阴险的性质者居多。欧洲中世的教士，日本维新前的御殿女中（女内侍），中国历代的宦官，那冷酷险狠，都超过常人许多倍。别的独身者也一样，生活既不合自然，心状也就大变，觉得世事都无味，人物都可憎，看见有些天真欢乐的人，便生恨恶。尤其是因为压抑性欲之故，所以于别人的性底事件就敏感，多疑，欣羡，因而妒嫉。其实也是势所必至的事：为社会所逼迫，表面上故不能不装作纯洁，但内心却终于逃不掉本能之力的牵掣，不自主地蠢动着缺憾之感的。"①

就汪母来说，她不是不知道儿媳的好处，如对儿子的关心照顾，如挣钱养活一家老小，也不是不知道儿子离不开儿媳，然而就是控制不住自己，一看到儿子儿媳在一起亲热，甚至谈话，她就气不打一处来，捡些最不中听的话，甚至最狠毒的话来刺激她，来咒骂她，这只能用鲁迅所说的"内心却终于逃不掉本能之力的牵掣，不自主地蠢动着缺憾之感的"来解释。

---

① 鲁迅：《鲁迅全集》第1卷，人民文学出版社1981年版，第264—265页。

第四章　老舍：乡村与都市"隔膜"的表现者

老舍（1900—1966）是中国市民社会的表现者和批判者。在中国现代文学史上，如果说鲁迅开创了中国现代文学农村和知识分子两大题材，并对以农民为主体的中国国民性的精神痼疾，如专制性与奴性、瞒和骗、冷漠、精神胜利法等进行了猛烈的批判，那么老舍则开创了中国现代文学的市民题材，并对以北京市民为主体的市民阶层的精神痼疾，如圆滑世故、慵懒保守、懦弱虚浮等也进行了温和的讽刺。中国现代文学史上对老舍曾做出了这样的评价："老舍的作品在中国现代小说艺术发展中有十分突出的地位，与茅盾、巴金的长篇创作一起，构成现代长篇小说艺术的三大高峰。老舍的贡献不在于长篇小说的结构方面，而在于其独特的文体风格。老舍远离二三十年代的'新文艺腔'，他的作品'北京味儿'、幽默风，以及以北京话为基础的俗白、凝练、纯净的语言，在现代作家中独具一格。老舍是'京味小说'的源头，老舍创作的成功，标志着我国现代小说（主要是长篇小说）在民族化与个性化的追求中已经取得重要的突破。"①

宋永毅在《老舍与中国文化观念》一书中，曾做过这样的比较："鲁迅提供了深刻而恒久的思想影响；茅盾提供了时代速写式的政治型范；巴金先后提供了青春激情和人格象征；而老舍提供的则是一种民族性格的素描和民族文化的风采录。"并说："在鲁迅那里，是魏晋文学的叛逆性与吴越文化的坚

---

① 钱理群等：《中国现代文学三十年》（修订本），北京大学出版社1998年版，第243页。

韧性撑起的现实主义风骨；在郭沫若笔下，是李苏的豪放与巴蜀文化的忧愤构成了浪漫主义魂魄，而老舍……横向审视，他身上不仅有中西文化撞击的沉淀，还有满汉文化融合的蕴积，不仅有燕赵悲歌的侠气，还有古都残灯末庙的遗风。"[①]

然而，我们这里不准备对老舍的小说作全面的评价，只对其中表现城乡"隔膜"的内容作一些分析。

概括说来，老舍表现城乡"隔膜"的小说主要是《骆驼祥子》。当然《骆驼祥子》所表现的内容要丰富和宽广得多，我们只是就其中所表现的城乡"隔膜"作一些分析。

一 祥子的悲剧经历

《骆驼祥子》主要写一个失地农民祥子流落城市后的遭际。其情节大致是这样的：流落城市（北京城）后的祥子，用现在的话说是一没文化，二没技能，三没资金，四没后台……唯有一副健壮的身体和不怕吃苦的耐心。因此，为了谋生，"凡是卖力气能吃饭的事几乎全做过"以后，"人力车夫"是他比较满意的职业，因为他可以凭力气吃饭。租车拉了一段时间后，他萌生了买一辆自己的车的想法，并把它作为生活目标，幻想着有了车就如同在乡间有了地一样，能凭自己的勤劳换取安稳的生活。经过三年的艰辛，祥子终于买下了一辆车，不料半年不到就被匪兵连人带车抢去了。祥子虎口逃生，在慌乱中捡到三匹骆驼，回北京的路上，他把骆驼卖了三十元钱，作为再次买车的希望。凭着一股子倔劲，他早出晚归拼命地攒钱，可是不久他所积攒的钱又被孙侦探抢走了，他第二次买车的梦想破灭了。在走投无路的情况下，车厂老板刘四的女儿虎妞使计诱骗了祥子，使祥子的人生道路发生了偏斜，加速了祥子的堕落。祥子本来并不喜欢又老又丑的虎妞，但虎妞以已经"怀孕"要挟他，无奈之下祥子只得与虎妞结婚。婚后，在祥子一再的坚持下，虎妞不得不用私房钱为他买下第三辆车。可是不久，虎妞因难产死去，祥子只得把车卖掉来料理丧事。家破人亡的悲惨遭遇，使祥子的身心受到了极大的摧

---

① 宋永毅：《老舍与中国文化观念·引言》，学林出版社1988年版，第3—4页。

残,他连哭都哭不出声来。车子是自己的饭碗,希望和灵魂。现在车买来,丢了;再买,又卖了;三起三落,像个鬼影,永远抓不牢,而空受那些辛苦与委屈。安葬了虎妞以后,邻居小福子的热情和关心,使祥子一度燃起一点生活的勇气,打算娶小福子为妻。但是小福子被卖到妓院后,不甘受辱,自缢身亡,这一事实摧毁了祥子对生活的最后一线希望。从此他彻底地绝望了,他的思想性格也发生了深刻的变化。"原先,他一思索便想到一辈子的事,现在,他只顾眼前。"他采取过一天算一天的生活态度。冬天过去了,"他把棉衣卷巴卷巴全卖了"。先前体面的祥子,现在变成了又瘦又脏的低等车夫。"原先他以为拉车是拉着条人命,现在他故意地耍坏,摔死谁也没多大关系。对顾主,对巡警,对任何人,他绝不再老实敷衍,对那些强横而吝啬的穿洋服的先生,他拉住他们五六十块钱一身的洋服的袖子,至少给他们印个大黑手印,甚至将他们的小细胳膊攥得生疼"。"在先前,祥子唯一的希望便是拉车,现在他讨厌拉车,他偷懒耍滑,借钱赖账,骗钱喝酒,只要有法子对付三餐,他什么都干"。"他一天到晚老闭着口,连喝醉了都不出声,几乎每次喝醉他必到了小福子吊死的树林里去落泪,哭完就在白房子里住下。等醒过来,钱净了手,身上中病。他并不后悔,假若他也有后悔的时候,他是后悔当初他干吗那么要强,那么谨慎,那么老实"。总之,"他吃,他喝,他嫖,他赌,他懒,他狡猾,因为他没了心,他的心被人家摘了去,他只剩下那个高大的肉架子,等着溃烂,预备着到乱坟岗子上"。后来,淋病的折磨使祥子完全丧失了劳动能力,他只好利用参加别人的婚丧嫁娶的仪式聊度残生。"有结婚的,他替人家打着伞,有出殡的,他替人家举着花圈挽联,他不喜,也不哭"。"脏病使他迈不开步,正好举着旗或两条挽联,在马路上缓缓地蹭"。无论别人对他怎样的辱骂和打击,他却全然不顾。他已经完全变成了一具没有灵魂的行尸走肉。小说最后写道:"体面地、要强的、好梦想的、利己的、个人的、健壮的、伟大的祥子,不知陪人家送了多少回殡,不知道何时何地会轮到他自己,埋起这堕落的、自私的、不幸的、社会病胎的产儿,个人主义的末路鬼。"

二 对都市的"隔膜"

对于祥子从体面的、健壮的、要强的靠自己力气吃饭的个体劳动者,最终变成一个堕落的、没有灵魂的行尸走肉的悲剧，文学史家和评论者有一个基本的评价，即社会的黑暗，和虎妞的不幸的婚姻，以及个人主义的奋斗等。这样分析当然也对，但我们认为从祥子对城市的"隔膜"的角度来解释，或许更接近祥子悲剧的实质。

中国整体上是一个农业型的乡土社会。但是自从城镇出现以后，特别是近代以来现代都市形成以后，逐步在生产方式、生活方式、行为方式、思维方式、价值观念等方面都与乡土社会具有不同甚或对立的特点。简单来说，在生产方式方面，乡土社会的农耕方式是分散的个体手工的小生产，都市工厂是集中的机械化的大生产，乡土社会以满足自身需要为生产目的，都市工厂以交换盈利为目的。在思想意识方面，乡土社会主要从封建伦理道德出发，遵从纲常礼教，恪守尊卑、上下、长幼、男女界限等，而都市社会大抵从现代的法律法规出发，讲究规则规范，注重自由、平等、个性（这些观念虽然在专制社会难以实现，但个人的自由和选择的多样还是比乡土社会要充分一些）。在价值观念方面，乡土社会以善恶为标准，而善又以孝、义、忍为内容，注重的是个人的道德修为，讲求的是脸面操守；都市则以功利为标准，即想方设法地追求个人利益的最大化，这种做法如果说在法制完善、规则合理的社会中是允许的和正当的话，那么一旦社会的法制和规范出现漏洞，在不注重道德和操守修为的情况下，受欲望的驱使，人们往往会做出伤天害理的极端的事情。总之，乡土是农耕文明，都市是工业文明；乡土是自足社会，都市是商业社会；乡土是熟人社会，都市是陌生人社会；乡土是封闭社会，都市是开放社会……这样一来，生长在农村，失去土地以后流落到都市的祥子，必然对都市的生产方式、生活方式、行为方式、思想方式，以及价值观念等产生"隔膜"，而由这些"隔膜"，最终造成他的生存悲剧、婚姻悲剧以及生命悲剧等。

毫无疑问，对于种田来说，健壮的、勤快的祥子一定是一把好手，但是不幸的是他母父双亡，失去了土地。无奈之中他流落到城市，在城市尽管他"凡是卖力气能吃饭的事几乎全做过"，但终究没有一样做得长久，也就是说在城市仅凭力气不一定能够吃上饭，因为这里不是农村的种地。最后祥子之所以选择拉车作为在城市谋生的职业，恐怕很大程度上还是因为拉车和农村的种地一样，属于分散的个体劳动。一旦拉车能够养活自己，祥子就想有一辆自己的车就如同乡间有一块自己的地一样，凭着自己的力气和勤劳就能换取安稳的生活，这是祥子的理想，也是祥子的宗教，为此他在所不惜。所以当祥子通过三年的辛苦努力买上第一辆自己的车时，他高兴得几乎要哭出来，并且还把这一天作为自己的生日来纪念。但是城市的拉车和农村的种地还是有不一样的地方，种地可以只管自己不管别人，而拉车作为城市的一种职业，就有它的规则和潜规则，而祥子不懂这些，只顾自己赚钱，所以他自私、别扭，不合群，"不得哥儿们"。正如老车夫所说的："干苦活的打算独自一个混好，比登天还难，一个人有什么蹦儿？看到过蚂蚱吗？独自一个儿也能蹦的怪远的，可是叫个小孩儿逮住，用线儿拴上，连飞也飞不起来。赶到成了群，打成了阵，哼，一阵就把整顷的庄稼吃净，谁也没法儿治它们。"① 然而祥子不懂这些，也就是对此"隔膜"，所以说祥子的个人奋斗，决定了他的孤独、脆弱，最终导致了他生存的困境、婚姻困境、生命困境等。另外，从一些生活细节上也可以看出祥子对都市生活的"隔膜"，如他用闷葫芦罐储钱的方式，和农民把钱藏在家里或埋在地里是一样的。

钱理群在《中国现代文学三十年》（修订版）中曾经用"对城市文明病与人性关系的探讨"的观点来论述《骆驼祥子》，他说："祥子似乎注定被腐败的环境锁住而不得不堕落，他想向命运搏斗而终于向命运屈服，他的一切幻想和努力都成为泡影，恶劣的社会毁灭了一个人的全部人性。这种表现是悲观的，因为老舍不止于批判现实社会，也不止于批判传统文明和落后的国民性，他显然在思考城市文明病如何和人性的冲突的问题。老舍说他写《骆驼祥子》很重要的一点便是'由车夫的内心状态观察地狱是什么样子'，这个'地狱'是那个在城市化过程中产生的道德沦落的社会，也是为金钱所腐蚀了的畸形的人伦关系。像虎妞的变态情欲，二强子逼女卖淫的病态行为，以及小福子自杀的悲剧等，对祥子来说都是锁住他的'心狱'。小说写祥子的一个个不幸遭遇，蕴含着一个不断向自我的和人类的内心探究的旅程结构。祥子从农村来到城市，幻想当一个有稳固生活的劳动者，可是他的人生旅途每经过一站，他都更沉沦堕落一层，也愈来愈接近最黑暗的地狱层。无论是祥子

---

① 老舍：《骆驼祥子》，《老舍全集》第3卷，人民文学出版社1999年版，第206页。

新来乍到就看到的那个无恶不作的人和车厂,还是在他结婚后搬进去的杂乱肮脏的大杂院,或者他最后走向那如同'无底的深坑'的妓院白房子,小说都是通过祥子内心的感觉来写丑恶的环境如何扭曲人性,写他在环境的驱使下如何层层给自己的灵魂泼上污水,从洁身自好到心中的'污浊仿佛永远也洗不掉',最后破罐子破摔,彻底沉沦。祥子被物欲横流的城市所吞噬,自己也成为那都市丑恶风景的一部分。小说直接解剖构成环境的各式人的心灵,解释文明失落如何引发'人心所藏的污浊与兽性'。老舍对城市中'欲'(情欲、财产欲、贪欲等)的嫌恶,对城市人伦关系中'丑'的反感,主要出于道德的审视。人们从《骆驼祥子》阴暗龌龊的图景中,能感触到老舍对病态的都市文明给人性带来伤害的深深的忧虑。在30年代,像《骆驼祥子》这样在批判现实的同时又试图探索现代文明病源的作品是独树一帜的。"①

杨义在《中国现代小说史》中也曾从"市民化"的角度分析了祥子堕落的原因,他说:"总之,与虎妞的共同生活,使祥子受到了相当程度的'市民化'的侵蚀,他已在人格独立、身体健壮和生活方式诸方面,不同程度地失去了'农民——车夫'的完整性。虎妞的难产而死,是祥子生活转折的另一个重要契机。他卸去了精神上的严重束缚,完全有可能在正常、健康的社会环境中复活他的劳动者的本色,同时他也卸下了家庭生活的责任,在黑暗污浊的社会环境中又完全可以接受了'市民化'的消极一面,下滑到堕落的深渊。为虎妞送葬,卖了车,从而失去半个饭碗。小福子是他理想的人,但他无力负担她老父稚弟的生活,失去了重新建立家庭的资格。生活的无穷无尽的磨难是要索尽灵魂的代价的。他不想再从拉车中获得任何光荣,逐渐沾上烟、酒、赌。他也看破了体面,下贱地接受主人的姨太太的引诱,横蛮地在大街上寻衅打架。……(小福子的吊死)这种毁灭性的打击,摧毁了祥子的希望、美德和整个灵魂,使之成为'文化城'失了灵魂的走兽,个人主义难能救药的末路鬼。"②

以上他们都从环境对人的制约方面分析了祥子堕落的原因,虽然论述的不能说不精辟独到,但仍感到有不全面的地方。诚然人是环境的动物,任何

---

① 钱理群等:《中国现代文学三十年》(修订本),北京大学出版社1998年版,第251页。
② 杨义:《中国现代小说史》第2卷,人民文学出版社1998年版,第200—201页。

人都不可能摆脱环境的影响；另外，城市由于行业众多——五行八作，人员复杂——三教九流，又加上它是政治、经济、文化、交通的中心，物质和文化生活丰富多彩，但又生活节奏快捷，人际交往频繁，并且随意性很大，因此有许多机会，但同时也存着许多陷阱和许多诱惑，容易滋生犯罪或使人堕落。这只是问题的一个方面，或者换句话说，虽然城市充满着陷阱和诱惑，但并没有使城市的人员个个都成为罪犯或堕落，或者就现实来说，不仅大学生向往城市、大城市，甚至农民也希望到大城市打工。现在还回到我们的问题，既然城市不一定是使人堕落的所在，那么祥子堕落的原因是什么呢？恐怕还得从祥子自身来寻找答案——其根本原因我们认为还得从祥子对都市的"隔膜"谈起。

前面我们说过，乡村是熟人社会，你的言行除了自身的修为以外，还要受到熟人的制约，即人伦关系和伦理道德的制约，也就是说你的一举一动，别人都看到眼里，如果一着不慎，你将身败名裂，不仅你个人无脸见人，也会影响到你的家庭、家族，如说某某家的小子如何如何，真是丢先人的脸。所以在乡村这个熟人社会中，你自觉不自觉地会受人伦道德的制约，注意自己的言行。而城市是陌生人的社会，人际交往具有很大的随意性，个人的言行除了自身的修为以外，更主要的是受法律法规来制约。但法律法规是有限的，它只限制人的最低行为，即通常人们所说的只要法律没有制止的事情人们都可以做。然而人的欲望是无限的，再加上城市的诱惑和陷阱又膨胀了人们的欲望，在没有熟人社会人伦道德的制约下就会向恶性的方面发展。即以祥子来说，流落到城市之初，他仍抱着农村固有的观念……以自己的辛勤劳动来养活自己，甚至发家致富，为此他不顾及别人甚至和老弱病残车夫抢生意。这种做法或行为在农村也许是可行的，但是这种行为在城市却行不通，除了受兵匪、流氓无赖的敲诈欺负以外，还有行业规则或潜规则的制约，祥子对此是"隔膜"的，因此他不合群，没有哥儿们。但是从利益方面来说，又使祥子摆脱了熟人社会的道德约束，他不再顾忌一群陌生人对他的评头论足，因为他们和自己的家族或先人无关。所以当虎妞死后，特别是当小福子这个城市最后一个和自己熟识的人死后，他更无所顾忌，他的人性的恶念像决堤的江河，一泻千里。于是"他吃，他喝，他嫖，他赌，他懒，他狡猾"，他耍横,他骗钱,他告密,只要有法子对付三餐,他什么都干。总之他成了一具没有灵魂的行尸走肉,"个人主义的末路鬼"。

三 婚姻的"隔膜"及对虎妞形象的再认识

从婚姻方面来说,先不要说以爱情为基础的婚姻才是现代理想的道德的婚姻,即以祥子为例,一个流落到城市、靠拉车为生的农民,不管怎么样的女人,能够娶上媳妇就是不容易的事,因此祥子能够娶上车场老板的女儿虎妞,无论从哪方面来说,对祥子都不能说是最不幸的事。因为根据传统的婚姻模式,即第一是以传宗接代为目的的,第二是先结婚后恋爱,那么祥子和虎妞的婚姻为什么会成为悲剧,不仅直接导致虎妞的生命悲剧,而且加速了祥子的堕落,其真正原因是什么呢?我们认为是城乡"隔膜",即城乡在生活方式、行为方式,特别是思想意识和价值观念等方面的差异或对立造成的。

长期以来,人们在对祥子婚姻的评价中,对虎妞大都持否定批判的观点:一是从形貌上认为她又老又丑,二是从阶级和道德意识出发,认为她是具有好吃懒做剥削阶级思想及生活放荡等作风问题,三是"男性化"的性格特点令人厌恶等。

诚然,如果从阶级和道德意识出发,或者从男性中心意识出发,虎妞都不能算一个"好女人",但是如果从女性形象的塑造,以及人物性格的丰富性的角度,或从女性意识出发,虎妞是《骆驼祥子》中塑造"最成功的"人物形象[①],也是"中国现代文学史上最有光彩的女性形象"[②]之一。

(一)"男性化"的性格特点[③]

虎妞是在北方、都市与京城文化环境中形成的具有"男性化"性格特点的女性。其特点主要表现为:第一,虎妞在语言和行为方面表现出北方男性的直率、豪爽、粗犷、执着、倔强甚或粗俗等特点。她对谁都是那么直爽,

---

[①] 许杰:《论〈骆驼祥子〉》,转引自吴怀斌、曾广灿编《老舍研究资料》(下),北京十月文艺出版社1985年版,第670页。
[②] 陈思和:《中国现当代文学名著十五讲》,北京大学出版社2003年版,第308页。
[③] 以下参考了李城希《性格、问题与命运:虎妞形象再认识》一文的部分观点,见《文学评论》2009年第2期。特此说明。

无论是面对父亲、祥子还是车夫,她都快人快语,不藏不掖;同时"她什么都和男人一样,连骂人也有男人的爽快,有时候更多一些花样"(《骆驼祥子》,第35页)。"一向野调无调惯了",另外,她性格中还有明显的男性的执拗和倔强,特别是在对祥子的追求上,她说"他妈的,我喜欢不就得了",和别人没什么相干,而且一旦选择就决不放弃,直至和父亲发生冲突甚至决裂也绝不反悔。这种性格特点一反传统女性温柔、贤淑、顺从、乖巧的特点,也和祥子进城后的谨小慎微,老实木讷,甚至含羞露怯等形成了鲜明的对比。

第二,虎妞具有都市人特有的优越感。虎妞虽然也不是出身于名门望族,其父亲只不过是一个流氓混混改良的小车厂老板;她本人也不具有闭月羞花的容貌和大家闺秀的风范,但与从乡村流落到都市靠拉车为生的祥子相比,其社会地位和生活条件都比祥子优越得多,并且在和祥子相处的关系或婚姻关系中不加掩饰地表现出来。虎妞之所以不假思索,把祥子当作追求的目标并打定主意与之结合,除了她特有的直率以外,更重要的原因是她在祥子面前所具有的都市人的优越感。她明确地意识到了祥子与她不仅社会经济地位上有差距,就是在思想意识、价值观念、行为方式等方面都存在着无法跨越的距离。不仅虎妞的父亲,甚至虎妞自己也认为与祥子结婚是"下嫁",是对祥子的一种施舍。在她看来,祥子是"地道窝窝头脑袋……乡下脑壳!"与祥子结婚以后,她把这种优越表露无遗:"你娶老婆,可是我花的钱,你没有往外掏一个小钱,想想吧,咱俩是谁该听谁的!"而当祥子执意要去拉车时,她干脆对祥子说:"告诉你吧,就是不许你拉车,我就不许你浑身臭汗,臭烘烘的上我的炕。"(《骆驼祥子》,第137—138页)但是从乡下流落到城市的祥子又只会拉车,所以拉不拉车是祥子和虎妞结婚后最主要的冲突。一个不让拉车我就走(离开家),一个你要拉车就不准上炕,表面上看这只是生活方式和行为方式的冲突,但实际上也是祥子对虎妞都市优越感的一种反抗。结婚后,祥子和虎妞商量今后的生活打算,问她有多少钱,虎妞随即就说:"你看,是不是?我就知道你要问这个吗!你不是娶媳妇呢,是娶那点钱,对不对?"祥子听后,感到莫大的侮辱:"祥子像被一口风噎住,往下连咽了好几口气……他恨不能双手掐住她的脖子,掐、掐、掐、一直到她翻了白眼。"(《骆驼祥子》,第136页)但是当虎妞同意买辆车让他拉时,他才第一次也是唯一一次"觉得虎妞也有点好处"。

第三,虎妞具有"居高临下"的气势。在虎妞的男性化性格中,和都市优越感联系在一起的是具有"居高临下"的气势,阳刚有余而温柔不足。这种性格在她和祥子之间关系的发展过程中,表现得最为突出。如果说她接触并喜欢祥子是她的权利,其在情感和行动方面处处表现为主动地追求也可以理解,但其中盛气凌人或居高临下的优越感,则是造成祥子对其反感甚或厌恶的一个重要原因。因为对祥子来说它包含着不平等甚或屈辱。首先,虎妞对祥子的追求都是设计好的"骗局"。如第一次"诱骗"祥子时,一贯不注意穿衣打扮的虎妞,穿上"干净光滑"的衣裳,涂上口红,预备好了酒菜,让拉车回来的祥子喝,祥子说不会喝酒,虎妞马上说:"不喝酒滚出去,好心好意,不领情怎着?你个傻骆驼!辣不死你!连我还能喝四两呢。不信,你看看!""她把酒盅端起来,灌了多半盅,一闭眼,哈了一声。举着盅儿:'你喝!要不我揪你耳朵灌你!'"(《骆驼祥子》,第50—51页)当然,如果是男女间的平等交往,祥子就不会产生一肚子"怨气","真想和她瞪眼",也不能说虎妞的"粗俗"里面没有一丝真情,如"你个傻骆驼!"里面就含有些许的娇嗔和疼爱,但是虎妞这种居高临下的口气,这种盛气凌人的态度,简直就是强人所难,难怪祥子不愿和她交往,要和她斩断关系,出去拉包月。但虎妞却一再强迫祥子接受这种感情,"我就挑上了你,咱们先斩后奏",并警告祥子"跟我犯牛脖子,没你好的儿,告诉你!"除了语言上的盛气凌人,虎妞还在行动上对祥子随意支配,"我给你出个好主意",不是偶然的行为指导,而是虎妞面对祥子一开始就具有的居高临下的心态和气势。在她看来,祥子本身就是一个乡下人,即使进到城市来也是一个下等的车夫,她一个车场老板的女儿对他的支配也就是自然而然的事。这种支配还表现在她对祥子的性的纠缠,她要从祥子身上弥补被耽搁的青春,把祥子视作自己性欲的玩物。所以结婚以后,祥子简直没有回家的勇气,家里娶的不是老婆,"而是个吸人精血的妖精",祥子后来的自甘堕落不能说和这些没有关系。

(二)具有现代经营和现代管理才能的"现代"女性

虎妞还是一个在都市商业文化环境中形成了具有现代经营和管理才能的

"现代"女性。我们之所以把现代打上引号,主要是相对于传统的相夫教子的家庭妇女而言的,而不是现代意义上的现代女性。但其确实有独特的特点:第一,虎妞在日常生活中具有精明干练的特点。她"帮助父亲办事是把好手……刘四爷打外,虎妞打内,父女俩把人和车厂治理得铁桶一般。"(《骆驼祥子》,第35页)"打外"是建立横向的人际关系,刘四用的是流氓无赖的手段;而"打内"则是切实的经营管理,也就是把厂里的各种事情、各个环节都纳入自己的视野之中并予以有效的监管,这里除了细致以外,还得善于协调。日常经营方面,她能够对付各式各样的车夫——刁对刁,蛮对蛮,没有人能占到便宜。另外,在为自己办理婚事的过程中,不仅显示出虎妞的精明,而且显示出她的干练。从租房、装修到嫁娶仪式的整套过程,全是她一人操办,而且"事情果然办得很快",还很圆满。这就是她能够用最简洁的手段或方法达到目的的极为干练的一面。

第二,虎妞还具有明确的商业意识,即经营的意义或目的就在于用最小的付出或投入来赚取最大的利益。结婚以后,当祥子执意要有自己的车拉时,虎妞想的则是"弄上两三辆车,一天进个块儿八毛的",而受农村小生产观念影响的祥子则仍然坚持要拉自己的车,于是虎妞就明确告诉他:"咱们买两辆车赁出去,你在家里吃车份儿行不行?行不行?"过去在评论虎妞这些言行时,说是剥削阶级好吃懒做的思想观念,现在来看,这正是虎妞对现代经营理念的熟知,如果对比祥子拉车攒钱的行为,我们就会明白哪种行为更符合现代经济规律。经营理念的对立或"隔膜"也是祥子和虎妞婚后不和的一个主要原因。

第三,虎妞还有精打细算甚至重利的一面。这首先表现在她与父亲经营车厂行为方面,她帮父亲"打内",把车厂管理的"铁桶一般",如果没有虎妞在经营过程中对细节特别是对钱物的严格管理就不可能有车厂的兴盛。和父亲闹翻以后,她自己把自己嫁了出去,而结婚的租房、装修,以及结婚仪式的全套过程,她也是能省则省。即使是结婚以后的日常生活同样表现了虎妞的精打细算。虽然她有吃"零嘴"的习惯,但与祥子的日常生活未见铺张。她重利的一面则主要从她与小福子关系中表现出来。"每次小福子用房间,虎妞提出个条件,须给她两毛钱。朋友是朋友,事情是事情"(《骆驼祥子》,

第 158 页），把朋友与利益关系既联系又区别开来。

第四，虎妞还有善抓机遇，行为决断的一面。这充分表现在她对祥子的追求上。年龄与自然条件的限制决定了虎妞几乎与婚姻无缘，可祥子的到来对于年近四十的她来说无疑是一次难得的机遇。祥子虽然是乡下人，但无论是身体还是内在品质都能满足她的需要。因此，虎妞一开始就抓住祥子不放，这并不是一时的冲动，而是认真思考的结果："他是理想的人：老实、勤俭、壮实；以她的模样年纪说，实在不易再得个这样的宝贝。"不仅如此，祥子一心要有自己的车的想法和行动，在虎妞看来正是他的优点，"他并不是个蠢驴"，但虎妞也并没有简单行事，"她颇得用点心思……她得松一把，紧一把，教他老逃不出她的手心儿去"。并且她还深知现实社会中的人情世故，特别是在自己的婚姻问题上，她深知父亲存在等级观念，如果嫁给祥子，就是"往下走亲戚"，这是父亲绝不同意的，为此她还精心设计了一条要祥子做干儿子然后再做女婿的计谋。可是当这一切都无济于事时，也就是说当父亲始终不同意她和祥子的婚姻时，虎妞就毫不犹豫地果敢地离开父亲，选择与祥子一起生活，最终自己把自己嫁了出去。这样一种办事干练、善于经营、懂得管理、行动果敢的女性，虽然不能和《子夜》中吴荪甫发展民族工业的雄心壮志相比，但就其性格中的雄强性来说，确实有一致的地方，而从女性的角度来说，虎妞精明干练，行动果断的特点，即使对当下女性仍有启示意义。

（三）具有中国传统女性的一般品质

虽然虎妞具有北方男性和现代都市女性的特点，但应该说虎妞还是具有中国传统女性一般特点的。从生活经历来说，虎妞当是一个跨世纪、跨时代、跨文化的人物，这对她的性格和命运有主要影响。老舍并没有写出《骆驼祥子》具体的年代，但从故事发生的背景来看，应当在民国或北洋政府时期。虎妞在作品中出现时的年龄是三十七八岁，死时已四十出头，所以她应是 19 世纪末出生，跨越了 19、20 两个世纪；从时代来看，她跨越了晚清与民国两个不同的时代，并且在晚清生活的时间长些，其学校教育大都在晚清进行，其思想意识、价值观念、行为习惯等在清末大致已经定型。从文化观念来看，她正处于传统与现代两种文化交替的时期，受现代文化思潮的影响，其思想意识、价值观念、行为习惯虽然都发生了变化，但传统观念的影响并不意味着有了本质性的改变，不要说虎妞这样市民家庭的女性，就是许多新文化的先驱者也都受传统文化的制约，在前进的道路上不是犹豫就是彷徨。所以虎妞在相当大的程度上仍然是一个传统女性，特别是在两性关系、婚姻家庭方面仍然受到封建思想观念，行为规范的制约，其表现如下。

第一，虎妞具有强烈的传统婚姻与家庭观念。在传统社会，甚至现代社会，中国人有一个固有的观念就是"男大当婚，女大当嫁"，到一定年龄的男女，如果没有谈婚论嫁，就会被认为不正常，即使是现代社会，大龄女人或不结婚的女人总是受到人们的猜疑——是不是身体或精神有病。这样一种婚姻观念对虎妞的影响是显而易见的。不管什么原因，直到三十七八岁还没有出嫁，这无论是从生理和心理角度，还是从传统婚姻观念来说，对虎妞都是一种痛苦的折磨。祥子的出现使虎妞梦寐以求的婚姻和家庭有了可能，于是她毫不犹豫地要抓住这或许是最后的稻草，并且当父亲反对并阻止她和祥子的婚姻时，她果断地断绝了父女关系（尽管她当时也有另外的考虑），义无反顾地和祥子结婚。虽然在结婚的过程中，她"没有和父亲说过一句话，没有弟兄的护送，没有亲友的祝贺"，喜庆中透着凄凉，但由此可以看出虎妞对婚姻与家庭生活的向往与执着，实质上她是把婚姻当作自己人生的归宿。

结婚之后的虎妞具有强烈的家庭观念，也就是说她是真心实意地要经营好这个家庭。虽然前面我们也说过，她在祥子面前具有"居高临下"的气势，但那都是出于对祥子近乎母爱式的关怀，她不让祥子拉车，尽管也有私心，但却是出于真情。她不止一次地对祥子说"我惦念着你，疼你，护着你"，结婚时她操办一切事务，结婚后她"变法儿给他买些做些新鲜的东西吃"，等等，这些都是虎妞作为传统女性对家庭重视的表现。

虎妞的传统家庭观念还表现在自觉的两性传统分工意识，即"男主外、女主内"。婚后的虎妞自觉"主内"，操持家务，有限的条件下不断丰富家庭生活，让祥子感受到家的温暖与快乐，"她做饭，收拾屋子；屋子里那点香味，暖气，都是他所未曾经历过的。不管她怎样，他觉得自己是有了家"，乡下进城的祥子因为虎妞才有了归宿。在祥子看来，婚后的虎妞尽管也有许多令人讨厌的地方，如她"不像个新妇。她的一举一动都像个多年的媳妇，麻利、老到，还带着点自得的劲儿"，但"一个家总有它的可爱处"。（《骆驼祥子》，第134页）也就是说不管外人（包括祥子）怎么看待，虎妞却自觉地扮演着"贤妻"的角色，这也是她对传统家庭观念的自觉遵守。

第二，虎妞还具有强烈的男性中心意识。从母系氏族解体以后，中国社会一直由男性统治，由生理（身体）的男强女弱，逐渐形成了男尊女卑的男性中心意识，这种思想意识的核心，除了强调男性统治的合理性外，更主要的是对女性的限制，所谓"夫为妻纲"，所谓"三从四德"等，一方面养成了男人的骄纵和专制，另一方面也培养了女性顺从的依附人格。虽然近现代以来，也从西方传来了所谓男女平等，所谓妇女解放等现代观念，但这些似乎和虎妞无关，对她影响最大的仍然是传统的男性中心思想，其主要表现为：一是自觉维护男性在家庭生活中的中心地位。虎妞本来就有着非常独立的生活能力，这从她操办婚事的过程中可以看得出来，但是结婚以后，她却表现出对祥子特有的依恋和依附性，如要祥子带她"出去玩玩"，这里面虽然不乏显摆的成分，但明显具有男性中心意识——夫唱妇随。"在娘家，她不缺吃，不缺穿，不缺零钱；只是没有个知心的男子，现在她要捞回来这点缺欠，要大摇大摆的在街上，在庙会上，同着祥子去玩"（《骆驼祥子》，第135页），这正是传统女性对男性依附的心理表现和行为表现。另一方面是虎妞深受"三从四德"思想的影响。虽然虎妞在和祥子结婚时具有果敢的一面，断绝了和父亲的父女关系（当然她当时也从血缘上考虑过，认为父亲毕竟是父亲，事后去认个错，父亲还会接纳自己的），可是当她知道父亲为了反对自己的婚姻而放弃了车厂悄悄地离开后，虎妞对自己的选择一度发生了动摇，"她几乎后悔嫁了祥子"，但很快放弃了这一想法，她"舍不得祥子。任他去拉车，他去要饭，也得永远跟着他"，这就是典型的"嫁鸡随鸡，嫁狗随狗"的传统婚姻观念对虎妞的影响。

第三，对传统婚姻形式的认同和遵守。某种观念在传承的过程中，往往会演变成一种习俗，成为人们普遍认同的某种规范，自觉不自觉地约束着人们的行为。如传统婚姻中"父母之命，媒妁之言"的婚姻模式，对虎妞就有很大的影响。在虎妞和祥子的婚姻关系中，城乡差异是两人难以克服的客观事实，也是得到父亲认同的最大障碍，因为讲究"门当户对"的刘四"不肯往下走亲戚"，所以他拼命阻止这门婚事，虎妞一开始对此就有清醒的认识，她曾对祥子说："你看，你要是托个媒人去说，老头子一定不答应。他是拴车的，你是拉车的，他不肯往下走亲戚。"（《骆驼祥子》，第 79 页）于是她为祥子设计了一条由干儿子到女婿的迂回路线，同时一有机会就在父亲面前说祥子的好话，"还是祥子，别人都差点劲"。她这样做的目的，主要是为了征得父亲的同意。可见"父母之命，媒妁之言"的婚姻传统已深深植入虎妞的意识之中。她最后与父亲的"决裂"并不是突破了这一传统的限制，而是如她所说的只不过是"先斩后奏"而已。另外，虎妞还完全遵从传统的婚嫁仪式。与父亲"决裂"之后，虎妞独自处理自己的婚姻大事，要自己把自己嫁出去。在这一过程中，她完全遵从传统的要求：首先是追求婚姻过程的吉祥与喜庆。租到房子后，"马上找裱糊匠糊得四白落地；求冯先生给写几个素字，贴在屋中"；同时她特别重视传统的结婚的程式，"屋子糊好，她去讲轿子：一乘满天星的轿子，十六个响器，不要金灯，不要执事。一切讲好，她自己赶了身红绸子的上轿衣"；再次，她还特别注意民俗的种种规定，如吉日的选择，"喜日定的是大年初六，既是好日子，又不用忌门"，做嫁衣时她"在年前赶得，省得不过破五就动针"（《骆驼祥子》，第 130 页）。由此可以看出，不仅直接婚姻观念在虎妞的意识中稳定存在，就是已经民俗化了的婚姻形式她也了然于心，虎妞的婚姻生活完全在传统规定之下。

第五章　丁玲：传统与现代"隔膜"的表现者*

丁玲（1904—1986）是中国现代文学史上最具女性意识的女作家。"五四"以后，她以鲜明的女性意识和女性立场，打破了第一代女性作家如冰心、庐隐等因思想观念的某种停滞而带来的女性作家在创作上的沉寂。从1927年到1929年是丁玲创作的早期，其作品如《梦珂》《莎菲女士的日记》表现出鲜明的现代女性的特点。20世纪30年代的"左联"时期，丁玲受时代潮流的影响，创作了一些表现"革命加恋爱"模式的作品，如《韦护》《一九三零年上海》（之一、之二）等，但丁玲到延安后，特别是40年代所创作的短篇《我在霞村的时候》《在医院中》，以及长篇《太阳照在桑干河上》等，仍然具有女性意识的特点。因此概括地说，丁玲主要表现的是现代女性在情爱方面的追求不得的情状。这又分为两种情况，简单地说，即爱我的我不爱，我爱的要么现实当中根本不存在，要么并不真心爱我。我们把这种现代女性在情爱方面的难以实现概括为"传统与现代的'隔膜'"的主题，虽谈不上精确，但还是有一些道理的。

一　现代女性与传统婚恋观的"隔膜"

在《莎菲女士的日记》中，丁玲虽然对莎菲的相貌没有具体的描绘，但

---

* 本章的部分内容曾发表于《当代文坛》2011年第5期，参见郭运恒《20世纪中国女性文学"身体写作"的嬗变》一文。

从作品中男性对莎菲的态度上来推测,莎菲无疑具有出众的容貌,不然一个患有肺病(不是说患有疾病就没有爱和被爱的权利)、爱发脾气、爱撒娇、无比任性的女孩,怎么能够赢得男人的倾心?我想除了固有的同情以外,很可能是女性相貌(如闭月羞花、沉鱼落雁)对男性的吸引,这正是传统的男性观念对女性的第一要求。

关于苇弟和莎菲的关系,无论出于什么原因,首先苇弟是爱莎菲的,这主要表现在他对莎菲物质生活的尽量满足上,包括吃、穿、用、住等一应物品,都为莎菲准备齐全,连莎菲喜欢的信封信纸等细枝末节都考虑到了;其次是对莎菲疾病的护理可以说是无微不至;最后是对莎菲一味地顺从忍让,甚至逆来顺受地承受捉弄,等等。以上这些当然代表着苇弟的忠厚善良,用莎菲的话来说,"如若一个女人只要能找得一个忠实的男伴,做一生的归宿,我想谁也没有我的苇弟可靠",但是从另一个方面来说,男人欺压女人固然是传统的男性中心意识,但是女人欺压男人也不是追求男女平等的现代观念,更何况苇弟对莎菲的爱里面还包含着传统观念,即对女人的占有和支配的权力,如当苇弟知道凌吉士对莎菲的追求后,一改往日的顺从忍让,曾出人意料地"大嚷大闹",于是莎菲发出了这样的疑问:"这种无味的嫉妒,这种自私的占有,便是所谓的爱吗?"这就是说苇弟并不懂得现代爱情,现代爱情的真谛在于真正意义上的男女平等,在于相互关爱中的心灵相通。难怪莎菲面对苇弟无微不至的照顾时,曾发出这样的感叹:"我更愿意有那末一个人能了解得我清清楚楚,如若不懂得我,我要那些爱,那些体贴做什么?……我真愿意在这种时候会有人懂得我,便骂我,我也可以快乐而骄傲了。"苇弟显然不是莎菲中意的男人。

在莎菲和凌吉士的关系中,无论凌吉士有多么高贵的外表,但他除了寻求满足传统男性意识以外,还有一个"卑劣灵魂"。莎菲说:"真的,在他最近的谈话中,我懂得了他的可怜的思想;他需要的是什么?是金钱,是在客厅中能应酬他买卖中朋友们的年轻太太,是几个穿得很标致的白胖儿子。他的爱情是什么?是拿金钱在妓院中,去挥霍而得来的一时肉感的享受,和坐在软软的沙发上,拥着香喷喷的肉体,嘴抽着烟卷,同朋友们的任意谈笑,还把左腿压在右膝;不高兴时,便拉倒,回到家里老婆那里去。"所以凌吉士对莎菲的追求，实质上是一个纨绔子弟在现代的一次寻花问柳，不含有丝毫的现代意识。而莎菲的表现则复杂得多。首先她对凌吉士外表的中意，是妙龄女郎正常的生理心理表现："那高个儿可真漂亮，这是我第一次感受到男人的美，从来我是没有留心到。" 对男人的美，不是莎菲以前没有留心到，而是她的生理、心理还没有达到对异性关注的年龄。现在，二十岁的莎菲长大了，她对异性有了渴望："他，这男人，我将怎样去形容他的美呢？固然，他的顾长的身躯，白嫩的面庞，薄薄的小嘴唇，柔软的头发，都足以闪耀人的眼睛，但他却还另外有一种说不出，捉不到的丰仪来煽动你的心。"

奥古斯特·倍倍尔在《妇女和社会主义》一书中说："在人的所有的自然需要中，继饮食的需要之后，最强烈的就是性的需要了。延续种族是'生命意志'的最高表现。这种需要深深地藏在每一个发育正常的人身上，到成年时，满足这种需要是保证身体和精神健康的重要条件。路德说：'如果有人想抵制自然的需要，因而不去做他想做和该做的事，那就犹如自然界不再是自然界，希望火不会灼人，水不会打湿东西，希望人可以不吃饭，不喝水，不睡觉一样。'路德的话是对的。"所以，问题不在于莎菲对凌吉士的外貌的一见倾心，被他的"说不出，捉不到的丰仪"迷惑，而是因为莎菲是"一个发育正常的人"，莎菲说："是的，我了解我自己，不过是一个女性十足的女人，女人是只把心思放到她要征服的男人们身上。我要占有他，我要他无条件的献上他的心，跪着求我赐给他的吻呢！我简直癫了，反反复复的只想着我所要施行的手段的步骤，我简直癫了！""一个女性十足的女人"，想方设法地要征服占有她心仪的男人，现在来看这是再正常不过的事情，然而莎菲的意义却在于，她把被传统男权社会压抑的女性的性意识萌动、觉醒的过程表现了出来，即使是知道了凌吉士有一颗卑劣的灵魂以后，仍然为他的仪表而癫狂："一旦他单独在我面前时，我觑着那脸庞，聆着那音乐般的声音，我心便在忍受那感情的鞭打！为什么不扑过去吻住他的嘴唇，他的眉梢，他的……无论什么地方？真的，有时话都到嘴边了：'我的王！准许我亲一下吧！'但又受理智，不，我就从没有过理智，是受另一种自尊的情感所裁判而又咽住了。唉！无论他的思想是怎样坏，而他使我如此癫狂的动情，是曾有过而无疑，那我为什么不承认我是爱上了他咧？并且我敢断定，假使他能把我紧紧的拥抱着,让我吻遍他全身,然后他把我丢下海去,丢下火去,我都会快乐的闭着眼等待那可以永久保藏我那爱情的死的来到。唉!我竟爱他了,我要他给我一个好好的死就够了……"受心仪的男子的外表所诱惑,情愿为他而死,几千年受封建政权、族权、神权、夫权乃至封建文化思想压抑的女性,终于"浮出历史地表",勇敢地宣称,除了心心相印的情爱以外,还有赤裸裸的性的需求,这就是莎菲的意义,也是丁玲的意义。

杨义在《中国现代小说史》中说:"作为女作家,丁玲的文学地位是双重的,她既是左翼文学发展的积极开拓者,又是女性文学狭小格局的有力突破者。'五四'女性文学乘妇女解放思潮崛起于文坛,已极大地改变了古代女子作品多为翠楼吟稿的娇慵之态,破天荒地在文学天地高竖女性之旗。但她们作品的生活世界和情感世界总令人有狭窄之感,多写中流社会女性生活,柔而乏刚,似初经放脚的女子,步履的力度和宽度皆嫌不足。丁玲是一双刚劲有力的天足奔驰与文学的马拉松长途的,她不满足于上辈女性作家以'女性'作为文学的旗帜,蓄志在更高的层次上把这面旗帜融合在整个文学天地之中。"① 杨义的评价是中肯的。

二 现代与传统的"隔膜"

在《中国现代小说史》中,杨义还说:"丁玲居于最广泛和敏捷地接纳时代思潮的作家之列,不仅在女作家中,而且在整个文坛亦复如此。她极为注意小说创作的当代性,多取材于发生不久,或正在开展中的重大事件,敏捷地对当时当事有所批评。"②

当然,作为一个受五四现代思潮影响的,具有个性意识的作家,她即使在表现正在开展的重大事件"对当时当事有所批评"的作品中,仍然表现了传统与现代——封建思想观念与现代价值观念的冲突,20世纪40年代初丁玲在延安所创作的《我在霞村的时候》就是表现根据地封建思想观念对人性的压制,也就是传统与现代的"隔膜"。

《我在霞村的时候》中的主人公贞贞,是一个生活在根据地的农村姑娘。

---

① 杨义:《中国现代小说史》第1卷,人民文学出版社1998年版,第267页。
② 同上。

在新的社会里，按说贞贞应该生活得很幸福，但是，不幸的是贞贞却承受了封建主义和帝国主义加在她头上的双重灾难。五四运动已经二十多年，但五四新女性已经争得的恋爱自由、婚姻自主的权利，她依然没有得到。她不敢按照自己的心愿与所爱的男人结合，又不愿嫁给父母为她聘定的米铺老板，只得逃离家门，到天主教堂去当修女。却不幸落入进村劫掠的日军手里，沦为军妓，受了数不清道不尽的蹂躏。然而贞贞并没有沉湎于一己的不幸，更没有麻木消沉，而是坚信人是自己命运的主宰，只要自己不颓丧，不失志，别人是不敢把自己怎么样的。所以当她一旦和抗日队伍有了联系，便积极复仇。她忍着疼痛冒着危险为游击队传递情报。"看见日本鬼子吃败仗"，她便想自己"吃点苦，也划得来"，并且认为自己找到了"活路"，并且"活的"还有意思。这些朴素的话语表明了贞贞已经超越了个人的苦难，显示出应有的民族大义。于是她承受着肉体上的侮辱和精神上的痛苦，继续为游击队传递情报，并以此作为实现自己人生价值的途径。偶然的机会，她逃出了日本的军营，并且满怀自信与尊严地回到村子里，心底是"那么坦白，没有尘垢"，满怀信心地去迎接新的生活。然而，霞村并没有接纳这个虽罹受磨难却并不沉沦的不幸女子，不仅对她不幸的遭遇没有表现出丝毫的同情，而且还以传统的观念冷眼以对："这次一路回来，好些人都奇怪地望着我，就说这村子的人吧，却把我当一个外路人，有亲热我的，也有逃避我的。再说家里几个人吧，还不都一样，谁都爱偷偷的瞧我，没有人把我当原来的贞贞看了。"人们不是对贞贞的不幸遭遇同情和对其逃出魔掌的庆幸，反而是捕风捉影，添枝加叶地谈论其"风流""放荡"的往事，"尤其是那一些妇女们，因为自己没有被敌人强奸而骄傲了"。还有以杂货店老板为代表的落后村民，他们以封建卫道士自居，以封建的贞操观念，对贞贞说三道四。他们"总是铁青着脸孔"，甚至声言"这种缺德的婆娘"，是不该让她回来的。面对这一切，贞贞除了默默地承受以外，唯一的出路就是逃离。最后，组织上安排她到延安治病，她也希望在新的环境中重新生活。

从作品描写的情境来看，贞贞沦为日本军妓的遭遇除了令人同情以外，还引起人们对日本鬼子兽行的愤慨；贞贞忍受屈辱和痛苦，为抗日游击队搜集传递情报的行为也令人赞颂，但是总的来看，还很难说贞贞是一个具有现代思想意识的现代女性,她逃出日本军营回村以后受到人们鄙视的事实,很大程度上是受封建传统观念,特别是封建贞操观念影响。村人对其失贞结果的不理解造成了这一切。本来生活在现代社会的人们,应该具有现代思想意识,而生活在解放区新社会的人们,仍在有意无意地用封建传统观念"挤死不合意"的人们,正是在这个意义上,我们说《我在霞村的时候》表现了传统与现代的"隔膜"。

鲁迅在《坟·我之节烈观》一文中说:"这类人不过一个弱者(现在的情形,女子还是弱者),突然遇着男性的暴徒,父兄丈夫力不能救,左邻右舍也不帮忙,于是她就死了;或者竟受了辱,仍然死了;或者终于没有死。久而久之,父兄丈夫邻舍,夹着文人学士以及道德家,便渐渐聚集,既不羞自己怯弱无能,也不提暴徒如何惩办,只是七口八嘴,议论他死了没有?受辱没有?死了如何好;活着如何不好。于是造出许多光荣的烈女,和许多被人口诛笔伐的不烈女。"贞贞的情况就是这样,在现实生活中,她和"父兄丈夫邻舍"村人并没有实际的冲突,而只是偶遇暴徒(日本鬼子),遭受强暴以后,她终于没有死,竟然活着回来了,而村人从传统的封建观念出发,认为这比害人者更加丢脸。于是对她"七口八嘴""口诛笔伐"。因此鲁迅说,"只要平心一想,便觉不像人间应有的事情",并说:"社会上多数古人模模糊糊传下来的道理,实在无理可讲;能用历史和数目的力量,挤死不合意的人。这一类无主名无意识的杀人团里,古来不晓得死了多少人物;节烈的女子,也就死在这里。……不节烈的人,便生前也要受随便什么人们的唾骂,无主名的虐待。"[①] 贞贞的结局稍有不同,她虽然受"无主名的虐待""唾骂",但并没有被"无主名无意识的杀人团"杀死,她离开了霞村,希望在新的环境中过新的生活。但是,如果传统的观念不改变,贞贞新生活的道路不容乐观。因为贞贞的身份是如此的特殊:日军"慰安妇",我军的地下情报员。由于我们特有的组织和档案制度,再加上严厉的政治审核及接连不断的政治运动和文化思想批判运动,很难说贞贞在霞村的遭遇不会在新的环境中发生,有可能会有过之而无不及。联系丁玲自己的生活遭际,答案将是肯定的。南京被囚禁的历史一直困扰了丁玲一生。由于国民党反动派的卑劣手段,又加之与

---

① 鲁迅:《鲁迅全集》第1卷,人民文学出版社1981年版,第124页。

丁玲同居的冯达的变节，人们不仅怀疑她的道德节操，更怀疑她的政治节操。在她身陷囹圄之初，社会上就纷纷传言，说她生活不检点的有之，说她变节投敌的有之。逃离南京来到延安后，丁玲曾一度天真地认为"到家了"，就可以像一个远离母亲的孩子一样向母亲诉说自己的委屈。然而，令丁玲没有想到的是，她却饱受了"自己人"的怀疑误解，"叛徒""变节""不检点"的风言风语不时传来，她周围充满了责备、猜疑和轻视的目光，以至于后来的被整肃（受批判）和被专政（遭囚禁）。由此来看，观念的变革将是漫长的，或者说传统与现代的冲突将会在很长一段时间内存在。

三　传统意识与现代科学的"隔膜"

如果说《我在霞村的时候》表现的是传统道德观念对人性的扼杀的话，那么《在医院中》则直接表现了传统的小生产意识与现代科学的冲突，或者说是传统与现代的"隔膜"。

《在医院中》的陆萍，毕业于上海一所产科学校，接受过系统的现代医学训练，不仅掌握了一定的现代医学知识，而且接受了现代思想观念。陆萍是一个具有爱心和追求进步的青年，上学期间，她曾到医院去做志愿者，热情地为"八一三"抗战中的伤兵服务。毕业后她受了很多的苦，辗转来到延安，并且入了党。为了党的需要，她听从组织分配，放弃了文学爱好和做"一个活跃的政治工作者"的愿望，来到了离延安四十多里路的新开的医院当产科医生。到医院后，虽然环境令她失望，但她仍然"打扫了心情，用愉快的心情去迎接该到来的生活"。于是她不计较席地而卧，以及与老鼠做伴的艰苦生活条件，也不计较医生与护士与分工的职责，除了做好自己分内的工作外，还认真地做着各种琐细和繁杂的护理工作。作为医生，她还打扫院子，亲自为病人、产妇换药，替孩子们洗换，做棉花球、卷纱布等。"她不特对她本身的工作、抢着服务的热忱，而且她很愿意在其他的技术上得到更多的经验。"然而医院的状况却极端恶劣，除了药品及医疗设备等物资条件匮乏以外，更主要的是：一是缺乏责任心，二是不尊重现代医学科学知识。院长是种田的出身，在军队里干了很久，对医务知识全然外行。医生来源复杂，又各怀心事。看护既不懂医疗卫生知识（她们一共学了三个月看护知识，可以认几十个字,记得十几个中国药名),又对本职工作不感兴趣,缺乏责任心,"什么东西都塞在屋角里。洗衣员几天不来,院子里四处都看得见有用过的棉花和纱布,养育着几个不死的苍蝇"。面对这种恶劣的现象,陆萍以医生的道德和现代知识分子的责任心,以很大的耐心,在不同场合、会议上向各级各层领导提出意见,企图改变这种状况。"她有足够的热情,和很少的世故。她陈述着,辩论着,倾吐着她成天见到的一些不合理的事",不断提出自己的合理建议。她替那些病员要求"清洁的被袱,暖和的住室,滋补的营养,有次序的生活。她替他们要图画、书报,要有不拘形式的座谈会,和小型的娱乐晚会……"她不顾流言蜚语,"仍在兴致很浓厚的去照顾那些产妇,那些婴儿,为着他们一点点的需索,去同管理员,总务处,秘书长,甚至院长去争执"。然而由于她不善于察言观色,她的可行的意见不仅不被采纳,反而被视为爱出风头的小怪人,"被大多数人用异样的眼睛看着"。但她仍不顾这些,"她寻仇似的四处找着缝隙来进攻,她指摘着一切。……她永远相信,真理是在自己这边的。"一次她在协助外科医生的手术中,因院长为了节省几十块钱,只能在手术室生三盆炭火取暖,陆萍和医生都中煤气晕倒。养病过程中,医院却流言四起,说她和外科医生恋爱,害了单相思。连党支部也批评她因恋爱而妨害工作,有"小资产阶级意识、知识分子的英雄主义、自由主义等等"思想,"总归就是党性不强"。只有病人、伙夫和一个断腿的老同志同情她。直到卫生部派人调查,她幸运地被理解了,她要求再去学习的事也被准许了。最后"她真真的用了迎接春天的心情来离开这里的"。

整体上说,小说的艺术性并不算高,但小说的独特性在于,作家以五四科学、民主、自由的现代精神,敏锐地发现即使在革命圣地的延安,还存在着多么浓厚的小生产思想意识,而要用现代科学文化知识去改造人们的落后的小生产思想意识,是何等的艰难曲折。说实话,陆萍并非一个成熟的无产阶级革命家,但她却是一个有着现代医学科学知识、现代思想观念,有个性有责任心的现代青年,她不允许违背现代医学卫生常识的现象发生,并与之进行坚决的斗争,为此她甘冒被孤立的风险,甚至还要冒着生命危险,其精神人格是值得赞颂的。然而她的言行不仅不被具有浓厚的小生产思想意识、行为习惯的人们理解,甚至也不被自称为具有崇高的共产主义理想,为全世界无产阶级解放而奋斗的共产党人的理解，说她是小资产阶级意识，知识分子的英雄主义、自由主义等。因此，我们认为，《在医院中》除了表现传统与现代"隔膜"的主题以外，还敏锐地提出了一个有关走向革命的现代知识分子"生存"还是"死亡"的重大命题，即葆有现代意识和个性的知识分子在革命过程中的两难选择：要么坚持个性而被大众放逐，要么消融个性随波逐流。陆萍曾为此痛苦过："现实生活使她感到太可怕。她想着为什么那晚有很多人在她身旁走过，却没有一个人援助她。她想着院长为节省几十块钱，宁肯把病人，医生，看护来冒险。她回省她日常的生活，到底干革命有什么用？革命既然是为着广大的人类，为什么连最亲近的同志却这样缺少爱，她踌躇着，她问她自己，是不是我对革命有了动摇。"这不仅是陆萍的疑惑，也是当时一大批走向革命的知识分子的共同疑惑。是的，在当时的历史条件下，投身革命的知识分子都曾面临过这样两难的处境：如果不消融自己的个性，不遮蔽自己建基于现代科学文化之上的现代意识和现代精神，就很难融于革命与大众，到头来只能像陆萍那样成为大家眼中的一个怪人，最终被革命和大众放逐。但是为了融入革命，融入大众，自动地放弃自己的独立思考，放弃原有的现代意识和个性精神，这对知识分子来说也是痛苦的，因为实际上就等于放弃了自己的历史使命和历史责任。丁玲当时认识到了这一点，但是并没有明确的给予回答。组织上同意了陆萍再一次以"迎接春天般的心情"来迎接新的生活。而新的生活又会怎么样呢？小说的结尾写道："新的生活虽要开始，然而还有新的荆棘。人是要经过千锤百炼而不消溶才能真正有用。人是在艰苦中成长。"是的，人是在艰苦中成长的，但是中国知识分子在中国革命的过程中，成长的过程却异常艰难和曲折，其经验教训不是我们这个话题能够说得清楚的。

另外再说明一点：《在医院中》不仅表现了传统与现代的"隔膜"，还表现了革命环境中的人和人之间的冷漠和互相猜疑。如陆萍刚报到时，同屋的"穿花衣的女同志"对她的态度，她只在意她的鞋面，"她好像一个老旅行者，在她的床的对面，多睡一个人或少睡一个或更换一个都是医院，没有什么可以引起波动的。她把鞋面翻看了一回之后，便把铺摊开了"。对新的刺激毫无反应，这就是麻木，而对刺激有所反应，但却不屑一顾，只能是冷漠。而我们需要思考的是，是什么原因造成了同一医院的职工，甚至是姐妹这样的漠不关心，其答案只能是猜疑，相互的不信任。这又牵涉到根据地的人事制度和隐秘的人事关系。这里虽然是一所偏僻的医院，但一方面能来这里工作的要么是军队中曾经的领导，要么是需要照顾的有一定身份人的夫人；另一方面来这里住院的，则大多是领导们将要临产的女人，或应该为领导们生孩子的女人。所以人们对新来的年轻漂亮的女人的第一感觉是："呵！又是来养娃娃的呵！"而平时的相处中，要么是生活上的情敌，如处处防着与丈夫交往的女性的那位"小儿科医生"；要么是工作或晋升上的对手，如陆萍只有在最好的朋友面前才会毫无顾忌无话不谈，因为"她不会担心他们不了解她，歪曲她，指摘她，悄悄去告发她"。在正常的社会中，人们除了受法律、规章制度的规范以外，你不必要再在意自己言行，也就是说只要不违反法律和规章制度，你有充分的自由。但是在不正常的社会环境中，你的一举一动都被别人看在眼里，记在心里，如果被人告发，轻则受到批评教育，影响进步，重则家破人亡。根据地这种人人自危、相互提防的人际关系正是造成"隔膜"或冷漠的原因。

第六章　钱锺书：中西文化"隔膜"的表现者

钱锺书（1910—1998）是中国现代文化思想史上学贯中西的一代学人，其创作于20世纪40年代的"学人小说"《围城》，饱蘸着作者的深情。钱锺书中西合璧的文化造诣也让这部书熠熠生辉，领略学者的博学与广识。

钱锺书20世纪30年代赴英留学，"爱读小说，尤爱读西洋小说，抗战末期他忽然发感慨，觉得读了半辈子书只能评头论足却不会创作，连个毛姆都赶不上。于是发愤图强，先写短篇后写长篇，那部举世闻名的《围城》就是在这样的愤激情绪下产生的"①。因而在这部书中，欧美文化的影响是显而易见的，作者迥异于国内作家的英美思维结构方式也凸显其中，中西文化的影响自是不在话下。

众所周知，在20世纪七八十年代大规模地"重写文学史"图景中，海外学者夏志清的《中国现代小说史》以及司马长风的《中国新文学史》等文学史论著起到重要的推动作用。有研究者认为夏志清的《中国现代小说史》构成了80年代以来"重写文学史"的最重要的动力。正是在这一"重写"的过程中，许多被忽视、湮没的作家被重新发掘、提升。夏志清对钱锺书的高度评价，也有力地推动了后来钱学的发展。夏志清认为："《围城》是一部探讨

---

① 郑朝宗：《但开风气不为师·〈文化昆仑——钱锺书其人其文〉》，人民文学出版社2000年版，第27页。

人的孤立和彼此间的无法沟通的小说。"① 正是这"孤立"和"无法沟通"造成了"隔膜",从而在精神层面探讨人生的悲剧意蕴。

"隔膜"的状态遍布全书,作为受过西式教育的知识分子,方鸿渐早已摆脱了鲁迅《高老夫子》中的高尔础、老舍《离婚》中的张天真之流的崇洋媚外的肤浅,也没有张吉民这类西崽洋泾浜英语的可笑与浅薄。但是方鸿渐对于西方文明并没有切近的认识,对主张人之独立自主、自由民主的西方观念,只是领略了皮毛而已,走马观花式的游历,缺乏进一步的探索。对中国传统文化,故不似其父的坚守,但是在深谙传统痼疾的同时却未能汲取其中的精粹,在鄙夷的同时竟是在不知不觉中同流合污了。中西文化的掺杂,在其身上体现得淋漓尽致,造就的人生履历浸染着悲情的因素,让人不禁唏嘘。

一 中西教育的"隔膜"

方鸿渐游历英法德三国,却是个游学生,没学到什么真正的知识。"方鸿渐到了欧洲,既不钞敦煌卷子,又不访《永乐大典》,也不找太平天国文献,更不学蒙古文、西藏文或梵文。四年中倒换了三个大学,伦敦、巴黎、柏林;随便听几门功课,兴趣颇广,心得全无,生活尤其懒散。"② 在家乡中学的演讲更是让人大跌眼镜,只管讲梅毒和鸦片是中国明朝吸收的西洋文明。以至于后来在三闾大学任教时,不管是教伦理学还是教英语,都是在胡混,没有学富五车,也就没什么真才实学可以卖弄,大有临时抱佛脚之感。由此可知,对西方文明缺乏深邃的认识可见一斑,更遑论在战乱年代,指望这些渡过金的留学生能够秉承民族精神、捍卫民族气节。中华民族自古讲究勤奋、努力,"懒散"在中国社会受到鄙薄,方鸿渐未能洞悉懒散后的精进,一味地走享乐主义之路,游学四方而终无所得。

对于西方文明的"隔膜"使他们胸无大志,方鸿渐在回国途中与鲍小姐的鬼混,也算是懒散却又开放的西方两性关系的表现,但是这种风流是没有责任心的,彼此倒是享受这苟且的一时畅快,不尊重人之为人之真性,却未察觉到这是西方文化的毒瘤。也为此与此生挚爱失之交臂,放纵的结果是自

---

① 夏志清:《中国现代小说史》,复旦大学出版社2005年版,第286页。
② 钱锺书:《围城》,人民文学出版社1980年版,第8—9页。

食其果。

那买假文凭一事更是丑态毕现，但是却成了不能提及的秘密，以至于后来为这而受到韩学愈的暗中打压。面子问题在中国可是相当重要，为了满足虚荣心的缘故罢了："这一张文凭，仿佛有亚当、夏娃下身那片树叶的功用，可以遮羞包丑；小小一方纸能把一个人的空疏、寡陋、愚笨都掩盖起来。"受传统文化的濡染，方鸿渐当然知晓其间的利害关系，因而不敢劝阻父亲。在"君君、臣臣、父父、子子"的封建家庭伦理纲常的笼罩下，方鸿渐是以屈服的姿态对待父亲的，方老先生更是不会容许他的抗议。方遯翁劝诫儿子用功的一封信便是明证："吾不惜重资，命汝千里负笈，汝埋头攻读之不暇，而有余闲照镜耶？……且父母在，不言老，汝不善体高堂念远之情，以死相吓，丧心不孝，于斯而极！"文如其人的感觉扑面而来，方遯翁保守、迂腐、偏狭的性格跃然纸上。封建时代的乡绅对于自己的家长权利的挑战是不会坐视不管的，在这一点上，方遯翁可以和《家》中的高老太爷平分秋色，也比《子夜》中的吴老太爷要强硬得多。

尽管方鸿渐曾经留过学，但是他还没有巴金笔下《家》中人物的决绝，断不敢有胆量去辩驳，没有勇气失掉背后的经济依靠而自食其力。最后算是昧着良心买了假文凭，但是看着报纸上的刊登，难免会做贼心虚，看得扎眼睛。中西文化的夹缝造成了他似乎想做好人而不可得的尴尬，也就促成了其随大流、无主见的性格。东方文明最基本的"礼义廉耻信"也差不多被抛到了九霄云外。他与"同情兄"赵辛楣似乎对一切事情都抱着揶揄的态度，然而反躬自身，却是无情的反讽，批评者的批评正是自身的真实写照。老一辈的传统文化观念和新一代的都市文明在某些方面是格格不入的，方老先生和方鸿渐可谓是中与西的对立，但是两方面从未就个中原因坦怀，是因为作为父权象征的父亲对于子女有着不可违抗的干涉权，方鸿渐在这种环境中长大，根深蒂固的潜意识是西方文明不是一朝一夕能够去除的，何况经济未能独立的方鸿渐，又怎敢理直气壮地反对自己寄食与依靠的家庭？所以方鸿渐只能默认父亲的做法，而在心底表示反对。方鸿渐对父权的孱弱的表现，也正是中西不同教育的结果。

加之，代际总有隔膜的存在，"有时这种年辈意识比阶级意识更鲜明。随你政见、学说或趣味如何相同,年辈的老少总替你隐隐分了界限,仿佛瓷器上的裂纹,平时一点没有什么,一旦受着震动,这条裂纹先扩大成裂缝"。贴切的比喻一针见血,正如玛格丽特在《代沟》中认为文化有三种类型,一种是"未来重复过去"的青年人向老年人学习的后象征文化,另一种是"现在是未来的指导"的青年人和老年人相互学习的互象征文化,还有一种是年长者向孩子学习他们未曾有过的经验的前象征文化。① 然而在西学东渐发生了几百年的情况下,老中国儿女依旧在自己的体制内规训着子弟,不允许存在任何对现存尊长礼节的亵渎。方鸿渐当然无力完成中西文化的交融,也没有胆量以自己那捉襟见肘的见识推进"前象征文化"的历史发展。叛逆对于他来说属于别一路,这叛逆刚有了苗头也就被无情地扼杀了,代际的隔膜只能潜滋暗长而终无光天化日之时。随着年龄的增长,以及阅历的丰富,青年的血气方刚的方鸿渐大抵已被生活磨平了棱角,那点儿谋划叛逆的念头也慢慢消逝了,留过学对于他来说倒是没什么影响,也就对中国现存的积习司空见惯、见怪不怪了,只剩隔靴搔痒的冷嘲热讽。

20世纪三四十年代,中国风气渐开,三闾大学中的人事纠纷、党派分明也未被西方文明剔除干净。"中国特色"就像是甩不掉的烂泥,贴在"中西合璧"这块招牌上。三闾大学的乌烟瘴气是中国传统文化培育出来的特色"风景",在这一"风景"中,韩学愈买假文凭、娶白俄女人冒充美国人、让自己的学生去旁听方鸿渐讲课制造其与刘东方的间离,场场都是拿手好戏,做起来不慌不忙、慢条斯理;李梅亭到校后想做主任而不得的丑态、倒卖西药作为息事宁人的手段、旅途中荒唐的不轨行为,没让人感觉有什么瞠目结舌的地方,作者写得入木三分的尖利;其他如陆子潇的虚荣、高松年的"高谈阔论"、汪处厚的拉帮结派,都为这"风景"添加佐料,一群人的明争暗斗,大学的教育质量可想而知,上至校长、下至学生,把个大学搞得像一个政治演习所,而非追求知识、增长智慧的神圣殿堂。尤其是那不中不西的"导师制",演化成了视学夸夸其谈的资本、李梅亭施展权力的手段,对学生毫无进益。

战时的特殊环境,老师们都在敷衍着本职工作,关注的重心落在头衔和

---

① [美]玛格丽特·米德:《代沟》,曾胡译,光明日报出版社1988年版,第20页。

工资上，学生也没有真正安心于学业，而是卷入其中充当炮灰。方鸿渐、赵辛楣这些受过西式教育的人，对于这一现象多有指责，但是方鸿渐本身还在为教授的聘职耿耿于怀，赵辛楣也为汪太太的事落荒而逃。高松年、汪处厚、陆子潇、韩学愈之流又有多少是真才实学呢？"女才子"苏文纨、高傲迂腐的董斜川、招摇撞骗的褚慎明也很难有真知灼见。对西方教育囫囵吞枣的理解、对中国旧式教育的不离不弃，三闾大学造就了这批人对教育的"隔膜"，这隔膜来得深切，有些人似乎还未感受到，有些人意识到了却参与其中而无法改变。

二 家庭"隔膜"

作为一部"流浪汉小说"，《围城》中的"方鸿渐们"都处于漂泊的状态中。家庭对于方鸿渐来说又意味着什么呢？无论是在父亲家或是准岳丈家，抑或是日后与孙柔嘉组成的小家庭中，方鸿渐都没能找准自己的位置。在父亲家中，由于战争举家迁徙，门户尚可勉强支撑。然而带着孙柔嘉作为新婚夫妇回家，已经没有多余的新房了。并且多年的漂泊在外，大家庭内部的妯娌拌嘴很是让方鸿渐生疏。作为受过新式教育的孙柔嘉，不会愿意安心地在家相夫教子；作为职业女性，她自有自己的生活方式，而那大家庭烦琐的事情也是孙柔嘉所惧怕的，妯娌间以及婆媳间的相处之道也是一项大学问。

方遯翁秉持中国传统的观念——"家无主，扫帚倒竖"。奈何儿子没什么本事，让儿子一人养家很难，自己还要应付这一大家子，也对自己的能力心知肚明，也就不能强硬地要儿媳做个管家婆。貌似开明的举措，实是方老先生的无奈，倒不如做个顺水人情以表自己的大度。

在礼节方面，双方也是有许多龃龉。"柔嘉直挺挺踏上毯子，毫无下拜的趋势，鸿渐跟他并肩三鞠躬完事。""方太太满以为他们俩拜完了祖先，会向自己跟遯翁正式行跪见礼的。鸿渐全不知道这些礼节，他想一进门已经算见面了，不必多事。"可见方鸿渐和孙柔嘉这样的行事方式并不得二老的欢心。而这正是他们之间的"隔膜"，作为年轻的一代，对于这一套陈腐的繁文缛节，自是知之甚少，并且实际上怕也是没有多少兴趣。要他们能够合式的表演一遍，怕也是强人所难。西方文化的浸染让他们对这一套也许嗤之以鼻，难怪日后孙柔嘉疲于应对，索性不回方家大院。

在妯娌关系上，"一向和家庭习而相忘，不觉得它藏有多少仇嫉卑鄙，现在为了柔嘉，稍能从局外人的立场来观察，才恍然明白这几年来兄弟妯娌甚至父子间的真情实相，自己有如蒙在鼓里"。对此木讷的方鸿渐也感到在这样的氛围中，孙柔嘉是难于应对的。二奶奶和三奶奶是典型的工于心计之人，无聊到要打赌看看孙柔嘉是不是未婚先孕。互相攀比吹嘘嫁妆，等着看别人的笑话，背后糟蹋人，说话不堪入耳，时而面红耳赤时而冰释前嫌，市井小民之态分毫毕现。对于她们来说，"大学生"孙柔嘉与她们不同，但是也是不可以开诚布公的，彼此间没有共同的话题，知识女性孙柔嘉也不愿与她们为伍，不愿有这样的姐妹来串门。双方有着很深的隔膜，归根结底是相互之间未能互通款曲。但是话说回来，女人们未必能像男人那样可以杯酒把盏间推心置腹。女人们的心事只在半藏半掖间，生怕人知道又生怕人不知道，这隔膜永远是存在的。

在婆媳关系上，孙柔嘉和方老太太也存在着芥蒂。方老太太在宴席上怜惜自己的儿子，对孙柔嘉出语不敬，倒闹得儿子与媳妇为此拌嘴大动干戈。婆媳关系是中国特有的微妙学问，一如外国丈母娘和女婿的关系，难见得亲如母女。《孔雀东南飞》中焦母与刘兰芝的"隔膜"古已有之，刘兰芝的悲剧也让人扼腕。历史隔着尘雾在时间的维度上滚滚而来，但是婆媳关系，却在千百年的时间里未能有任何实质性的突破。何况孙柔嘉建立小家庭，但是方老太太还是要在无形中掌控，不容许儿媳对自家权利的冒犯。新式的女性在她眼里没见的有什么好，倒是很多地方让她心里添堵，譬如那双刚进门时穿的白皮鞋，让她觉得很是不吉利。孙柔嘉的打扮是西式的，当然不合婆婆的胃口。

在小家庭的内部，也是纷争迭起。方鸿渐与孙柔嘉不是山盟海誓般的走来，对于他们的结合，有人说是孙柔嘉苦心孤诣的结果，这里暂且不表。生在重男轻女的家庭里，孙柔嘉因此格外仰仗姑母。方鸿渐的收入比柔嘉少，作为男人的底气短了不少，但是他又是个很要面子的人，陆太太对他不是很满意，他对强势的陆太太也是看不惯，由此导致小家庭纠纷不断。结婚以后的孙柔嘉全没有先前的柔弱与卑怯，反是主见不少，新式女性全没有旧式女性的言听计从。方鸿渐也没有之前的好脾气，似乎一结婚就在这"围城"做困兽之斗，身旁只有这么个人，那么也就彼此越来越看不顺眼，争吵变成了家常便饭。

说到底，方鸿渐还不是一个彻底的绅士，有时又退缩进封建士大夫的思想格局中，一如对婚姻的那段高谈阔论："老实说，不管你跟谁结婚，结婚以后，你总发现你娶的不是原来的人，换了另外一个。早知道这样，结婚以前那种追求、恋爱等，全可以省掉。谈恋爱的时候，双方本相全收敛起来，到结婚还没有彼此认清，倒是老式婚姻干脆，索性结婚以前，谁也不认得谁。"从恋爱到结婚，方鸿渐经历了鲍小姐、苏文纨、唐晓芙、孙柔嘉，最后发了这么一通感慨，全不像是一个受西方文明教育的人所坚持的观点。由此看来，对于婚姻，方鸿渐已经没有什么很高的奢望，只要不是互相讨厌，倒是可以作为结婚的资本了。连恋爱、练爱抑或炼爱的过程也嫌麻烦，似乎在"围城"中已经厌倦了寻找，精神的"围城"真正的宣告到来。

两个受到西式文明影响的人却也被它荼毒着，没有真正的举案齐眉与琴瑟和谐。"隔膜"一如那只祖传的老钟，敲击着本就千疮百孔的心灵。这隔膜似乎早已注定，在争吵中互相怜惜与理解的因素被不断置换成怨恨与敌对，惺惺相惜的美好只是别人言说的传奇，与自己毫无瓜葛。两个独立的人像豪猪般，面对外界的纷纷扰扰，不能从对方那里获得些许的温暖，只能在相互靠近时感到对方的针尖般的刺冷。家庭的"围城"成了一种桎梏，囚禁了自己，也隔膜了他人。

三 爱情"隔膜"

关于《围城》的主题，各家研究者各抒己怀，其中书中提到："结婚仿佛金漆的鸟笼，笼子外面的鸟想住进去，笼内的鸟想飞出来；所以结而离，离而结，没有了局。""城外的人想冲进去，城里的人想逃出来。"不管是英国古话，还是法国格言，《围城》中方鸿渐的遭际就是这样，爱情是可遇不可求的。有研究者认为《围城》取自《易经》"渐卦"："'鸿渐于干，鸿渐于磐，鸿渐于陆，鸿渐于木，鸿渐于陵，鸿渐于阿。'卦中之鸟，就是一只飞来飞去没有着落，始终处于一种动荡不安的寻觅之中的水鸟，这正是方鸿渐命运的象征。"① 方鸿渐从法国游轮至上海孤岛，辗转至内地再经香港回到上海孤岛，这一轮的旅程都在追求着，然而未必得到真正的情感归宿。法国游轮上的放浪形骸夹杂着好奇心与浪荡心，鲍小姐这样的人知道自己不过是在逢场作戏，寻求的是刺激与新鲜，没有什么真心，也就没什么真情可言，因而下船之后回到了未婚夫的怀抱。他们之间倒好像一个愿打一个愿挨，彼此间不过是感官与肉欲的结合罢了。真是钱先生在序言中所说的，没有忘记他们是人类，只是人类，具有无毛两足动物的基本根性。既没有真情也就没有什么伟大与崇高，因而恰如鲍鱼之肆，隔膜是本身就有的。

苏文纨这位大小姐，在方鸿渐看来是个厉害的角色，他知道苏小姐对自己青眼有加的缘故，是为了在自己身边造成花团锦簇之势，助长虚荣心罢了，因而对苦恋自己多年的赵辛楣置之不理。但是从女性视角分析，也许苏小姐更可能对方鸿渐有真心，而方鸿渐这样懦弱的人还是犯了女人家的大忌，无怪乎向其表妹揭露方鸿渐的真面目。女才子的矫揉造作加之一群看似才高八斗的人的宴席，也的确照清了这一群人的卑琐。苏文纨最后嫁给"四喜丸子"曹元朗并且倒卖私货，也就没什么让人惊异的了。苏文纨有她的错处，但是她最大的错恐怕还是看不清方鸿渐只是在逢场作戏罢了，方鸿渐只是耐不住寂寞，"明知也许从此多事，可是实在生活太无聊，现成的女朋友太缺乏了！好比睡不着的人，顾不得安眠药片的害处先要图眼前的舒服"。抱着这样的心态去苏家走动，却让苏文纨产生了错觉，花前月下的良辰不过是一时的生理冲动。

唐晓芙算是方鸿渐的一个纯洁的梦，恋爱的时节是春天般的美好，失恋的时节是心如刀割的痛楚。作者对唐晓芙着墨不多，并且在她身上没有出现一贯的揶揄。唐晓芙是作者精心呵护的不忍荼毒的角色，这么一个纯洁的女孩子，是作者理想中的女性形象，也是方鸿渐的挚爱。但是，天不遂人愿，这样的女孩子一般是心气很高的，所以失恋后宁愿生病也不愿俯就。面对一件事情，各有各的选择，唐晓芙的不将就，也是自尊的表现。她的恋爱理论是："我爱的人，我要能够占领他整个生命，他在碰见我以前，没有过去，留着空白等待我——"显然方鸿渐是不合格的，甚而是可鄙的。两人的隔膜自

---

① 季进：《论钱锺书著作的话语空间》，《文学评论》2000年第2期。

此产生且没有挽回的余地,这一段本应该会有美好结局的恋爱也夭折了。

男孩子希望自己爱的人在遇到自己之前犹如一张白纸,可以让自己挥洒五彩斑斓的青春,然而,女孩子又何尝不希望自己的爱人经历的越少越好呢?那些殷勤的照顾与宽慰的体贴,无不是被长期"驯化"出来的,岂有天生的绅士气息十足的?生活在象牙塔中的唐晓芙当是一个完美主义者,因而忍受不了瑕疵。唐晓芙也是一个新式女性,头脑里没那些三妻四妾共侍一夫的概念,懂得这一点的方鸿渐恰是被自己之前的荒唐打败了,而且颜面扫地,成了此生心中的隐痛,"将欲成之而毁之即随矣"的无奈。

最后陪伴方鸿渐走进婚姻"围城"的是孙柔嘉,不管她是不是施展了心机。其实她最大的成功是在谋职的过程中嫁给了方鸿渐,但是她也失败在这一点上。"她的天地极小,只局限在'围城'内外。她所享的自由也有限,能从城外挤入城内,又从城里挤出城外。"① 孙柔嘉婚前婚后的巨大变化,不管是此前真我的隐藏还是婚姻的改变,都在表明并不是人人的婚姻都是可以配得上那结婚典礼上的祝福的。方鸿渐与孙柔嘉没什么可歌可泣的爱情,他们不过是平凡的夫妻。方鸿渐很清楚自己的爱情,在结婚的一年前就已经死掉了,剩下的不过是无爱的婚姻的挣扎,然而这平淡的油盐日子也是五味杂陈。

方鸿渐在文本时间中所经历的情感坎坷,多多少少让人长叹。灵魂的孱弱与空虚,仿佛将人推向无边的黑暗,被抛掷的无出路是那样的清晰而疼痛。情感的牵绊与梦想的美好不在同一轨道上,似乎在匆匆的刹那相逢后即成永别,隔膜会见缝插针般的涌来,不会给人喘息的机会,能给的只能是那老钟敲打的空气般的虚无。存在于斯而心力交瘁,情感又何时能够两心相知。

四 人生"隔膜"

人生在世,百态杂陈。生活本身"深于一切语言、一切啼笑"。各在各的世界中游走,然而贯穿其中的却有永不过时的主题。生活中的磨难与坎坷在所难免,然而人生却是一段长长的旅行,在这一段旅程中是积极乐观还是消极悲观,全在自己的心念。作为社会的主体部分,我们并没有放弃生的执着

---

① 杨绛:《记钱锺书与〈围城〉·〈围城〉附录》,人民文学出版社1980年版,第345页。

与追求，经常是不断幻想着、希望着、憧憬着，这黑暗无涯的人生似乎才有那么一些亮色，生命的过程才有那么点精彩。然而，很多时刻，我们最陌生的莫过于自己，与自己的"隔膜"也日渐加深。

法国当代著名哲学家萨特作为"二战"后西方存在主义的主要代表，在《禁闭》中提出了"他人即地狱"的哲学思想，即如果你不能正确对待他人，他人就是你的地狱；如果你不能正确对待他人对你的判断，他人的判断就是你的地狱；如果你不能正确对待自己，那么你也是自己的地狱。有时我们做了自己的欲望和他人的判断的奴隶，也就在这种"禁闭"或"围城"中兜兜转转，找不到出路，从而更感到人生的荒诞与虚无，与那个本真的自我越来越隔膜。

作为一部洋溢着存在主义观念的现代小说，钱锺书在《围城》中不仅描写的是一部流浪汉小说似的喜剧，而且这喜剧中也浸透着悲情的因素。正如杨绛先生写给《围城》电视剧的片头词："围在城里的人想逃出来，城外的人想冲进去。婚姻也罢，职业也罢，人生的愿望大都如此。"正是这"人生的愿望"，才构成了我们可以称之为"围城心境"的那样一种悲剧心理：城外的人急切地盼望，以求达到"企慕的圆满"；城内的人则是"到得蓬莱，又值蓬莱浅"，由希望而失望、怨望，又从而别有想望。我们都是这样活着，这人生因了希望而有活下去的意义，这人生也因有了这郁勃的引诱而骚动不安，正如福克纳所说的，人生如痴人说梦，充满了喧哗与骚动，没有任何意义。

然而我们还是要在这没有任何意义中寻找着意义，尽管在不自知中存在着隐忧，但还是要像萧红在《生死场》中，让那些"忙着生，忙着死"的人们逐渐的觉醒，从而看清自己的生存境遇。但是看清之后又能如何呢？"按捺不下的好奇心和希冀像火炉上烧滚的水，勃勃地掀动壶盖"。就是这样的一种扑空的模式与一种"企慕"情境的循环，方鸿渐从职业的"围城"走向婚姻的"围城"，在经历过一系列的纷争后似乎意识到已经与原来的自我想象"隔膜"得那么深。也许应当说，每个人被分配的人生时间就是那么长，不珍惜它即浪掷它，理想与现实总是存在着鸿沟，但很多时候不管我们是美好的希望还是欲壑难填，都是在不断的升腾着的热望中煎熬——不管情愿与否。人生的本真形态是在孤岛中的一个人的挣扎，与他人他事存在着千丝万缕的联系,但还是一个人面对自己孤寂的灵魂。

一部《围城》揭示了人性的弱点,也在弱点的暴露中看到了人与人的"隔膜",没有大恩大怨、情恨离天,却也是嫌隙颇多。有多少人能够将自己的内心开诚布公,又有多少人可以始终表里如一?生活让众多的人披上了虚假的外衣,也就没有什么赤裸的真实可言。后现代的文学中,荒诞、虚无漫山遍野,可能方鸿渐是中国现代文学中的一个先知先觉者,尽管他也没能逃离这宿命般的牢笼,将自己送进了"围城"里兜兜转转,在兜兜转转中经历着"隔膜"的遭际。

这"隔膜",无论是对中国文化抑或西方文明的隔膜,都在方鸿渐这个"香蕉人"身上演绎得痛楚而深切。传统文化的积垢与西方文化的尘埃将他涂抹得不再纯真,与原来的自我从此分道扬镳,也与这生活的周遭产生了紧张的关系,更与心灵的自我成为永别。继五四新文化运动以来,西方思潮纷至沓来,越来越多的人步其后尘。在这样的文化语境下,在无奈的叹惋之余,缩小当代社会中人与人以及人与自我的"隔膜"凸显出越来越重要的现实意义。

下 篇

中国当代小说"隔膜"主题研究

篇首语

当代小说"隔膜"主题概述

中华人民共和国成立以后,中国现代文学进入了当代阶段,文学也随之发生了深刻的变化,现代文学曾有的题材、人物、主题甚至表达方式、结构方式等都被新的题材、人物及表达方式所代替。但是我们在对当代文学史的梳理过程中发现,其"隔膜"仍是文学所表现的一贯主题,只是随着时代的变化而表现的广度和深度有所不同罢了。由于视野所限,我们不准备对"十七年"小说所表现的诸如农村题材小说中农民对"土改"等社会变革的"隔膜"、革命历史题材小说中所表现的敌我之间的"隔膜"、知识分子题材小说中所表现的知识者对历次思想改造和政治运动的"隔膜"等进行论述,只是对"新时期"以来,诸如曾经被文学史研究者命名的"伤痕文学""反思文学""新写实小说""先锋文学""零度写作"等有代表性的作家作品进行梳理,就其在新的环境下,诸如政治环境松动、意识形态多元、改革开放、思想解放、商品经济、市场经济、新技术革命、新媒体、互联网等情况下所出现的"隔膜"现象进行研究,论述他们在表现新的环境下所表现的人和人、人和社会、人和自然、人和自我等方面的"隔膜"的特点,以期对"新时期"小说的意义、价值有新的发现等。其基本思路如下。

从文学对人性的关照来看,新时期小说中依然延续了现代作家笔下的"隔膜"主题,其基本特点是,随着政治环境的松动、市场经济的发展、社会文明的进步、人类精神的解放,作家主要表现了当下环境的个体与自然、个体与社会、个体与时代等层面所体现出的制度的隔膜、文化的隔膜、心理的隔膜、情感的隔膜、精神的隔膜，等等。

第一，作为当代中国颇有影响的作家，贾平凹在其所表现的众多文学主题中，"隔膜"同样是个绕不开的话题，特别是其备受争议的作品《废都》在这方面更有着淋漓尽致的发挥。归纳起来大体有人际关系中的隔阂、名与实的割裂、自然人与社会人的间离三种隔膜类型，向读者呈现了作家心目当中社会现代化与文化之根的"隔膜"。第二，刘震云在他的小说中把权欲和人性"隔膜"的主题表现得淋漓尽致，从最初的主要关注小人物庸常琐碎生活实则揭示权力社会对人性的腐蚀开始，到《手机》等小说主要揭示日益发展的科学技术对现代社会人与人之间所造成的隔膜及信任危机，再到《一句顶一万句》更是直逼人的灵魂深处，探寻人跟人之间最根本的那种情感、交往和生存之道，在人性的隔膜中，揭示出现代化社会"因为人心难测，而使我们陷入真正的'百年孤独'"。第三，女性作家张洁在对爱情的建构到解构过程中，通过对男女爱情从热切追求理想，到历经坎坷现实，再到绝望而终，突出表现了爱情或婚姻经历与父辈观念、伦理美德、传统道德等传统因素的隔膜主题。第四，上海作家王安忆从个体精神成长与社会环境的隔膜出发，通过《本次列车终点》《叔叔的故事》《长恨歌》《米尼》《妙妙》《我爱比尔》等小说，从亲情、友情、爱情三个角度阐释了个体与他人的情感隔膜以及个体与自我的内在精神隔膜，表达了作家试图打破这种隔膜的努力。第五，东北作家迟子建，有感于自然中有着人类社会缺失的某些宽容与温馨的本性，通过探讨自然生态领域、社会生态领域、精神生态领域人与自然的"隔膜"，力图构建人与自然的和谐世界，她的《额尔古纳河右岸》等作品通过彰显人与自然之间的"隔膜"来呼吁人与自然共融，呼吁人类本性的回归。第六，先锋小说作家余华延续了鲁迅的小说叙述视角和精神传统，在小说中塑造了一类"狂人"形象，他们大都张狂怪异，《四月三日事件》里患迫害妄想症的18岁青年；《一九八六年》中自虐的中学历史教师；《河边的错误》中不断杀人的疯子以及精神崩溃的许亮。他们是疯子、是偏执狂、是暴力分子，精神失常、心理畸形。他们与周围人不同，沟通交流存在障碍，他们看似癫狂，可是却更加真实。这类"狂人"与众人之间的隔膜，不仅是人的异化，也是社会扭曲的一角，体现了"狂人"与众人的隔膜。第七，河南籍作家阎连科的小说，如《鸟孩诞生》《丁庄梦》《乡村死亡报告》《小村乌鸦》等从社会"边缘人"的角度出发，表现了"边缘人"个体生存的艰难与社会存在的"隔膜"，作者通过对"边缘人"的生存镜像予以观照，引发了人们对社会弱势群体的关注和思考。第八，新生代作家韩东，带着强烈的意识反叛走上文坛，他出于对人的基本处境的理解，更关心城市下放或下乡的小知识分子精神和灵魂的现实处境，通过作品中的人物与我们的灵魂直接进行交流和对话，以宽容和爱怜之心将生活的本真呈现在读者的面前，表现了社会变迁中这一群下乡知识分子的现实生存与灵魂漂泊之间的"隔膜"，他们既融入不了农村，返城以后又和城市格格不入，处在双重漂泊状态之中。

第七章 贾平凹：现代化与文化之根"隔膜"的表现者

贾平凹是新时期颇有影响的作家，从1973年发表作品以来，他笔耕不辍，在中短篇小说、散文等多个领域都有突出的成就，特别是在长篇小说方面取得了突出成绩，其中《浮躁》《白夜》《废都》《高老庄》《秦腔》《古炉》等产生了较大影响。就长篇小说来说，贾平凹以敏锐独到的观察和圆润的笔触，描写了新时期以来都市、乡村的巨大变化，也就是现代化给中国社会特别是乡土社会带来的巨大影响，显示出作者思考的敏锐和深刻。而在贾平凹所表现的繁多主题中，隔膜同样是个绕不开的顽石，特别是其备受争议的作品《废都》在这方面更有着淋漓尽致的发挥。本章不准备对贾平凹的小说做总体的研究，主要就《废都》所表现出的"隔膜"主题的特点进行论述。就《废都》的"隔膜"主题来说，归纳起来大体有人际关系中的隔阂、名与实的割裂、自然人与社会人的间离三种隔膜类型。这些横亘在理念与现实之间的障碍成了他表现人性两难处境的一种重要凭借，也是贾平凹思考现代化与文化之根之间的矛盾或"隔膜"的一个焦点或主要视角以及为此所开出的治疗的药方。

一 人际关系中的"隔膜"

个人在社会生产生活活动中必然与他人会发生交集，在此基础上形成了相应的人际关系。而由于不同个人的成长时代背景、家庭环境及个人天资喜好的不同，人与人之间难免存在各种类型的隔膜，这种隔膜也是现代社会诸多问题产生的重要源头。贾平凹在《废都》中描摹这一类现象的例子比比皆是，而尤以小说中的主人公的关系网表现得最为生动、深刻。小说中以庄之蝶为中心，辐射出一个夫妻关系、亲友关系、从属关系等具有代表性的经典人脉网。而最为残酷的事实是，庄之蝶在任何一种关系坐标中都处在错位的状态。

（一）夫妻关系"隔膜"

婚姻在中国一直是维持门户宗派秩序的重要形式，即便在早已推翻了封建政权的当代依然对于人们的择偶成亲有着或多或少的影响。夫妻的结合很多时候并非完全的感情迸发下的共同盟誓，而是社会内定趋势下的一种妥协选择，形成的是一种帮扶承担社会大生产责任、延续家族血脉关系、相互释放生理情感压力的组合单位。而这样的组合在婚姻宗旨得到或得不到一定的达成之后，都会引起夫妻关系的变化与迁移。贾平凹在《废都》中就以这种最为普遍的关系的隔膜化为突出表现点。牛月清是与庄之蝶经历了草创打拼的患难夫妻，这就使二人维持了一种稳固的、并且在主观心理和社会接受度上都得到认可的依赖关系，也就是通常认为夫妻之间应当存在的那种默契度与归属感。然而在生活状况发生本质性改变，二人的婚姻目的达成了一些之后，潜藏在二人之间性格方面的差异、审美情趣的高低、人生追求的不同以及性生活的不和谐等问题都以更为赤裸的面貌展现出来。庄之蝶作家派头，文人雅兴，凡事乐意以一种潇洒豁达的姿态去处理；而牛月清偏偏具有家庭主妇的急躁性格与狭隘眼界，常年的锅碗瓢盆、家长里短迫使她遇事总是从最碍于眼前的角度去思考，而得出的结论往往容易落入俗套且不得丈夫欢心。同时牛月清文化程度不高，有时用语粗俗鄙陋，由此架构起来的审美情趣也难以迎合庄之蝶的清雅胃口。这也更加深了二人在人生价值追求上的隔阂程度：一个奔走在众口铄出的金光大道上，希望与丈夫前行的体面、风光；一个虽因于西京文化名利场中，却似乎依然抱有一些性灵方面的追求。而在夫妻隔膜中表现得最为生动、彻底并且具有先锋洞察力的就是关于性关系不和谐的描写了。这一层隔膜是最为隐秘的，也是最为诚恳、直率的。它是前面多种隔阂共同作用、反映出来的一种最具代表性的化合物。庄之蝶感受到的与牛月清在性格、情趣、追求等方面的种种乖违，都浓缩为他对妻子在性方面的毫无兴致，也就表现为他在这方面的力不从心。长此以往，庄之蝶与牛月清都处在一种性压抑状态。庄就表现为在外的猎艳释放、寻求解脱，牛就转化为性格行为上的更加偏执武断，而二人的夫妻关系隔膜也随之越来越硬化难调。

（二）亲友关系的"隔膜"

亲戚朋友作为个体周遭人物中非常亲密稳固的一类，能够提供其他关系所不能给予的轻松与惬意。工作之余、闲暇时光与亲友们契阔谈宴，把酒言欢着实是件赏心悦事；而在希望获得情感认同和思想理解的时候，亲友们也能敞开心扉，捎带出慰藉与动力。而在《废都》中，贾平凹塑造的庄之蝶的主要亲友岳母与孟云房虽然能够给其提供类似的温暖，但却依然无法掩盖他们之间隔膜的存在。岳母是文中涉及的庄之蝶的唯一长辈亲属，年岁差异自然而然使他们之间形成了一条代沟。而作者在这条代沟之外，更通过一种怪诞象征的手法描摹了一层新的隔膜——阴阳隔膜。岳母"死而复生"后常似痴似疯，语通阴阳，立光天化日，道神鬼人魔，而她所作的许多推断很多时候也都如同谶语一般应验。这种手法固然体现了作者的某些哲学认识和借助传统古典小说相关手法的尝试，而同时也更反映出作者力图以这样一层阴阳隔膜来孤立以庄之蝶为代表的芸芸众生，嘲弄他们阳间的种种丑态行径并揭示出他们悲剧命运的定数结局。而好友孟云房看似与庄之蝶同气相求，情投意合，打牙犯嘴调侃人间百态，推杯换盏吐露心头愁绪。然而孟云房虽然能够全心全意地为庄之蝶着想，但他难以理解庄在创作上的苦闷以及精神上的空虚。他只能拿"瘦猪哼哼，肥猪也哼哼"来搪塞他，或者想当然的拿自己痴迷的阴阳五行观念来开导他，最后也是在规劝庄之蝶改改住房的风水来消弭灾祸。当朋友只能在宴饮作乐或者猎奇寻新中相互结伴，而难以给对方以真正的心灵抚慰之时，他们之间在思想理解上的这种隔阂就会进一步截断了对方在人际倾诉上求得内心平衡满足的可能。

第七章　贾平凹：现代化与文化之根"隔膜"的表现者

(三) 从属关系的"隔膜"

《废都》中的庄之蝶处在两种从属关系中：第一种是他从属于别人，第二种是别人从属于他。两种关系虽然相应的人物不同，但却都与庄之蝶之间带有或深或浅的隔阂，使双方难于相互明晰。先来谈谈相对简单的他从属于别人的关系。这里面比较有代表性的是庄之蝶与市长的关系。文本中的市长是一位相对在政治上有所建树的当代官员，他确立的优化城市建设以及用文化带动经济方面的政策都取得了不错的效果。然而这样一位有为政客与作家庄之蝶的合作无非也都是些发挥庄的报社关系来打击政敌，运用其名望来铺平经济文化政策的险途，或者是单纯的为专题报道、报告撰文、润笔等。这样一种工具化利用的上下级关系之间所必备的隔膜是当今社会普遍存在且易于理解的。

别人从属于庄之蝶的关系是相对复杂的一种从属关系，这里面包括寄生从属以及共生从属。寄生从属指的是依托庄之蝶而获得生存利益的一类人，诸如周敏、洪江、赵京五等。他们凭借庄之蝶的名声来打开自己经营人生的局面，并与庄达成某种共识以谋取自我的私利。而其中周敏是一个相当特别的人物，作者在他身上凝聚了很多体现隔膜主题的心血。他由一名潼关闲汉经孟云房介绍，通过庄之蝶与景雪荫的关系得以进入《西京杂志》编辑部。他一来急于在杂志社崭露头角，二来抓住了庄之蝶希望扩大声名的潜在心理，于是炮制出一篇《庄之蝶的故事》，并通过日常的交际活动拉近了他与庄的关系。后来由于景雪荫状告庄之蝶与编辑部以及唐婉儿和庄产生私情，周敏与庄之蝶更是形成了暂时性的紧密联系。但在同景雪荫周旋的过程中，他们二人在熟络背后产生出越来越多的龃龉和抵触。这层越来越深厚的隔膜并不是纯粹的单质，而可以分解成两种主要类型：一种是从属关系自带的隔膜，另一种是时代烙印打下的隔膜。

前者类似于洪江、赵京五与庄之蝶之间的状况。洪江借着帮助庄打理书店的机会中饱私囊，而且还开了自己的废品店并续娶了后妻，这使他必然要与庄保持一种适宜相处并且能留有自己施展余地的关系。这二人之间的隔膜既保证了洪江的私利，也使庄之蝶自身与赤裸直接的经济勾当保持了一定的距离，从而在内心获得一定的道德麻痹，这也是他们之间寄生的坚实基础。赵京五与庄之蝶的这种从属就更深化一步了。他是一位脑袋灵光、仪表堂堂的文化圈新人，社会人脉广大并且办事机敏、手段多样，是庄之蝶解决多数棘手问题并且希望重用的得力帮手。他介绍黄厂长给庄认识，倒腾龚靖元的画进入庄的画廊，打点白玉珠、司马恭来摆平庄与景雪荫的官司，这既使得庄之蝶可以免除社会潜规则行为的良心惩罚，达到一种"独善其身"的心境；也使得赵京五可以利用庄的名声来开掘更多的财源，是一种在利益上双赢的完美寄生关系。正如赵京五在柳月口中得知庄与唐婉儿的私情之后所说："庄老师在外边威信很高，一帮朋友学生也全靠了他，他倒了声名儿，大家也跟着就全完了，咱们做学生的要懂得怎样树立他的威望。"他非常明晰庄之蝶是他们这些依附者的衣食父母，大家是庄损俱损，庄荣俱荣的关系。然而即便如此契合的从属关系，依然无法遮掩底下的隔阂与偏差。赵京五虽然聪明能干、思维机敏，然而毕竟年纪阅历逊于庄之蝶，他对庄的了解依然是多靠向作家、文化名人的判断上，这从他并没有提前知晓庄与唐的情事便可窥一斑。而从庄之蝶先将柳月许配赵京五，又暗地里转嫁市长儿子大正便可看出他对于赵京五的使用工具式的态度。这样的一层隔膜将庄之蝶安全包拢，而将赵京五置于恭敬受命、听从召唤的状态。

周敏在他与庄之蝶的这种从属关系上也存在同样的隔膜，但由于周敏身上被作者赋予的额外一重意义而具备了另一种隔膜——时代隔膜。周敏与庄之蝶有着相似的命运轨迹：同样是青年时代出潼关而奔西京，同样是对于文学有着一定追求，同样是起点低微且在心中扎紧了出人头地的信念，同样是出道于《西京杂志》并同钟唯贤、李洪文共事。可以说，20世纪90年代开始闯荡西京的周敏是作者对于70年代进入西京的庄之蝶的投影。然而时代赋予了他们不同的成长环境：庄之蝶来到西京时只是一位靠安分靠努力打下学识基础的知识青年，对于眼前朋硕的都市敬畏而好奇；而类似年纪的周敏则早已出落为拥有笔墨聪明的社会闲汉，一定的江湖阅历和草莽勇气令他跃跃欲试。因而两人虽有着同样的人生目的，却完全是不同的价值判断方式：一个依然囿于正统的评判约束内来思考，一个则往往乐于走走泼皮无赖的路子。这种时代隔膜饱含了作者对于后代青年的忧虑思考，也更使得周、庄二人貌合神离,终至分道扬镳。

共生从属主要指的是唐婉儿、柳月、阿灿等对于庄之蝶的依附关系。她们不同于那些寄生在庄之蝶身上谋求实利的男性虮虱,而是由于不同的原因与庄之蝶产生了情欲纠缠,并且在此基础上双方形成了一种比较稳固的情感依赖的共生关系,即便同时也产生了不可回避的深层隔膜。

唐婉儿是与庄之蝶在情欲中发展的最久、最稳固的人物,也可以说是庄之蝶的正牌情人,她在多位共生从属的女性中是与庄之蝶最为亲密的关系。然而即便如此,在唐婉儿与庄之蝶的这层关系中依然自始至终都存在着不可忽视的距离。唐婉儿当初在潼关遇人不淑,嫁得一个毫无情趣的闾巷莽汉,无法满足她这颗聪颖而虚荣的小女子之心。在邂逅周敏之后,这颗悸动的心灵得到了片刻的安稳,于是不惜为周敏抛家弃子私奔至西京。然而更大的舞台上须得更大气的观众来欣赏其缥缈婀娜,于是她又与西京文化名人庄之蝶堕入情网。并不是说唐婉儿是一位生性放荡、水性杨花的女人,而这些选择恰恰是她价值追求的集中体现。她是不能忍受住平庸岁月日积月累的消磨的可贵生灵,是不能迁就于凡夫俗子年复一年的拖累的自由物种;她需要的是充盈整个内心的张力,是驾驭全部命运的舵手,是映衬她的智慧、宣泄她的欲望、升华她的灵魂的男神。可令人唏嘘的是,她是身处20世纪90年代市场经济初露峥嵘的中国大陆,而不是18世纪末的法国巴黎。由于时代与环境的限制,她的追求美好伴侣的信念成了本性与社会性的杂糅,成了喜爱与虚荣的混搭。这位可怜的包法利夫人在脑海中塑造的只能是性灵自如似己并且在社会收获广泛尊重的男性,因而适时出现的庄之蝶便成了一个恰当的人选。但是庄之蝶对待唐婉儿却是不同的需求状态,这也造成了二人永远无法打破的隔阂。

文本时段内的庄之蝶最大的内心愿望就是"求缺",求得一种不完美的状态从而在"有缺"的空间中感受到自己生命力的蓬勃,而不是在看似圆满的围城中挤不进智慧也放不出激情。所以表面上的"求缺"实则是求一种真正的投入,真正的完满。这种心境的由来要从他的事业和情感两方面来梳理。在写作事业上,庄之蝶通过自身的奋斗积累写出了符合文学界胃口、抓住知识分子阅读心理的作品,也因此收获了巨大的名声和尊崇的社会地位。而庄之蝶自己非常清楚这些给自己带来功名的并不是自己真正问心无愧的作品，它们也不是自己完全幻想着的那种面貌，因而他在创作事业上并没有获得心安理得的成就感，这就使他在事业上保有"求缺"的想法。而在情感方面，他"求缺"的诉求就更为迫切热烈了。庄之蝶作为一名潼关小城来闯荡西京的知识青年，内心自然而然充斥了一些自卑、怯懦，这在他对爱恋对象的行为态度上表现得尤为明显。早年对待互生情愫的景雪荫，他始终只是保持在一种含糊暧昧的状态，最终也没有明确表明态度、结为伴侣；后来对待十多年内一直心有好感的汪希眠老婆他则一直是暗恋单思，并没有吐露心意的勇气。而如前文所述，与牛月清的结合是一种婚姻的妥协而非情感的迸发，这就使得庄之蝶处在夫妻美满表层下的情欲被抑制的岩浆之中。这股子浓烈炙热的情感一旦找到同样按捺许久的躁动火山，必然会一触即发、溃以千里。唐婉儿就充当了这个供庄之蝶求得喷发的缺口。在她身上庄之蝶找到了前所未有的雄性征服欲，填平了对待异性情感自卑的深壑。生殖力量的勃发与情感欲望的饱和给予的新奇与刺激将他带入了一种基于感官满足的恶性循环之中，使他只能在寻找下一位宣泄对象的迷途中拖沓前行。一位寻找完全征服自己内心的女子与一位以充沛信心、释放欲望为原始冲动的男性的纠缠，必然会在双方无法回避的隔膜日比一日的清晰中摧毁二人。这是一对浮躁年代仍有性灵追求的男女逃不出的旋涡，也是一出深刻而无奈的普世悲剧。

柳月同庄之蝶的关系有所不同。从客观方面来看，她出身陕北农村，来西京城做保姆，地位相较唐婉儿低微了一些，而且她自身也对此非常敏感并有着强烈的改变现状的愿望。同时由于唐婉儿先她一步放出了庄之蝶潜意识的情感洪流，这就使得柳月与庄之蝶的关系并没有唐婉儿与他的那样亲密，心灵距离也没有二者那样贴近，而是保持了一种相对客观冷静的情人关系。从主观方面来讲，柳月对于庄之蝶的屈从一方面是性诱惑的使然，而更根本的则是社会认可度提升的驱使。她是一位被成长经历限制了价值判断的女人，也是能够将聪敏用于社会运作的潜在投机者，这从之后她嫁给市长的跛足儿子和她操控住阮知非的歌厅生意就能够得到印证。虽然她同庄之蝶之间也有着较深的感情依赖，但更多的是对庄发掘和认可自己的感激之情。这都使她始终与庄之蝶保持了一定的内心距离，而也正是这层隔膜使柳月周全了自己，避免了如唐婉儿一般的悲惨结局。

阿灿在书中是一位着墨不多却异常醒目的人物，她与庄之蝶又形成了一种类似唐婉儿、柳月而又不完全相同的关系，与庄结合的心理动机也是她们二人相互混合的产物。她有着如同柳月一样的社会地位，得到庄之蝶的垂青对于修复自己不愿承认的自卑有着巨大功效；而她又有着唐婉儿式的高傲心气与情感需要，她渴望能够匹配自己灵魂骨架的合适伴侣。于是阿灿有着其他女人所没有的果敢与热血，有着可以为了达成初衷而全然不顾世间非议的凌厉豪气。在某种程度上讲，庄之蝶内心也为阿灿修筑了一条单独的情感隧道，达到了他与其他女性所没有的契合程度。这条隧道饱含了他本我的寻觅与热望，使他体验到初恋的快感和极限情人的欢愉。然而他只是一个凡人，是个被现实局限的男人。他至多只能升腾起阿灿这团生命之火，并感受她带给自己的火花与灼热，却不能与这团火一起燃烧、舞蹈。这也是庄之蝶与阿灿之间，庄之蝶与自己之间无法跨越的鸿沟。

二 名与实的割裂

当人进入社会这一无可抗拒的熔炉之后，就会依照社会大生产的效率指向在某个特定的角落各就其位，也就会因此获得专属于自己的身份符号。这个符号代表了自己在社会总生产关系中所处的位置，包含了自身所要承担的相应的生产责任；同时也聚集了社会舆论对于该身份所承载的期待，体现着其他社会成员对于该职业的心理评判。这就使这种符号名称既要满足生产率的要求，又要经得住道德指摘。而一旦无法达到标准，就会形成名实不符的局面。《废都》透过一幅以西京文化圈为中心并浓缩了政、商、法多个领域丑态的浮世绘，生动地表现了由于名与实之间的重重隔膜所产生的浮躁灾难。其中主人公庄之蝶自然是名实不符的重要代表，而与他相关的一众人物在这方面也同样不遑多让。

庄之蝶是知名作家，在西京城更几乎是家喻户晓的人物，而他履行作家义务的相关行为许多也是颇为中绳的。写出了许多脍炙人口的作品，丰富了百姓的精神文化生活；生活中潇洒通达，平易近人，而且能够急人所急，助人为乐。然而在这层一尘不染的神圣形象下，潜藏的却是他的不堪与龌龊。

从生产性上来讲，他并没有写出自己完全满意的作品。而当一位以主观感受力为工具来洞察世界的文学创作者无法通过创作来征服自己的时候，我们很难裁定他完成了他的作家使命。虽然从文中并没有真正看到他的作品面貌，但是透过受众和他自身的反应我们可以从中把握到理想与现实的差距。而从道德性上来看，庄之蝶身上的名不副实就更是达到了触目惊心的程度。身为知名作家，这就对他在普通人的道德标准的基础上提出了更高更广的要求。而实际情况则是他背叛妻子牛月清，与多名女性保持着情人关系，长期使二人处在貌合神离的状态，最终逼使牛遁入寄托空门的死灰心境。而对于情人他也很难启齿所谓的承诺，只是敷衍唐婉儿的结婚请求，在纵情声色中麻痹彼此；将柳月作为自己的人情砝码，在赵京五、市长等天平间肆意选择，以巩固自己的社会地位；对待阿灿虽然多有真情流露，然而终究在既定的身份壁垒前裹足不进，使二人永远相隔。对待朋友，他利用毒品从老友龚靖元儿子龚小乙处夺得名画，间接导致了朋友的自杀，而又入木三分的在龚的灵堂前演绎了情同手足的友谊。对待学生，他与周敏的妻子唐婉儿勾搭，将其蒙在鼓里；他无视赵京五对于柳月的感情，自行操纵改嫁。对待社会，他在不了解黄厂长"101农药"效用的情况下就帮其撰写宣传广告，致使土豪做大，假药蔓延；他通过友人向白玉珠、司马恭行贿，用以疏通自己的官司；乐于市长安排的御用文人待遇，通过报社关系和腕中彩笔帮助其打击政敌。这些现实行径与作家名声之间的隔膜差距既污染了社会环境，也埋汰了庄之蝶他自己，而这个污染与埋汰的过程更是作者力图证明废都之废的重要凭据。

除了庄之蝶之外，萦绕在他周围的其余群丑也尽是在"显名"之下钻研蝇营狗苟的高光人物。首先是另外的三位西京文化名人的辉煌演出。汪希眠积蓄多年，画名深厚，顶的是西京水墨界泰斗的名声。然而实际上却是私仿、倒卖名家画作，最后被公安局通缉的卑末小人；龚靖元精于书法，声名日隆，远近招牌都是他的手笔。但他生性好赌，耽于食色，最后也落得个急火攻心的自杀下场；阮知非是西部乐团的团长，早年从事秦腔，后来转办歌舞团，也是一时闻人。但是后来开办歌舞厅，一门心思往铜钱眼里钻，最终遭人暗算，成了个人面狗眼的可笑人物。这三位是西京文化圈的头牌，也是最能代表这个圈子成色的"宝玉明珠"。他们在市场经济下的堕落颓丧，是知识分子迷失在物质世界而忘记自身初衷的经典样板；而他们手中艺术的功利化，也为现代文明的绚烂霓虹泼上了发人深省的淤泥。

其次是庄之蝶的好友孟云房。老孟是文史馆研究员，地地道道的学者身份。然而他虽然不曾有太多经济、欲望方面的沦丧，却在自身名头与实际行为中糊上了一层更令人深思的隔膜。他没有将精力放在经史子集中，也没有将关注投在文学艺术上，而是全身心地扑向各种具有神秘功效的事物上。培育过红茶菌，吃过醋蛋，喝过鸡血，更尝试过甩手疗法，气功健身。每一次都是兴致极高的投入，并都自我感觉从中受益匪浅，遇人便"发挥神通"。而后更是迷上了对于我国易学的诸类经典著作，如《梅花易数》《大六壬》《奇门遁甲》等的研究，其中尤以《邵子神数》攻读最深，甚至赔上了一只眼睛。假如孟云房只是以做学问为目的来进行钻研并无可厚非，更何况中国易学体系确实饱含了很多朴素辩证的哲性思考；但他逐渐把所有的生活重心都转移到了这些方面，并且以一种指导现实生活并从中获利的态度来进行，这就使他毁掉了吸收知识、驳立真理的根基。正如他妻子夏捷所说："他是一辈子都要有个偶像来崇拜的。"最终他也走上了迷恋易学相关权威，追逐心中神秘伟力的歧途，以至将自己的儿子孟烬也推进了同样的火海。在孟云房身上体现的最真切的是当代知识分子在追求终极真理与现实价值诉求的矛盾中扭曲了自我的选择，使其与自我身份割裂的悲哀处境。

最后是各种戏份不多，却在有限的出场机会中努力彰显自己身份定义之外的修饰语的角色。黄德复作为一名市长秘书，却在辅助市长文笔工作之外似乎有着手眼通天的本事；法官白玉珠、司马恭在威严不苟的法律门前手法熟稔的摆弄权杖，满足己欲；街道办事处的王主任更是能够果断放下各种紧急的社区任务，对一名单纯稚嫩的中专毕业生犯下兽行。这些人物和他们行径的设置帮助作者渗入到社会的各个角落，素描出那里的肮脏污浊，甚至囊括了晨钟暮鼓的清静禅院。孕璜寺的智祥大师在参悟佛法之余，也开班招生，广纳学子，以气功为舟普度众生；清虚庵的慧明面如粉玉，腹藏玄机，年纪轻轻就坐上了监院位置，走出了一条依托佛门的曲线仕途。

名与实的关系是一个社会机器运转程度的重要指标，二者的割裂体现了该社会人才的错置以及社会整体价值标准的歪曲。这样来讲，"废都"的

"废"不仅体现名不副实的事例和人物上，而更是在于这种现象在日常生活中和人们心目中的常态化、合理化。当一个社会长期处在名实相怨的状态之下，当这个社会的个体都在努力经营着与身份不符的生活，那它所存在的林林总总的问题也都有了合适的理由了。

三 自然人与社会人的间离

世界的法则本是野性暴力比对下的物竞天择，而人类凭借自身在脑力思维方面的优势改变了法则并从万灵中脱颖而出，来到了能够感知和运用自然率的地位，也由此建造了一个属于自己种群的王国。而当这个王国甫一建成的刹那，人类就开始受到这个王国内部的条条框框的制约。这也就是社会学所告诉人们所具有的自然属性和社会属性的事实。而随着人类文明的一步步繁荣，这两种属性的作用效果也在逐渐拉大。确保生存物质资料的获得对于现代人不是什么难事，而社会对于人们的额外满足却越来越牵动我们的神经，这也就造成了未经世事洗礼的自然人与浸淫文明通透的社会人之间愈来愈深厚的隔膜。而表现这层隔膜也是贾平凹在《废都》中纳入的一个重点。

与前面的两种隔膜的表现方式不同的是，贾平凹在这里采用的并不是隔膜双发分别的描述显形，从而达到展现二者区别的效果；而是借用了"牛"这一富含自然属性的叙述者，从一种拟化自然人的角度来告诉读者他与社会人隔阂到了什么程度。这种手法非常巧妙的包装了作者的世界观，也使小说获得了承载这一主题的容量。

"牛"在文中是物性和人性的结合体，它在牛的外形之下被作者赋予了人的思考能力，并且还有着逆溯时空、追忆前世的本事。这样一来，"牛"就成了与人类文明同在的客观观察者。它在今生中是被饲养于终南山的一头奶牛，因刘嫂听从庄之蝶的建议将它购至家中而在西京城中游挤它的乳汁。起初它内心充盈着新奇的喜悦之情，以身为牛族却可以在万物灵长的人类的聚落中闲庭信步而洋洋自得，并立志要以一种哲学家的眼光来观察和思考这城市中的人的生活，在人与牛过渡的世纪里作一个伟大的牛的先知先觉而存在。然而它在与都市人类文明的接触中逐渐积攒着自己的体会，也逐渐开始明白人类身上由于社会属性的增加而致使的动物天性的丧失。人类因为机灵的脑袋而征服世界，并群居在自己构筑的文明巢穴之中。他们太过聪明，以至总能先万物而揣摩出自然规律来弥补自身的弱点。久而久之，其余动物与人类的差距越来越大，而人类也早已不甘与其余的物种为伍，喜怒哀乐都建立在自己群种所形成的各种秩序上，似乎这个叫作社会的集合就能够满足人们物质与精神的所有期待。他们在这个自己结成的圈子里自我满足，自我挣扎，自我欺骗，自我鼓励。每个人都被囚禁在别人的眼眶里，奋发图强，苦心孤诣。而人类也正是因为有了这追逐私欲的忘义之心和理直气壮的鞭子，才能够悠然自得的凌驾于生物链顶端。

但是人真的是在那顶端之上吗？"牛"是不信服的，它看出了人的外强中干和祸将不远。人"从一村一寨的谁也知道谁家老爷的小名，谁也认得土场上的一只小鸡是谁家饲养的和睦亲爱的地方，偏来到这一家一个单元，进门就关门，一下子变得谁都不理了谁的城里"；人"如同是一堆沙子，抓起来是一把，放开了粒粒分散，用水越搅和反倒越散得开"；人们"不停地研究，不停地开会，结论就是人应该减少人"。在牛的眼中，人在愉悦地经营自己的文明的时候也早已把各种灾难埋进其中。人与人之间关系越来越冷漠，邻里相望，路人难期；人们把宝贵的社会优势资源挤压在了狭小的生态空间里，使城市成为一个个臃肿的膨胀体；人类思维能力的进化却带来身体机能的退化，怕冷怕热，怕风怕雨；人忘乎所以的榨取自然、驱使自然、俯视自然，也自然而然地在剪去自我族群存在的根基。它知道"社会的文明毕竟会要使人机关算尽，聪明反被聪明误，走向毁灭"；知道"他们高贵地看不起别的动物，可哪里知道在山林江河的动物们正在默默地注视着他们不久将面临的末日灾难"。"牛"对城市失望了，它开始怀念那俯仰即是的新鲜空气，开始怀念那触蹄可及的肥美草料，开始怀念在山间与牛族同类一起挥洒的日子。

可"牛"即便失望也还是以充满悲悯的情怀来看待人类的。它想挤出成吨成吨的乳汁来哺育强健这城市里的衰人；想与那只侵害、蛊惑人们的金钱豹作血肉之搏，最后双双气力耗尽地死去；甚至想强奸掉所有的女人，让人种强起来！野起来！然而最大的悲剧不是这样的愿望无法实现，而是作为自然人化身的"牛"最终也被人类社会给吞噬了。柏油马路溃烂了它的蹄子，污浊空气消耗了他的血气，一头充满蛮力、活力、生命力的劲牛最终也在这浮华糜烂的废都之中灭亡了。

人类是自然性与社会性统一的物种，是把野蛮暴力的原始冲动以自身特有的理性精神调和清淡的可贵生灵。但是那抹浓烈的原始色彩是我们人之为人的基础，也是我们真正充满朝气的根本动力。假如我们体内社会的部分与自然的部分渐生嫌隙，隔阂日广的话，我们肯定不会是过着阳光灿烂的日子的。

"隔膜"研究是个令人无奈的经久不衰的课题，它的热度的持续代表着我们生活中隔膜的依旧深厚。但一路走来的各位文坛巨匠用他们的作品告诉我们，即便无法完全消除它，但了解了它的存在也会令我们释然一些，慨然一些。

第八章 刘震云：权欲追逐与人性"隔膜"的表现者

刘震云是新时期"新写实小说"的代表人物。从 1982 年开始创作以来，发表了大量的有影响的短篇、中篇、长篇小说。就其创作来说，大体可分为两个系列："故乡系列"和"官场系列"，其"故乡系列"的作品主要有，短篇小说《塔铺》，中篇小说《温故一九四二》，长篇小说《故乡天下黄花》《故乡相处流传》《故乡面和花朵》等早期作品，以及《一句顶一万句》《我不是潘金莲》等；"官场系列"的作品主要有《单位》《官场》《官人》短篇小说，甚至《新兵连》《一地鸡毛》，以及《手机》《我叫刘跃进》等作品也都有对官场的描写。在这些作品中，刘震云用荒诞的笔触，书写出了自己对生活的感悟。他以大量的"原态"状貌和琐屑平常的生活小事，描摹出生活的本真面目，在表现现实社会普遍"隔膜"的同时，主要表现了中国社会权欲追逐与人性"隔膜"的时代主题。本章将从以下几个方面予以论述。

一 人与人的隔膜——琐碎的人心挣扎

说话，是刘震云作品中最为常见的意象表达，也是刘震云表现人和人难以沟通的主要方式。找人说话，找知心的人说话，找说话的知心人，既是刘震云作品的情节构成，也是作者的主要叙事方式。刘震云多是以一种随性而谈、慢聊闲语的形式表现出日常生活的琐碎，他以日常生活化的语言，最为平淡、平凡的人物从而表达出在平淡生活的浅层和表象虚华下折射出的人心与人心的隔膜。"小说多是围绕主人公展开的单线叙事，大多是与生活同步的故事结构，时空场景也是在家和单位之间的转换，在平实的语言中讲述的是实实在在的生活感悟。"①

刘震云以"新写实主义"的角度颠覆了传统的典型环境中的典型人物和典型形象。在他的笔下主人公都是默默无闻的底层生活的小人物的生活原态，真真切切的生活现实，日常化的生活琐事，比如"买豆腐""孩子上学""夫妻吵架""打电话"等刻画一整套的普通现实生活。在普通的平淡的生活角色和场景中，人与人的交流、夫妻之间、朋友之间、上辈和晚辈之间、上级和下级之间、领导和下属之间、陌生人之间的话语交流和心灵沟通被淋漓尽致地呈现在读者眼前。从不断呈现的矛盾和冲突的情节和描写中，我们可以品味出刘震云笔下的人心与人心的隔膜。

"遵循'新写实'的划分原则，评论家、研究者通常把刘震云创作的《塔埔》《新兵连》《单位》《一地鸡毛》《官人》《官场》等作品，纳入到了'新写实'的大旗之下。"②刘震云作品中的平凡底层的小人物都以各自的生活圈为半径，不断搜索着能够与自己说得上话的人。刘震云以一种冷静客观的叙述者的身份，让我们体味了人与人的隔膜。在《单位》中，作者为我们呈现了一个多彩纷呈、复杂冗繁的社会关系，人心远近的无形关系的示意图。作品一开始时就写了单位分梨分出的烦恼。而刚刚升任副局长的老张分得到了一兜好梨，没有分到好梨的女小彭和女老乔以及单位中其他人就开始抱怨，因此，又引起大家对老张当上局长的原因议论等。尤其是女老乔，心中存着私怨，免不了在私下里对老张进行诽谤和诋毁。老张自己也认为自己之所以能够当上局长，也是上面的部长们的"鹬蚌相争"自己"渔翁得利"的结果。多年的老同事好朋友老何和老孙更是为了自己能够当上处长、分到房子而在暗地里较劲。最终也闹得两个人由好朋友变成看见不理，像仇人一样。老张因为自己出了丑闻，在单位被传来传去，最后使得自己与女老乔在精神和身体上都承受了近乎崩溃的压力，使得女老乔最终选择了离开自己工作三

---

① 贺彩虹：《试论刘震云〈小说一句顶一万句〉的"闲话体"语言》，《中国现代文学研究丛刊》2013年第6期。

② 林宁：《刘震云小说研究评述》，《海南师范大学学报》（社会科学版）2007年第5期。

十多年的地方。小林刚到单位时,是个刚毕业的大学生,不谙世事,充满个性,作风做派都是依着自己的内心而行。比如他经常上班迟到,并且穿着拖鞋上班。他曾对劝他写入党申请书的女老乔说,对入党不感兴趣。但是随着小林在单位的时间增长,他逐渐感觉单位中充满猜忌,人心与人心始终是隔着肚皮。为了能够分上房子,他主动找党员女老乔谈心,给领导送礼,同时学会察言观色。在一次单位调查时,他学会了审时度势填写内容,并在女老乔试探他时,他也以谎言回之。《单位》通过一个小小的单位折射出公务员生活之间的钩心斗角,追名逐利和在社会上挣扎的人物形象。

《一地鸡毛》则写出了人心的鸿沟。作者开头以"小林家的豆腐馊了"为切入点,主要写了小林为了买好一点的豆腐,大早上起床排队,还经常买不到。小林的老婆想要调到一个离家近的单位,以免挤公共汽车之苦。小林找领导帮忙送礼,而所谓的领导们都只是在表面上做足了工作,还是沾了领导的小姨子的光才得以调配。自己孩子想上好的幼儿园,他办不到,领导的孩子需要一个陪读,才解决自己孩子的问题。保姆不尽职,老家的亲戚来求自己帮忙,这些都让本不富裕的小林难上加难。在小林的生活中,没有一个人与小林是真真切切的贴心人。家人、事业、单位、亲戚对他来说,更多是需要他去猜测对方的心理,并不断地填补,从而勉强的支撑生活的平静与和谐。老婆与小林、领导与小林、亲戚与小林,他们都是认为小林对自己有帮助,甚至是效用之处。"作者对生活的感受那么敏锐,他把平凡人的平凡生活立体成一幅幅的画面。再从中挑选出最具体的、最有触动性的、最能代表百姓生活的真实片段,把他们按照一定的逻辑和顺序组合起来,使文章的故事情节显得真实而可信,从而还原生活的本来面目。"[①] 人心隔着肚皮,《单位》给我们呈现的不再是一个公平、公正、公开的团体,而是充满猜忌、暗斗的鸿沟。《一地鸡毛》由于人心的隔膜,使本来美好的生活碎了一地,变成了一地鸡毛,让人畏惧,让人后怕。刘震云其他作品同样也有丢了知己,寻找人心以打破隔膜的人物,比如说在《一句顶一万句》中李克智怕离开庞丽娜:"说起来也不是怕庞丽娜,还是怕离开她,也不是非要和她在一起,而是离开

[①] 王馨:《新写实小说:到位的描写生活——读刘震云〈一地鸡毛〉》,《文艺研究》2003年第3期。

她，连她也没有了，或者连怕也没有了，与她说不上话，离开她连话也没有了，怕的是这个。"①《手机》中严守一请费墨教授进入电视台的理由不是为了公司，而是为了他们两个在日后能够常见面。人与人的隔膜或产生于欲望，或产生于名利。但如果坦诚相待，知心人仍是可以找寻。刘震云笔下为我们展示了一系列人心隔膜下的生活，但同时又是在这隔膜的生活中为我们埋下了突破隔膜的希望，在冷静的叙述中让读者感动、感悟。

二 城市与乡土的冲突——进城者的飘零与无奈

刘震云是一名乡土小说作家，他对故乡充满着无限的眷恋和思念之情。因此，在刘震云的作品中存在着许多由农村进入城市的农民工、新兵、知识分子等。他们或来城市打工，或来城市服役，或鱼跃龙门，成为都市生活中的一分子，在城市工作、成家。但无论何种阶层的人物，在内心中都存在着对都市文明的隔膜。他们对故乡存在着依恋，他们在平淡的生活中或逐渐丧失自己故乡的美德，或在都市面前不知所措，或生活在都市，但总有一种牵引，一条连着自己的心与故乡。"但直到20世纪初，农民进城闯生活的历史情景，以及期间所遭遇的精神挫折才真正成为小说家自觉选择或者说无法回避的表达时代的入口。"②

都市作为现代文明的一个重要的集聚地，不仅有丰富的物质，多彩的生活，更多的机遇，而且也充满诱惑、陷阱和欺骗，使进城者无所适从，甚至难以生存。《新兵连》虽然不是直接写乡下人进城的故事，但却是写乡下人难以晋升的事实。中华人民共和国成立以后，特别是"文化大革命"时期，由于城乡二元结构等制度限制，当兵并提干几乎是农村青年人晋升的唯一出路，《新兵连》就是反映这一现实的名篇。作者以心酸而又辛辣的笔触刻画了刚刚入伍的新兵连压抑、卑琐的众生相："因为大伙总不能一块进步，总得你进步我不能进步，我进步你不能进步"，由此上演了一幕幕争相巴结排长、连长，争做"骨干"的悲喜剧。"我""老肥""元首""王滴"等都是从小玩到大

---

① 刘震云：《一句顶一万句》，长江文艺出版社2011年版，第282页。
② 黄轶：《在"华丽"与"转身"之间——评刘震云〈我叫刘跃进〉》，《扬子江评论》2008年第14期。

的哥们,又一块当兵来到新兵连。他们身上除了有农民的踏实、肯干、不怕吃苦等优点以外,还有狭隘、自私、虚荣等小农意识。他们是抱着希望参军的,但是部队也已经被世俗的社会关系所侵占,新兵连不仅没有教给他们正义和规范,相反,在"文化大革命"的大背景下,在畸形的社会风气中又诱惑了他们相互争斗的本能,启发了他们内心原有的那种狭隘、自私、猥琐等病态,为此他们互相挤压,拼命竞争。他们抢扫帚、扫厕所、拍马屁,不择手段地入党提干,他们之间互相搞小阴谋,互相钩心斗角,发生了一系列的悲剧。"老肥"因被告密者揭发而被淘汰,最终惨死故乡。王滴为了能够入党,为自己的未婚妻争个面子而打了指导员黑枪,结果被判刑。作品以第一人称"我"的口吻写出了乡下人晋升的艰难,真实得令人心酸。

刘震云在《我叫刘跃进》中巧妙运用"刘氏冷幽默"的写法,写出了一个叫刘跃进的乡下人进入都市后发生的一场闹剧。作品的主人公叫刘跃进,是一个厨师。"21世纪初小说叙事中呈现出来的农民的当下心态,行为变化,赋予了现代化的概念,一种道德伦理上的暧昧,而进城农民的主体尴尬又暗示着现代化进程的诸多缺憾。"① 作品中的刘跃进有些"阿Q"式的自欺或无聊,比如他的妻子跟着一个卖假发的跑了,刘跃进并没有悲痛欲绝,相反他为自己没有及早发现妻子的小蛮腰而后悔。作为厨师,他为自己在买菜时偷偷地做着小手脚而庆幸和自喜。他的手中明明有钱,却不给儿子交学费,让儿子能拖就拖。当他酒后摸了一把吴老三媳妇的丰胸之后,却为自己的行为付出了三千六百元的代价,他也并没有为此感到失落,相反,看着城市中有自己参与盖起的楼房而自豪起来等。在《我叫刘跃进》中作者为刘跃进巧妙地设置了一张城市生活的关系网,从工地厨师、报社记者到地产商和地产商后面的国家级部委干部。他们环环相扣,缺一不可。同样刘震云也描写了城市充满欲望、野心和争斗:"人人都变成了狼子野心,妻子是丈夫身边的贼,儿子是父亲身边的贼,部下是领导身边的贼,民工是工头身边的贼,而大街小巷也全是贼们各自为政的地盘,人人都无视生命和心灵健康的宝贵,为达

---

① 徐德明:《"乡下人进城"的文学叙述》,《文学评论》2007年第11期。

到目的要尽卑劣手段。"① 正是这样一个都市，让刘跃进生活得无比辛酸和艰难。作为一个农民工，刘跃进无意之中闯进都市，被迫与社会中各个阶层的人物打交道：他无意中被抢了装有五万块钱的包，并在找包的过程中捡到一个女包，女包中的 U 盘中涉及了地产商和他背后的支持者国家高层领导贾主任的不可告人的勾当和秘密，同时还有一个美猴王卡。由此展开了不同的人物与刘跃进的接触，他们或利诱或威胁或恐吓，使刘跃进感到了城市生活的黑暗、复杂。最终，他选择了回家。

如果说《我叫刘跃进》是一场喜剧加闹剧，那么《单位》和《一地鸡毛》则是城市对于来自农村的知识分子的一种异化和压抑。小林是来自农村的大学毕业生，初分配到单位时，他什么也不在乎，跟局长老张顶嘴，说话不注意，"阴阳怪调"地调侃办公室的同事，女老乔让他写入党申请书，他竟然说"对贵党不感兴趣"。在举止间体现出了小林的幼稚和可爱，然而三年后，小林为了能够分一套房，开始变得世故，自愿与有狐臭的女老乔谈心，给领导送礼等，他已经在城市固有的权力之下变得臣服和沦丧，失去了原有的本真和个人生活的理想。刘震云在《手机》中塑造了一个由于现代科技的发展——手机而变得身败名裂的主人公严守一的形象。严守一是生活在城市中的具有一定地位的来自农村的知识分子，但他并没有真正懂得城市生活的意义。他的好友费墨教授因为手机而出现了家庭矛盾，曾痛苦地感叹道："近，太近，近的人喘不过气来。"② 严守一并没有因为日常生活中接触各种各样的城市人而被城市文明侵蚀吞陷，相反，他保留了作为一个农民的朴实。他虽然不断地说假话，圆扯谎，但他有自己的心灵守护——给自己的奶奶说心里话。每次回家，他总要和奶奶说上一夜话，奶奶是严守一的心灵支撑，是严守一的心灵归属。当严守一的奶奶去世之后，严守一用小时好友张小柱给他的矿灯在天空上写下了"奶，想和你说话"。严守一的心是属于故乡的，因为故乡有他可以说话的奶奶。"刘震云作为乡村小镇中奋斗出来的文化人，与大都市主流文化有一种本能的疏离感，一种对传统文化、古典精神不经意

---

① 黄轶：《在"华丽"与"转身"之间——评刘震云〈我叫刘跃进〉》，《扬子江评论》2008 年第 14 期。
② 刘震云：《手机》，长江文艺出版社 2010 年版，第 4 页。

的认同。"① 刘震云以一种乡村文化人的姿态写出了城市与乡村、故乡的种种区别和不同之处，也表现了城市对乡村、进城人的异化，凸显了城市与故乡的冲突和进城人的飘零及对城市的排斥。

三 官与民的碰撞——权力特征的重塑

"刘震云的作品中，无论是其官场小说如《官场》《官人》《单位》《一地鸡毛》，还是其故乡小说系列《故乡天下黄花》《故乡面与花朵》《故乡相处流传》，为我们诠释了一个虚拟的权力世界，从温情到冷酷、从理想到现实、从乡村到城市、从日常生活到诗化寓言，刘震云用纷繁复杂的权力关系构起一个又一个或残酷或悲哀或荒诞的经验世界。"② 刘震云以一种质疑甚至批判的角度，写出了权力对普通人的戏弄和压抑。同时也写出了普通人在权力的笼罩下的不安、挣扎和对权力的憎恶，从而写出了官与民的隔膜，用自己特有的笔触重新塑造了权力的特征。在刘震云笔下不仅有官对民的压迫，权力对生活的渗透，同时也表现了作者匠心独运地对权力进行消解和对英雄人物的平民化、生活化。

在刘震云的小说中，权力似乎有对人的压迫、操控的强势面，同时又有对权力操控者的戏谑化、平民化的一面。在《故乡天下黄花》中我们可以清晰地看到权力作为一种强势意识渗透到平民的生活中，从而操控平民，激起人们的欲望，使本来应该日出而作日落而息的乡野村民，也为了取得村长这个最底层的权力而展开了世世代代的争夺。民国初年，为了想当村长，李家人雇凶杀了村长孙殿元，由此开始了几代人的杀戮。同时，孙老元则利用许布袋在暗中杀害了李老喜，李老喜的儿子李文闹当上村长后为土匪所杀，很可能是孙家在幕后操纵的。经历了一轮又一轮的杀戮以后，许布袋终于当上村长，为了维护自己村长的地位，他用尽各种手段，但最终也未能逃脱被杀的命运。到了20世纪40年代，孙李两家后代为了权力，为了争夺村长的位置，同样使用先辈相互残杀的传统，展开了新一轮的杀戮，其结果只能是两

---

① 王必胜：《"三刘"小说研究》，《作家》1993年第2期。
② 赵淑梅：《生活的权力化与权力的生活化——刘震云小说的权力观》，《齐鲁学刊》2010年第5期。

败俱伤。而《故乡天下黄花》中除了有孙李两家的世代仇杀，还有赵刺猬和赖和尚的较量。赵刺猬原本是土改工作组老贾最先发展的积极分子、贫民团团长，而赖和尚又是赵刺猬发展的积极分子。按说赵刺猬的权力比赖和尚大，资格也比赖和尚老，但由于赖和尚手段的残忍和精明的运作，他的势力越来越大，最终将权力牢牢掌握在自己手上，赵刺猬也不得不向赖和尚求饶。作品中的人们在权力的引诱下相互压迫、相互残杀，为了谋利，他们不择手段。在权力魔爪的控制下逐渐走向腐败和堕落。同《故乡天下黄花》较为相像的作品《头人》也写出了村长位置对人们的诱惑。同时更多地写出了人们在权力的诱惑下的奴性人格。村长换了一个又一个，但无论谁得势，村民们就开始巴结谁，并且不管这个人品德的好坏和能力的大小。村民以前巴结的是头人的祖父，让祖父回自己家吃饭，随后又巴结新喜，而当新喜被解职之后，村民们就说新喜的坏话，什么抓小鸡不给钱，什么随便摘人家的瓜果等，穷尽了村民的卑怯和势力的丑态。在《官场》中，主人公金全礼由县委书记调任到市里作副专员，不是靠自己工作的能力，靠的是投机钻营的精明和讨好巴结的谄媚，这样的权力运作，只能使人们变得越来越自私、狡诈、圆滑、虚伪。《官人》中更是表现出了官员们为了自身的政治前途和经济利益，对权力产生过度的欲望和迷恋。作品写一个单位有八位正副局长：袁、张、王、李、赵、刘、丰、方，而平时又分为三派，相互斗争。部里换了新部长，将要在人事上进行变动，他们几个彼此都掌握对方的把柄，互相进行了或露骨或隐秘或粗糙或阴险的斗争。他们八个为了自己能够顺利留任，相互你争我夺。"面对日常生活的磨损和所处环境的挤压，'权力'的消长在很大程度上决定了小人物对官和官阶的价值判断，当他们以奴隶的姿态对官表示尊奉时，实际上尊奉的只是官的一时权势，反过来说，是权力使得农民小人物，成了奴隶样的人物。"①

在《一地鸡毛》中更能体现权力对民众的压迫。这是刘震云创作的一篇具有中国式"黑色幽默小说"，作者试图告诉我们，权力就像一道无形的"二十二条军规"，渗透到主人公小林的日常生活当中。由于它的"作用"小林一

---

① 林华瑜、马萍：《权力场上的人性角逐——论刘震云早期中篇小说》，《当代文坛》2004年第6期。

家总是与自己的愿望背道而驰，在前者编织的无形的网络中徒劳的挣扎。小林好不容易排队买的豆腐因为忘记放入冰箱而变馊；自己的老婆上下班坐单位的班车不是由于领导体谅下情，而是沾了局长小姨子的光；孩子入托原以为是邻居热心帮忙，其实是为了给领导的孩子做陪读；老婆调动又由于找错了关系而前功尽弃。作品中不仅小林一家受到权力的挤压，其他人如小保姆、查电表的老头等都同样受到权力之手的影响，从而构成现代社会人与人之间一种相当荒谬但又挣不脱的关系。

当然刘震云作品也有对掌握权力的英雄人物平民化、大众化、戏谑化的特点，这也是刘震云对权力消解的一种方式。如《故乡相处流传》中作者就故意对历史人物进行丑化：小说中描写了几个赫赫有名的大人物，如曹操、袁绍、朱元璋、西太后等。作者将英明神武的大人物曹操写成是一个拾粪出身、爱放屁、爱玩弄小寡妇、头上长疮、脚底流脓的小人。而朱元璋在作者笔下由明朝的开国帝王摇身变成一个赖和尚。西太后是柿饼脸、细眉毛、眯眼大嘴、尖鼻头小耳朵、大脑门、剃头匠的情人。刘震云通过人物的性格的丑化描写，写出了这些掌权人物的丑陋的一面，从侧面突出了权力本身的不光彩和丑恶，对权力的特征重新进行了定义和阐释，从而写出了官与民的隔膜。

刘震云的小说以特定的冷语格调、闲话语气，写出了存在于生活和社会中的种种隔膜：人心与人心的隔膜、城市与农村的隔膜、官与民的隔膜。刘震云通过琐碎的言语和感情写出了人心与人心存在的隔膜，进城的农民知识分子对城市的恐惧、排斥和权力下平民生活的变异。刘震云为我们呈现了一个又一个被隔膜起来的人和社会，并以冷峻和严肃的态度对于这种隔膜进行了批判和抵抗，从而告诉人们只有突破隔膜，才能在社会中感受到温暖，重新建立起人性的世界。

第九章　张洁：追求爱情与坚守传统"隔膜"的表现者

张洁是新时期以来有影响的女作家,她从1978年开始发表作品,曾先后出版了小说散文集《爱,是不能忘记的》和《方舟》,中短篇小说集《祖母绿》,长篇小说《沉重的翅膀》《只有一个太阳》《无字》等。其中《从森林里来的孩子》《谁生活得更美好》获全国优秀短篇小说奖,《祖母绿》获全国优秀中篇小说奖,长篇小说《沉重的翅膀》《无字》分获第二、第六届茅盾文学奖。

张洁是我国第一个囊括长篇、中篇、短篇小说三项大奖的作家,同时也是唯一两度获茅盾文学奖的作家,她的小说既承续传统,又有新的思考和发现。她"笔下的女性都对爱情充满了美好的憧憬。然而,面对强大的男权社会,她们处于理想与现实、精神与行为的矛盾之中"。[①] 在对爱情从建构到解构的过程中,张洁通过对男女爱情从热切追求理想、到历经坎坷现实,再到绝望而终,突出表现了爱情或婚姻经历与父辈观念、伦理美德、传统道德等传统因素的隔膜主题。本章以张洁的主要代表作品《爱,是不能忘记的》《方舟》《祖母绿》《无字》等小说为例,分析她笔下的钟雨、曾令儿、吴为等知识女性不惜一切地热烈追逐真正的爱情,却面临着爱的呼唤与伦理道德的隔膜、爱的自主与男权观念的隔膜、爱的超脱与无穷思爱的隔膜、爱的无望与

---

① 樊青美:《论张洁作品中爱情理想的建构与解构》,《沈阳农业大学学报》(社会科学版)2007年第2期。

执着抗争的隔膜，终因爱情的不能实现、爱情与婚姻的背离而陷入深深的痛苦和悲哀之中。隔膜的背后，也深刻地反映着中国知识女性在追求爱情理想时，以不屈和执着对男性神话不断颠覆，奋力实现女性主体价值的艰难和悲壮。

一 爱的呼唤与伦理道德的"隔膜"

张洁早期的婚姻爱情小说主要是对爱情理想的建构。发表于1979年的短篇小说《爱，是不能忘记的》，成为新时期张洁率先在作品中勾勒出的理想爱情蓝图。小说从母女两个女性的视角为读者展现了四组婚姻爱情关系：女作家钟雨年轻时迷恋一位公子哥似的男性与之结婚生子终因志不同道不合而分道扬镳的婚姻；老干部出于报恩之心与一位因救他而牺牲的老工人的女儿平淡却走过终生的婚姻；钟雨与老干部心有灵犀却终究不能实现的理想爱情；钟雨的女儿姗姗与自己不太喜欢但各方面条件还不错的乔林正在进行的世俗恋爱。小说当中，离婚女作家钟雨才华横溢，在文坛小有名气，虽然生得并不漂亮，但优雅、淡静，像一幅淡墨的山水画，颇得男性的青睐，然而她却独自带着女儿生活二十多年，她对婚姻和爱情的态度在外人看来，仿佛是修女般拒斥的。只有她的女儿从她对契诃夫文集近乎疯狂的偏爱、夜晚常独自到家门前的小路散步、一个人紧闭房门常在书房发呆等一些生活细节，注意到母亲对爱情的执着追求和坚实操守。

钟雨在追逐爱情的道路上，可谓是一个痛苦的理想主义者。她年轻时在朋友的鼓动下一时冲动地与帅气的、自己却并不爱的公子哥结婚，但婚后现实婚姻与理想爱情间的巨大反差让钟雨不能忍受，她主动摒弃无爱的婚姻，独自带着女儿生活。正如钟雨所说："人年轻的时候，并不一定了解自己追求、需要的是什么。"作为一个情感细腻而敏感的女作家，伴随着事业的不断上升，她的爱情追求也没有止步。偶尔的邂逅与心灵默契，让钟雨像初恋少女般迷恋上了一位与他情投意合的老干部，钟雨与那位老干部的爱情，是一份姗姗来迟却刻骨铭心的真正爱情。爱情来得太迟了，但仍有它的深厚和强烈，"他们的精神几乎日日夜夜在一起"。他们在仅有的接触的刹那，用全部心神互相关注。他们对彼此精神的拥有比很多人一辈子得到的还要深、还要多。她把笔记本当作他的化身，每天写日记的过程也是与他倾心交谈的过程，时刻珍藏着他送的那套契诃夫选集，无论上哪儿都像宝贝似的随身携带，包括心爱的女儿在内的其他任何人都不得触碰……而那位老干部，是"到了头发都发白的时候，才意识到他心口也有那种可以被称之为爱情的东西存在，发生了足以使他献出全部生命的爱"。

然而，老干部的婚姻是建立在道义和责任感的基础之上，当爱情在呼唤钟雨时，她心灵上爱得热切，行动上却止步不前，她不愿因为成全自己的爱情去伤害另一个更无辜的女性；当爱情在呼唤老干部时，他爱的欣然，却难以突破，比爱情更强烈的责任感与道义感阻止了他。虽然说钟雨和老干部实现爱情的绊脚石是老干部已经存在的道义婚姻，但从更深层次的原因来分析，则是这种维护婚姻的责任感、道义感乃至法律舆论等传统的婚姻伦理观念。钟雨作为一个经济独立、灵魂自由的知识女性，她虽然挣脱了传统女性对男人的依赖感和依附性，虽然表面上是独立自由的，但在她的骨子里仍然深深地流淌着传统伦理的血液，她一生都在背负着沉重的心理包袱，自始至终都没能摆脱封建伦理道德的束缚，竭尽全力想要去爱，但又不敢爱，只能默默守望，最终造成爱而无望的爱情悲剧。深入剖析，我们不难发现，这种逆来顺受、坚韧恪守的精神何尝不是中国几千年传统文化的沿袭，虽然钟雨相比祥林嫂等人无论是文化涵养还是女性自主意识等各方面都要现代得多，但钟雨终究未能完全冲破传统的束缚，传统的伦理道德将她和传统的女性一样置于边缘化的位置。她虽然是以中国几千年封建伦理制度下的反叛者的形象出现的，但事实上她却又是无意识的服从者。从她对爱情对人生的执着追求之路，我们可以得知，她所谓的反叛，更多的意义是局限在从精神上对世俗观念的超越，但在现实生活当中，她仍然是默默地遵循着传统伦理观念为女性所规范的道路，宁愿默默吞咽爱情与婚姻分离的痛苦，至死也未能超越与心爱的人握一下手的亲近，只能成为新时代女性对旧伦理、旧道德的恪守者。

无论是对于钟雨来说，还是对于老干部来说，他们都自觉地遵循着传统观念的约束，他们爱得真切，爱得执着却爱得痛苦，他们甘愿压制自己心底的真情，彼此深深相恋二十多年，在一起的时间却不足二十四小时，甚至连手都未能握过，都自觉地担当了旧意识、旧道德的牺牲品，只能把满心的希望寄托在下一代儿女身上，为避免悲剧的重演，因此小说中钟雨告诉女儿说："要是你吃不准自己究竟要的是什么，我要是你就是独身下去，也比糊里糊涂嫁出去好。"正是这种一方面觉醒起来的爱情在呼唤，另一面传统的伦理道德在束缚，二者无法达到一种平衡，这种深深的隔膜才导致钟雨的爱情悲剧，这种爱情悲剧隐含着女性在自我意识苏醒之路上的欢欣与痛楚，抗争与屈服，牺牲与超脱，这种爱是刻骨铭心、难以忘却的。

二 爱的自主与男权观念的"隔膜"

如果说在小说《爱，是不能忘记的》当中，张洁要表现的是知识女性的爱情和独立意识被唤醒却柏拉图式的未付诸行动，那么1981年发表的《方舟》则开始表现知识女性对于真爱是否存在的质疑以及在理想与现实强烈反差中爱的彷徨。在《方舟》中，作者塑造了三个性格各异、经历不同、家庭背景等各方面都不同的知识女性，唯一相同之处却是他们都有强烈的女性独立意识，都主动抛弃了生活中的猥琐男性，结束无爱的婚姻，不再委屈自己继续接受婚姻带给她们的痛苦和伤害。然而，当她们拥有爱的自主权之后，她们生活的并不幸福，聚在一起组成一个所谓的"寡妇俱乐部"，互相关爱，彼此温暖，却未能摆脱来自男权社会由来已久的规范、压抑和制约。正如贺桂梅所言："女性本来就是男性中心社会中的欲望对象，突出性别差异性的性别神话更加强化了这种女性被看的处境。这就是说，女性在发出自己声音的同时，再一次被置于'被看'的舞台上。"[①] 荆华在动荡年代为了养活被打成反动派的父亲和年幼的妹妹，无奈之下迫于生计嫁给林区工人。然而那种传统家庭妇女般"生孩子、睡觉、居家过日子"的生活让荆华无法忍受无爱的婚姻，更何况这个只知道留给她一身臊味儿和一个拳头感觉的男人，完全把她当成家中的奴隶，丝毫不关心她的思想和心事儿，在无奈与无爱之下，荆华选择了摆脱这种婚姻。柳泉作为三个女性当中相对颇有姿色的，幸福的爱情和婚姻却未降临在她的头上。她的丈夫是一个商业化的男人，甚至在对待妻子的态度上更是如此，与妻子相处的每个晚上都"仿佛是他花钱买来的，

---

① 贺桂梅：《女性文学与性别政治的变迁》，北京大学出版社2014年版，第178页。

决不放过"。在柳泉丈夫的心中,他们夫妻二人完全没有平等而言,丈夫以一种高高在上的态度把妻子看成了一件能够供自己发泄性欲的工具,这种"被看"、被享用的生活让柳泉再也不堪忍受,而最终逃离了出来。相比之下,梁倩的爱情婚姻就比荆华和柳泉要复杂得多。梁倩作为高干子女,从小生活环境相对优越,但她的爱情婚姻却不太顺利,她与白复山虽然刚开始也有爱情,但他们的爱源于一种相对稚嫩的恋爱游戏,白复山为了满足自己的虚荣心,打着岳父的牌子到处招摇,梁倩成了满足男子虚荣的工具。当梁倩明知道自己和白复山之间已没有爱情的存在,却没有提出离婚,更多方面是基于离婚对父亲名声不好的考虑。正如张洁在小说中写道:"谁要想离婚,那就得有十足的勇气丢掉一切做人的尊严,把自己顶隐秘、顶不好意思说出口的,甚至像突然间失去了某种生理上的功能……那情景如同把衣服扒个精光,赤身裸体地站在千百人的面前。"当然,对于梁倩来说,绝不仅仅是因为没有勇气,而是在父权制的威力之下,对于自己的婚姻痛苦只能有苦难言,继续忍受这种名存实亡的婚姻。

三个各自告别不幸婚姻的女性,宁愿选择漂泊也不愿成为男性的附庸品,"她们不再依靠男性的拯救,而是女性自我救赎"[1]。她们的离婚选择必然与传统的观念,形成了尖锐的对立。然而,当她们竭力争取到自己的爱情自主权时,她们的生活也并不如意,也让她们真切地体验到了做女人难,做离婚女人更难。她们背负着世俗的偏见进入社会,在事业和生活上却遇到更加复杂的问题,虽然她们在爱情追求上是自主的,但她们却又时时处于男性的控制之下。荆华是一位才华横溢的理论工作者,却因为写作了一篇敢于说真话的文章就被目为异端,受到来自男性权力的批判;柳泉作为一个大学英语高才生,仅为谋得一份工作就历经坎坷,却因自己的几分姿色深受魏经理的骚扰和百般刁难,无奈之下只得调动工作,然而工作的调动却未能使她摆脱苦恼;梁倩工作勤恳努力,四十岁仍然只是一个副导演,好不容易亲自导演一部片子,却受到来自社会的各种阻碍,屡屡受到不甘受女人指挥的男性的排斥,还要默然接受丈夫白复山对其工作的破坏,贾主任对她们一举一动的窥

---

[1] 邱谨:《回望女性意识成长之路——张洁小说中的女性意识发展脉络》,《当代小说》2012年第2期。

视和流言蜚语，钱秀英对她们的轻蔑鄙夷，等等。她们虽然经济、人格、精神各方面都是独立的，不依附于任何人，但她们在实现这种人格独立的同时，也难免遭受来自男权势力带给他们的压力。可以说，在由她们三个知识女性组建的"寡妇俱乐部"里，难得欢歌笑语，有的只是粗话、烟雾、孩子的哭声和一切的凌乱，她们虽然获得了爱情选择的自主权，有了更多的自由生活，但他们却为这种自由付出了更加沉重的代价。

总之，《方舟》作为新时期第一部严格意义上洋溢着女性独立意识的小说，张洁在其中塑造的三个觉醒的、自主追求自我价值的新时代女性，不堪忍受没有爱情的家庭桎梏，敢于面对世俗眼光追求独立人格，以寻求个人理想的实现，她们敢于挑战男权中心，不顾浓厚的舆论压力，来塑造着全新的自我，抗争使她们获得了爱情的自主，却失去了人们的理解。"她们期望建立一套新的以女性意识为尺度的价值判断标准去取代男权中心主义社会，使女性能从'他者'身份回归自身，得到社会的认可。"① 然而，这种理想的无从实现，使得她们付出了沉重的代价，她们的不幸皆因为自己的女性身份，正如小说开篇第一句话："你将格外的不幸，因为你是女人。"在中国几千年的伦理道德中，女人一直以来被认为是男人的附属物，是男性传宗接代的工具，应当是贤妻良母，一旦女人不甘心成为男人的附属物时，就意味着悲剧的发生，正如五四时期的子君，虽然喊出了"我是我自己的，他们谁也没有干涉我的权利"的时代强音，但由于其始终没有摆脱男权社会的控制（她冲出了父亲的家庭，却走进了丈夫的家庭），最终在社会政治、经济及家庭的多重作用下成为悲剧。这就是说，如果女性默默接受男权社会的安排，也许能得到社会的认可，但当她们要冲破男权社会的樊篱，表面上是取得了更多的独立和自主权，然而她们进行艰难抗争的背后必然要付出更为沉重的代价，这种爱的自主与男权观念的隔膜是难以瞬时跨越的。

三 爱的超脱与无穷思爱的"隔膜"

如果说《方舟》当中的几位女性在追求爱情时是彷徨的，犹如茫茫大海

---

① 徐书奇：《从无暇到无字：女性主义视域下张洁的婚爱小说解读》，《河南师范大学学报》（哲学社会科学版）2012年第9期。

上挣扎的一叶孤舟,那么发表于1983年的小说《祖母绿》则继续承载着"爱"的主题,并且实现了爱的执着和超脱,一如圣洁闪耀的绿宝石。在小说当中,女主人公曾令儿作为生长在大海边渔人家的女儿,靠着自己的顽强拼搏考上了名牌大学。大学时与一位风度翩翩的男子——左葳的相遇相恋,从此改变了她的命运,也注定了她把一生的爱都要倾注在这个男子身上,正如她的诞生石祖母绿的寓意——"无穷思爱"。

曾令儿与左葳的爱是围绕着救助与被救助展开的。当初恋少女时的曾令儿沉浸在对左葳甜蜜的爱恋之时,这种爱是近乎痴迷和疯狂的,她心甘情愿地为左葳付出一切。当左葳生病时,她不惜牺牲自己宝贵的时间,帮助左葳补习因病落下的功课;当凶猛的海浪涌向左葳时,她咬紧牙关把左葳从死神手里拽回来拖上岸边;当恶劣的政治气候中左葳被人指控时,她再一次以自己柔弱的肩膀拼命为左葳遮风挡雨,大胆地站出来帮左葳顶替罪名而独自忍受批判和侮辱。"她也带着一种超凡入圣的快乐,看着低垂着脑袋、坐在会场一角的左葳。什么批判,什么交代,她心里只有这个低着头坐在角落的人和对这个人的爱。她愿为他献出自己的一切:政治前途、功名事业、平等自由、人的尊严。"她对左葳的爱是心甘情愿,不计回报的,但当左葳出于对曾令儿替其顶罪的感激之情,开出介绍信准备与她结婚时,她退却了,曾令儿意识到她想要的爱情左葳并不能给予她,她要永远铭记着这种对左葳的纯粹的爱。于是,在一个夜晚,她把自己最珍贵的贞洁献给了左葳,也完成了从一个女孩成长为一个女人的过程。曾令儿为左葳所做的这一切,在外人看来是不可思议的,但曾令儿是那样坦然、平静,她深知这一切皆是因为她对他爱的深切并且认为他是一个值得爱的人。

尔后,曾令儿却没有为左葳留下只言片语就从左葳的生命中消失了,而又甘愿地被发配到一个遥远的边陲小镇,并生下了他们的儿子。曾令儿对左葳无尽付出的爱仍在继续,满心地寄托在他们的儿子身上。在时空距离远离左葳的遥远边疆,曾令儿埋葬了对左葳的两性之爱,而把爱升华为一个崭新的境界。在条件恶劣的生活环境里,她担当着男人和女人、父亲和母亲的双重角色,艰难地抚养着他们的孩子,并独立承受着由这个私生子而招致的种种非难,肉体和精神上经历了种种惨痛的折磨。当她遭人非难时,当他们的儿子出生时，当儿子病危时，当儿子受人欺负时，曾有多少次她想起左葳，想知道他的音信，想倾诉他们母子的喜怒哀乐，但每一次她都强忍着这种情感的冲动，拼命压抑着自己对左葳的思念。然而，命运却给予她一次次的打击，当寄托她全部希望的儿子溺水身亡时，她仍然没有改变那颗不求回报的爱心，并且埋怨自己对不起左葳，没有照顾好他们的孩子……她很快鼓起精神，全身心地投入对工作和事业的执着之上，但当左葳的事业再次需要她的帮助时，她仍然是义无反顾地选择与他共同完成重大的科研难题，在这里她对于左葳已不再是儿女情长的爱恨交织，而是要将自己的爱心和力量奉献给社会，奉献给有意义的事情。

当时隔20年之后，左葳的夫人卢北河重逢曾令儿时向她抱怨"我们多年来，争夺着同一个男人的爱，英勇地为他做出一切牺牲，到头来，发现那并不值得"时，曾令儿的回答却是出人意料的："别这样说，你爱，那就谈不到是牺牲。"显然，曾令儿对左葳的爱与付出要远远地超越卢北河之上，既然爱了就不必谈付出和牺牲，谈是否值得。曾令儿的爱是真诚且轰轰烈烈的，但这种倾心的、不计回报的爱看似在一次次地超越，但却始终都是围绕着左葳而展开的，她对左葳的爱渴望听到"爱的回音"，却一次次在幻想中默默走开，她同样渴望能真正地超越对左葳的情爱，埋藏心底实现对爱的升华，却自始至终没有摆脱对他的无穷思爱。

在阅读小说的过程中，我们不免有一种如鲠在喉的感觉，曾令儿爱的超脱，爱的执着，却略显偏执与盲目。"爱情"本应该是二人世界的情感相依，在这里却让曾令儿独自一人默默承担，竭尽全力地付出，而作为被爱的一方却是徒有其表、灵魂缺失，一直在体面地"缺席"。在曾令儿爱情自主和超越的背后，遮蔽的是她对女性自主意识的追求，暂且撇开造成曾令儿爱情悲剧的特定历史政治背景，仅从人性角度分析，曾令儿一味地去付出、不求回报的爱，表面上看似一种对爱的超脱和升华，实质上却是传统女性悲剧的一种变体再现，曾令儿在无意识当中也在服从着传统道德和传统伦理规范，在她身上也仍在上演着"痴心女子负心汉"的悲剧故事，她仍然充当了男权社会的牺牲品，只是她不愿承认而已。可以说，在知识女性曾令儿执着地追求自己的爱情之路上，尽管她的行为是前卫的，她的爱情是圣化超脱的，但她的灵魂却是保守的，她对爱的信仰却是忠贞不渝的，这种爱的超脱与无穷思爱的隔膜，归根结底，仍然是现代知识女性在追逐爱情时无法真正地挣脱传统理念的束缚。

四　爱的无望与执着抗争的"隔膜"

进入20世纪90年代之后，张洁又陆续发表了《红蘑菇》《日子》《她吸的是带薄荷味的烟》等中短篇小说。但这些作品已不像之前那样表达对纯洁爱情的追逐和对美好生活的向往，转而表达一种被绝望所环绕的怀旧。张洁在为爱、为女性呼吁写作了大半生之后，在回望女性的解放历程时，根据自身的切肤感受和睿智向世人奉上了她世纪之交的大作——《无字》。《无字》主要围绕着一个家族血脉相连的四个女人进行展开，即外祖母墨荷、母亲叶莲子、女儿吴为和外孙女禅月四代女人不同婚姻爱情的悲欢离合。

墨荷出身于旧时代的望族，是一个典型的旧式女性，甘于沉默的她接受了"父母之命，媒妁之言"，嫁给了家道败落的叶家，嫁过去就成了婆家不花钱的佣人和传宗接代的工具，备受虐待，他的男人叶至清可以逛窑子逍遥自在，她却要像奴仆般服侍他。作为女性，墨荷也曾渴望有属于自己的爱情，然而封建礼教的束缚使得她只能梦魇间"两颊羞红地想象着一个根本无从想象的中意的男人"，仅此而已。可怜的墨荷在为叶家传宗接代时死于难产，婆家和娘家对于她的离去并没有表现出很大的悲伤，而是走走形式，宴请村人一顿丧饭。之后不久，新的媳妇就来替代了她，仿佛已没有任何人记得蒙昧而凄凉的墨荷曾经来过。而墨荷的女儿叶莲子，由于自幼丧母受尽欺凌，温顺善良且勤劳坚韧。后来接受新式教育使得她成长为敢于摆脱封建道德束缚，追求自主爱情的知识女性，然而叶莲子的爱情是短暂的，她虽然经济上是独立的，但精神上却固执地认为"一家之主非男人莫属"，这也就注定了她未能摆脱男权社会的命运悲剧。当她成为丈夫仕途的障碍时，就被无情地抛弃，成为可怜的牺牲品。她完全可以利用自己的美丽换取生活，但她从来没想到要这样做。叶莲子即便深知丈夫顾秋水不能尽到作为丈夫、作为父亲的职责，却依然把他当成一生的精神依靠，默默地忍受一生。相对于墨荷的悲剧是由于时代原因，而叶莲子的痛苦和不幸更多的是由于她"从一而终"的传统观念。

吴为作为新时代的女性,她相比外祖母墨荷和母亲叶莲子有着更加独立的人格和令人羡慕的职业,然而她还是重演了上两代人的情感悲剧。吴为从小是听着墨荷、叶莲子的苦难故事长大的,她深刻地意识到女人当自立自强,但在吴为的身上,也存在着对男人过多的幻想和太强的依恋,只是比母亲叶莲子表现得更为隐秘。在吴为的眼中,胡秉宸才华横溢并且拥有传奇的经历和高雅的气质,她对这一切深深地迷恋,爱的疯狂,于是开始了自己追求爱情的艰难历程,为此她不惧流言,甘做第三者,当她终于与胡秉宸结婚获得一张结婚证时,她猛然间醒悟到外表绅士的丈夫却是顽固的男权主义者,胡是"人"而不是"神",胡秉宸所谓的真爱不过是为满足他的自私情欲,远不如她想象的那般值得去爱,于是残酷的现实终于击碎了吴为用美好幻想编织的完美爱情。当吴为清醒地认清了她所爱男性的真面目后,在理想和现实、精神和肉体、感性和理性、希望和无望交织的矛盾困惑里,吴为执着不悔追寻的爱情的温情和梦想,都轰然倒塌了,她只能注定陷入了疯狂。

从接受父母包办婚姻受压迫的墨荷,到反抗父权制开始追求自由恋爱的叶莲子,再到大胆执着、全力追逐爱情而致疯的吴为,这些女性用生命演绎的婚姻爱情经历,显示了女性意识觉醒过程的艰难。而吴为的女儿禅月既是《无字》中女人的希望,也是作者张洁对女性理想状态的幻想。禅月代表着当代中国女性意识成熟的新一代,她是一位完全掌握了自己命运的现代女性,她也是在父亲缺席的情况下长大的,在目睹了外祖母和母亲为情所累的一生之后,她坚定地说:"姥姥,妈妈,瞧瞧你们爱的都是什么人?咱们家的这个咒,到我这儿非翻过来不可!"西蒙娜·德·波伏娃曾说,女人互相认同,所以她们能相互理解;然而,由于同样的原因,她们彼此对立。相对于外祖母和母亲的爱情选择,禅月的选择是不同乃至截然相反的,她不再为情所累,禅月也终于追寻到了几代女人一生也没有得到的幸福,"叶家两代女人的命运,后来正是从她开始才彻底翻个儿"。禅月的幸福婚姻为人们带来了一丝希望,但那同样意味着她要付出一定的代价,别离故土,远走他乡。

可以说,在《无字》当中,张洁通过四位不同代际的女性展示了中国女性从"为奴隶的母亲"到自我意识的觉醒,再到具备独立人格和意识,直到最终完全掌握自己的命运，然而作品中却流露出无所不在的女性绝望，作品的整体基调是悲凉凝重的。作者在对母爱盛赞的同时，也毫不留情地对男性的缺失进行了揭露和批判，小说中三位父亲叶志清、顾秋水、韩木林徒有父亲之名却丝毫未尽父亲之责，男人们对爱情是绝对清醒的，留给女人的只有无尽的、绝望的抗争和幻想。从《无字》中，我们可以看到女性对神圣爱情的向往和执着追求，看到女性对爱情的热切呼唤，看到女性在追求无望时的彷徨与挣扎，造成女性这一切痛苦绝望的根源皆是男权思想的统治。女性在爱情的渴望与追逐中，总是依附于男性的，男性在占据着政治、集体、声誉等方面优越性的同时，把女性置于第"第二性"的位置。虽然20世纪之初的"五四"运动在唤醒"人的觉醒"的同时也唤醒了"女性的觉醒"，但女性在追逐了一个世纪的自主意识之后，仍然未能完全走出男权的阴影，女性执着抗争中对爱情理想追求的"建构"，不得不在残酷的现实面前被爱的无望而"解构"了。

一部《无字》冷峻地告诉我们：爱情是美好的，但在传统和现实等多重因素的制约下，终究要接受男权等传统思想文化的支配，爱情的执着追求在根深蒂固的文化观念面前需要付出沉重的代价乃至无望的抗争，正如吴为所言"外部阻力虽已消失，但我们可能面临更大的障碍——我们自身的障碍"。

爱情的追求与选择是伴随着20世纪中国女性的一个持续话题。中国妇女经受了长达几千年封建礼教的浸染和压抑，从传统噩梦中走出的"五四"女性终于喊出了"不"，子君"我是我自己的，他们谁也没有干涉我的权力"的呐喊可以说是"五四"女性的叛逆绝唱和共同誓言。然而遗憾的是，一个世纪以来，这些极力追求个人爱情幸福的女性在义无反顾地出走之后，或许是外界的舆论压力，或许是对传统理念的藕断丝连，她们有的仍徘徊于父亲的家门，有的重新走回丈夫之家，有的寻找新的精神避难所……她们并没有品尝到胜利后的喜悦，倒是让人感到了她们心中难以言状的失落。作家张洁以其独特的视角和细腻的文笔一直在关注着女性的生活命运，表达女性的爱情苦难和精神困境。在张洁的笔下，女性对爱情和婚姻的逃离既是一种不得已而为之的无奈之举，也是对20世纪初女性一味追求爱情的反讽，更表现了妇女解放的任重道远。

第九章　张洁：追求爱情与坚守传统"隔膜"的表现者

戴锦华曾说："如果将张洁的重要作品做一共时排列，那么我们不难从中读出一个关于女人的叙事，一个女性的被迫定位自我的过程，一个女性的话语由想象朝向真实的坠落。"① 从《爱，是不能忘记的》到《无字》，张洁在20多年婚恋小说的创作历程中，体现了一个自觉的女性理想主义者追求"精神之爱"到"人间之爱"，再到"无字"的过程。张洁的爱情理想由建构到解构的心路历程，把中国女性自我解放的艰辛与悲壮通过文字表达得生动形象、淋漓尽致。阅读张洁的作品，能够感受到她真诚倡导的神圣理想，同时也能感受到爱情乌托邦被现实无情颠覆后的巨大痛楚与绝望心情。正如有评论家称张洁的作品痛苦的理想主义者是纯洁的，但是在任何时代她们都只能是悲剧人物。透过这种婚姻爱情的悲剧，我们不难发现，爱情悲剧的根源正是女性在追逐爱情的过程中无法挣脱社会羁绊，冲破传统男权的束缚，或者难以走出自我捆绑的心灵牢笼。

张洁正是通过这些爱情悲剧的女性，来展示她们隐蔽的精神世界，一方面为她们大胆勇敢地追逐爱情而喝彩；另一方面却又为她们对传统的固执坚守而叹息，这种无可跨越的隔膜最终酿成了女性的命运悲剧，张洁在其婚恋小说中关于追求爱情与坚守传统隔膜主题的反复书写，更值得走在女性解放道路上的我们冷静深思。

---

① 戴锦华：《世纪的终结：重读张洁》，《文艺争鸣》1994年第4期。

第十章　王安忆：个体精神成长与社会环境"隔膜"的表现者

王安忆从 1976 年开始创作以来，已发表上百篇中短篇小说，结集出版的有《雨，沙沙沙》《流逝》《尾声》《小鲍庄》《荒山之恋》《海上繁华梦》《乌托邦神话》《伤心太平洋》《父亲和母亲的神话》等，出版的长篇小说有《69 届初中生》《黄河故道人》《流水三十章》《米妮》《纪实和虚构》《长恨歌》《天香》等。作为一位勤奋多产的作家，王安忆以丰富多彩的创作屹立于新时期中国文坛。她的作品题材广泛，叙事风格多变，在写作技巧上表现出不断创新、不断突破自我的勇气。作家方方曾说："就综合实力，我认为中国当今的女作家中王安忆是排在第一位的，她的作品数量之多，风格之多变，没有一个女作家能再做到这一点，她一直在改变读者的口味。"[①] 洪子诚曾评价王安忆："能够驾驭多种题材"，"始终保持活力"。[②] 王安忆的创作风格是多变的，有寻根小说，也有"三恋"等性爱小说；在题材上，有上海城市书写，有乡村题材，也有知青题材。然而，王安忆在不断突破和创新的同时，始终保持着对个体生命的关注和感悟。她笔下的生活是立足于现实的，琐碎的。同时，她塑造的人物更像是作家内心的自我演绎。她笔下的人物大多具有孤独的内心世界，每个孤独的灵魂都在试图消解人与人之间情感的隔膜，渴望得到身边人的理解。作家致力于表现孤独的内心世界，不断地寻求人生

[①] 李玉申：《方方：女作家王安忆数第一》，《中国青年报》2001 年 6 月 19 日。
[②] 洪子诚：《中国当代文学史》，北京大学出版社 1999 年版，第 360 页。

的意义和生命的价值,但是作品最终表现的是人生的孤独本质,孤独伴随着生命始终无法逃脱,人与人之间的情感也注定无法达到绝对的融合,在越希望消解隔膜的同时,孤独感就越强烈,于是隔膜就像一层厚厚的障壁隔在人与人之间。

在人类社会中,人类个体在成长过程中常常会感到与他人的隔膜,与人群的疏离。当没有人交流,没有人理解自己的思想的时候常常会感到人与人之间的隔膜,由这种隔膜继而产生心灵的孤独,一种无所皈依,漂泊无根的感觉。在文学领域,从来都不乏对人与人之间的隔膜处境的深思者和追问者。从鲁迅,巴金到新时期的张洁,迟子建,阎连科等。尤其是新时期以来的小说世界中,隔膜主题几乎成为一种小说的主题。苏童,刘震云,余华,王安忆等,在作家笔端表现的尽是人与人之间的隔膜,从而产生的寂寞意绪、孤独情怀。"在文学领域里,所谓'隔膜',主要是指人与人之间由于情感上的不相通和彼此之间的不理解而出现的一种个体的内心感受。这种内心感受往往与孤独、寂寞等词语密切相关联。这是因为孤独会使人产生寂寞之感,而寂寞又会在人与人之间平添一道隔膜的鸿沟,个体难以逾越这道心灵的鸿沟,无法沟通和相互理解。面对孤独和寂寞,个体又往往会采取封闭自己、不与外界交流与沟通的态度,抑或是以猜疑戒备等消极心理来处理人与人之间的关系。这些人与人之间没有交往、没有沟通或难以相互理解的现象都是隔膜的表现。"[①] 隔膜使人与人之间产生陌生感,不信任感。尤其在亲人、朋友、爱人之间,隔膜的存在,使亲人相互疏离,朋友之间缺少信任,爱人彼此厌恶,经受这样的情感折磨人生就无幸福度可言。

隔膜在鲁迅那里是人类生存的困境,在巴金那里是成长于家庭的困扰,在钱锺书那里是中西文化无法逾越的鸿沟,在丁玲那里是时代新女性与传统观念的背离。在新时期的迟子建那里是人与自然生态环境的疏离,在刘震云那里是权力与人性的较量。他们或探求人类生存的力量,或对生命状态的沉思,或寻找人性皈依的路途。然而,王安忆关注的是人与人因隔膜产生的情感上的疏离,隔阂甚至是怨恨、争斗。小说中的人物,普遍具有孤独的气质,

---

① 徐立平:《关注人类生存的一种普遍困境——鲁迅小说"隔膜"主题探究》,《大连民族学院学报》2010年第12期。

他们渴求身边人的理解，心灵上的沟通，但这种渴求越强烈越加重孤独感，从而人与人之间的隔膜越会加深。王安忆的小说世界表现的隔膜是人与人情感之间的隔膜，或表现为亲情的隔膜，或表现为友情的隔膜，或表现为爱情的隔膜。王安忆对普遍生命个体的感悟与描述，饱含着理解与关怀，她所表现的隔膜更平易、更具体。

一 个体与他人的情感"隔膜"

（一）亲情的"隔膜"

《本次列车终点》中的知识青年陈信，在农村他感到"没有找到归宿的安定感，他似乎觉得目的地还没到达"①，满怀着青春的热情回到大城市上海，回城后关系到切身利益的工作与住房问题考验着兄弟之情，亲情在诸多现实问题面前变得如此的自私，彼此之间越来越冷漠。沟通的艰难是个体对人与人之间那种无法相互抵达、无法完全理解而生的隔阂之感，陈信身处人群中依然感觉寂寞无比，孤独的可怕。人与人的隔阂、利益之争和陌生的城市使刚开始的满腔热情化为乌有，从小生活的城市由于时间和空间的隔绝，竟变得如此的陌生。县城已经无法使之生存，而记忆中的城市又不能融入进去。他所面临的是生存的困境，加之亲情的隔绝使他无法进入新的城市生活中去，由此而来的是深深的失落与伤感，在自身所不能控制的人生旋涡中无助地挣扎。小说细致地表现了主人公内心的寂寥和孤立无援的困境，无根的飘浮是随着离开家园在陌生的环境或异质的文化中漂泊而生的边缘体验或飘浮之感。

每个人最先感受的感情是亲情，童年的时候，孩子都渴望有一个充满欢声笑语的家庭，在健全的家庭里有父亲母亲无微不至的关爱，可在王安忆的小说中几乎找不到这样拥有最基本幸福的孩子。她笔下有很多孤独的孩子，《上种红菱下种藕》中的秧宝宝，《流水三十章》中的张达玲等。有的家庭完整，但父母由于各种原因未能给予关爱，有的父母离异，他们缺失了父爱或母爱。这种种亲情的疏离让他们从小就饱尝了人间冷暖，造成与人真诚交流

---

① 王安：《王安忆中短篇小说选》，中国青年出版社1983年版，第94页。

的困难。

《上种红菱下种藕》中，秧宝宝的父母为了挣更多的钱，把她寄放在李老师家里，她独自承担着成长的孤独和无人关注的失落。在李老师家，没有人真正理解她，大家都不敢惹她。秧宝宝下学后肆意地在镇上游荡，不到天黑绝不回家。在街上她见识了很多，她在不断地寻觅新鲜的人和事，在寻觅的过程中也暗合了秧宝宝孤独的内心世界。她的妈妈来李老师家看她，秧宝宝却以沉默来代替了她的不满。秧宝宝的爸爸在作品中一直是侧面书写的形式，少有父女的亲情。小小年纪的秧宝宝就对父母隐藏了自己的内心，字里行间都充溢着秧宝宝成长的孤独，亲情的隔膜。

《叔叔的故事》中，大宝代表了"叔叔"卑贱的过去，"叔叔"不愿承认大宝的存在，更不必说父子亲情了。在父子隔膜经验的叙述中，传统的父子亲情在故事中遭到了解构，父亲与孩子成了对立的两个角色。大宝与父亲只是生理上的血缘关系，父亲是为他在城中谋取功利，向上攀爬的阶梯，大宝对这个"人生的阶梯"毫无亲情可言。因为大宝自幼缺少父爱，并未品尝过父子亲情的滋味，所以在这种情感的驱使下，大宝与父亲之间是深深的亲情隔膜。

在《流水三十章》中张达玲从出生就缺少了母亲的关爱，被带到乡下由奶娘养到八岁。她来到这个世界就伴随着冷漠，小时候她以哭闹来表达自己的感情，长大后却以沉默作无声的抗议。再回到这个家的时候，她已经建立起与父母之家的一道无形的屏障，她承受的是被疏离感和被抛弃感。她回到父母身边时，父母也没有给予她基本的亲情和关爱。她所在的家庭是畸形的，父母虽已为人父母，却没有承担作为父母的责任和义务，永久地在他们的亭子间里相亲相爱。父亲眼中除了娇小可人的母亲，忽略了其他的一切外界事物甚至是自己的孩子，母亲则是沉溺于享受父亲的宠爱，而不会爱人甚至是自己的孩子。他们生活在彼此的感情世界，却分不出一份爱给孩子。在这样的家庭环境下成长，有这样的父母，亲情的隔膜就不言自明了。在自己的家里张达玲像一个外来者，既不能得到父母的关爱，更感受不到兄弟姐妹的手足之情。她永远处于父母与兄弟姐妹世界的边缘，双方两端的亲情她都体会不到，他们生活在一个家庭却感觉彼此很遥远。她的无言而又无形的审视离间了她和父母的接近,她成了个没父又没母的孤儿。她始终以沉默来掩饰自己的无助和虚弱。在她的成长中,受到的不是父母的呵护,手足的互爱,而是失望,拒绝继而引起的冷漠、敌意甚至还有恨。

《米尼》中的米尼,与张达玲一样也是从小缺乏父爱母爱的孩子,出生后被送走并由阿婆带大。父母给予米尼的爱仅限于每月按时支付的生活费,却没有尽到为人父母的责任和爱护。即使她有哥哥姐姐,他们却也忙于自己的事情,与米尼并没有真正的手足之情,她只能孤独地审视着别人的生活。

(二) 友情的"隔膜"

人性的孤独注定了人类需要寻求沟通,寻找与自己性格契合的另一半,或是朋友或是爱人。当我们无法独自承受生命的苦楚时,就会渴望另一个人的理解。沟通是复杂的,瞬息万变的,常常因为一个小心思或一句话造成了深深的隔阂,加上人与人之间不可能达到真正的心灵相通,于是就产生了沟通的失望。

《流水三十章》中的张达玲由于缺少亲情上的关爱致使她形成了孤独的性格,她不善于表达自己的感情,却渴望着他人的关心。她在家里感受不到温暖,在学校里由于自己的孤独,她也融入不了同学中间。她的同学郭秀菊为人热情,与谁都自来熟,当与张达玲讲话时,她以为自己找到了友情。"从来不曾有过一个人,与她亲爱到可以任性的地步,她与每一个人都保持了隔阂,而约束自己的性格,她是非常渴望与人接近并且亲爱的。"[①] 她一旦有了感情付出的对象就会全力投入,但是往往这样却得不到真情。郭秀菊是可以与任何人接近甚至发展到亲热的地步,可是一旦要对亲近担负起一点责任的时候,她就会放弃张达玲,因此友情的终结也是必然的。

王安忆在《长恨歌》中不仅描画了一个女人一生的爱情,对女性之间的友情刻画得也相当细腻。吴佩珍、蒋丽莉、严师母曾经是王琦瑶最好的朋友。蒋丽莉和程先生一起帮助王琦瑶参加上海小姐的选美比赛,使得王琦瑶成为上海的"三小姐"。但是三个人的关系是微妙的,蒋丽莉喜欢程先生,程先生喜欢王琦瑶。这样的关系注定王琦瑶和蒋丽莉不会成为无话不谈的朋友。她

---

① 王安忆:《流水三十章》,上海文艺出版社2002年版,第94页。

们表面上朝夕相处，但是各自内心暗含私心。王琦瑶明知蒋丽莉喜欢程先生，仍与程先生约会，又不与程先生真正交往。几十年后已是革命干部的蒋丽莉来看望王琦瑶时，王琦瑶一方面对她保持敬畏，另一方面又觉得："在蒋丽莉面前，能持有一些胜利者的心情。她王绮瑶可说是输到底了，可比起蒋丽莉，却终有一桩不输，那就是程先生。"① 吴佩珍可以说是王琦瑶的第一个女朋友，但是她们也不是志同道合的朋友。吴佩珍对王绮瑶很崇拜很热情，可王绮瑶对她却很少付出真心。王琦瑶漂亮、优雅、成熟，而吴佩珍单纯、朴实。王琦瑶在吴佩珍面前始终是有优越感的，她总是抱着高傲的"同情"，"施舍"吴佩珍，这种条件下友情的隔膜是难免的。

《神圣祭坛》中王安忆探讨了人与人在精神上相互牵引、相互理解，彼此短暂的靠近又最终离开的状态。项五一思想睿智、个性独立，在浮躁的社会环境中保持着精神的独立与自由。在心灵深处建筑一座神圣祭坛，供奉着圣洁的思想。他与普通朋友无法沟通，与妻子也互感虚妄。中学教师战卡佳的出现照亮了项五一昏暗的生活。战卡佳深邃的思想与诗人的圣洁理想使他们产生了心灵的沟通。他们曾为彼此的遇见而相见恨晚，他们是真正的知音。但是，诗人项五一与中学教师战卡佳对彼此精神世界的深度解读而使他们迅速靠近又最终彼此分开，重新寻找自我、补充自我。无论如何靠近，心灵始终无法充分融合，隔膜是绝对的存在，这注定了人与生俱来的孤独。

《弟兄们》写的是三个关系亲密的美院女生，坚守友情第一的观念，但是在毕业后各自都有了自己的家庭生活，友情在家庭亲情的冲击下也就自然破灭了。

（三）爱情的"隔膜"

爱情是随着人的成长必然要经历的一个阶段，每个人都渴望美好的爱情。张爱玲曾说："女人一辈子讲的是男人，念的是男人，想的是男人，怨的是男人，永远永远。"② 每个个体都是孤独的，天生都在寻找自己的另一半，然而爱情真的可以消解孤独么？王安忆说："我们和谐地处于一个世界上，各自鼎

---

① 王安忆：《长恨歌》，作家出版社2000年版，第237页。
② 张爱玲：《有女同车·张爱玲文集》，安徽文艺出版社1992年版，第89页。

立一角，保持了世界的平衡，而我们却是处于永远无法融合的两端。"① 爱情是更深层次的情感沟通，是男女之间的心有灵犀。在王安忆的作品中，爱情主题也占了相当大的部分。在王安忆小说中，少有美好幸福的爱情。在她笔下的爱情是男女性爱冲动之后的精神的孤独，是情感纠葛之后的彻底绝望，是面对生活的无力漂泊。爱是幻想的产物，爱情中有自私与狭隘的成分，爱情与最佳伴侣选择的功利性的矛盾，都让人容易在转瞬即逝的爱情体验后陷入深深的痛苦。这也是男女的情感不能充分融合产生的隔膜，是爱情隔膜的集中表现。

在20世纪90年代的小说《荒山之恋》《锦绣谷之恋》《小城之恋》等作品中，王安忆把爱情表现得淋漓尽致。其中，《荒山之恋》讲述的是一个婚外恋的故事。性格内向的"大提琴手"爱上泼辣热情的"金巷谷"女孩，自卑内向的"大提琴手"在事业上不被外人所理解，在家庭也不被妻子理解，因而其内心世界是孤独的。"金巷谷"女孩泼辣、大胆，敢爱敢恨，美丽的外表和出众的性格使她备受关注。尽管婚后生活幸福但是并没有满足她骄傲的内心。她外向的性格和出格的行为与传统的观念和周围的环境也格格不入，因此她的内心也是孤独的。两个孤独的内心经爱情的碰撞擦出了火花，两个人在爱情的撕扯、挣扎中痛苦不堪，最后用一根绳子把今世的生命结束在了荒山上。读者通常被作品中男女主人公为爱殉情的炙热感情深深的感动，但是爱到深处便是恨，恨的是爱而不可得。《荒山之恋》中的男女主人公在经过热烈的爱恋之后是理性的清醒，他们明白他们之间的情感是不被传统社会认可的。情感释放之后便是死亡的皈依，爱只有通过死的方式获得其合理合法性。《锦绣谷之恋》是一场女性的自恋旅途。美丽的女编辑处于感情的疲惫期，在庐山笔会上邂逅了男作家，让自己的精神做了一次愉悦的漫游。短暂的激情过后回归到各自生活，短暂的感情碰撞后女编辑重新发现了自己，是一场自我欣赏的满足。这些作品中的爱情或是在现实的面前望而却步，或是情爱没有出路导致的彻底绝望，故事的结局都不尽如人意，男人与女人在轰轰烈烈的情爱之后其实并没有真正抵抗内心的孤独，爱情也不能排遣情感的隔膜。爱情有着华丽的外表，每个人都不可能轻而易举获得爱情，爱情需要彼此心

---

① 王安忆：《纪实与虚构》，人民文学出版社2005年版，第203页。

第十章 王安忆：个体精神成长与社会环境"隔膜"的表现者

灵的沟通和付出。在生活中需要承担，爱情也必得在对生活的承担与对彼此精神呼应的培植中才能长久。小说中的男女企图依靠爱情来解救情感的疏离最终将以失败而告终。

在《长恨歌》中，王琦瑶的爱情经验尽管丰富但是穷尽一生也没有获得爱情的圆满，她一生都在企图用爱情获得物质上的自我满足和精神上的长久依靠。18岁的王琦瑶参加了上海小姐的选美活动，在程先生和蒋丽莉的帮助下，获得上海的"三小姐"的称号。出身上海弄堂的王琦瑶，一度达到人生的辉煌，以上海三小姐的名气，成为政界要人李主任的外室，并住上了豪华的爱丽丝公寓。后来，当李主任飞机失事后，王琦瑶在逃离上海来到坞桥乡下避难的日子里遇见了倾慕她的阿二，可是深知生活法则的王琦瑶并没有接受阿二的感情。康明逊可以说是王琦瑶一生最爱的人，他们还有了爱情的结果：女儿薇薇，然而生性懦弱的康明逊没有担当起男人应有的责任，弃王琦瑶母女而去，留下王琦瑶一人艰难的抚养女儿长大成人。快60岁的王琦瑶与老克腊产生了一次相差30岁的忘年恋，然而短暂的爱情因老克腊的仓皇出逃结束。老克腊迷恋旧上海的风情，而王琦瑶是追忆自己往日的风光，他们的恋爱是建立在对方虚幻想象的基础上，更多的是对自我精神的满足。一旦进入爱情的物质层面，他们的忘年恋就会瞬间崩塌，老克腊无法在身体上接受大他30岁的王琦瑶，只有落荒而逃。王琦瑶的几段恋情是为了摆脱人生的孤独和灵魂的漂泊，希望找一个归宿，寻求精神的安慰与物质的保障。她放弃程先生选择李主任，拒绝阿二，还有与康明逊，老克腊的爱情，莫不为此。她一次一次地走进爱情，希望爱情成为漂泊无定的生涯中所攀附的立足之地，希望爱情可以为无根无望的孤寂灵魂寻找归宿，却又一次次地失望，体验到的是更深的漂泊和孤寂。

在小说《米尼》《妙妙》《我爱比尔》中，小说的主人公米尼、妙妙与阿三都是主动地追求爱情的女性，她们都是因为偶然机遇结识了生命中的男性而改变了她们原本的生活。米尼和阿康一见钟情，不与家里人商量就决定了自己的终身大事，即使阿婆与她断绝关系也在所不惜。米尼爱阿康爱的不计后果，她包容并承担起爱情中的一切，包括男性的自私和不负责任。爱情上的盲目导致她追求本来并不属于自己的东西，并越来越偏离人生的轨迹。如果说米尼经历的是爱情的错误,那么阿三则是爱情的自伤。同米尼一样,阿三也是主动追求爱情,阿三爱比尔,通过自己的与众不同引起比尔的注意,她穿奇装异服,努力获得经济独立,说流利的英语,都是对爱情对象的取悦以得到比尔的认同与爱。但是她向往着浮华的西方式的生活,甚至迷失了自己。她并没有因爱情获得幸福,当比尔任期已满,迁往别处时,他并没有对阿三产生留恋,于是阿三陷入了深深的孤独与情感的创伤之中。爱情其实只是把我们孤独的单位扩大,一个人一组变成两个人一组。寻找爱情其实是我们世人的一种绝望的行动,也是我们唯一的出路。"我们两个人的关系越深,越融合,越合二为一,我们的孤独也就越彻底和完整。"① 在王安忆的这些小说中,男女两性都没有通过爱情消除内心的孤独,反而陷入更深的人生困境中,甚至是付出了自己的生命。

二 个体与自我的内在"隔膜"

关于对自我的追问,"我是谁?""我为什么活着?""我活着为了什么?""我从哪里来?""我要到哪里去?"等这些人生终极的问题,在文学领域从来都不乏探讨者。在王安忆的作品中也反复出现对自我的追问,人无法真正认识自己,或者说无法面对真正的自己,不堪的自己,孤独的自己。人最大的敌人是自己,每个人都对自己抱有最大的兴趣,生命的不可捉摸就注定了人探索自身心灵世界的挫败与自我的隔膜。

在《叔叔的故事》中,"叔叔"的前半生是痛苦不堪的,他无法忍受小镇生活,渴望回到城市。经过自己的努力,他终于摆脱了贫困的小镇生活,丑陋粗鄙的妻子,以及不堪的自己。在功成名就以后,女人也接踵而至。年轻漂亮的小米给他生活中增添了快乐,成熟端庄的"大姐"又填补了他精神上的空缺。然而,看似表面风光的"叔叔"就此摆脱了精神上的孤独么?实际上并没有,因此他不断地想要得到生命的提升,想要通过异性证明自己的成功和魅力。他对一个德国女孩非礼却遭到了坚决拒绝,"叔叔"受到沉重的打击,他极度膨胀的自信心一下子泄了气,他这个时候认识到自己不过是一

---

① 王安忆:《纪实与虚构》,人民文学出版社 2005 年版,第 390 页。

个粗鄙而又丑陋的人。而与乡下粗鄙的妻子所生的儿子大宝的出现更加重了他的这种感受,大宝的出现时时提醒着他曾经有过怎样卑贱、不堪的生活。冰火两重天的生活经历使他不能正确认识自己的内心,异性不能化解他内心的惶恐,往日的生活加重了他内心的孤独。

《神圣祭坛》中的项五一,一直努力摆脱诗人的孤独,他经历了精神上莫大的痛苦折磨。他苦苦追问自己:为什么快乐不起来呢?他因不能真正认识自己而苦恼,但当中学老师战卡佳犀利地指出,他的本质是自私和虚伪时,他更加绝望了,他无法面对自己的内心,于是他甘愿忍受孤独。他承认"我把我自己毁了"。故作清高的项五一努力想要摆脱内心的孤独,他想融入社会生活,寻求精神沟通的欲求使他在"认识自己"的问题上是痛苦和孤独。当他一直探求的答案被战卡佳一语道破时,他选择封闭自己的内心。项五一渴求的是精神上的共鸣者,当他被彻底看清时,他又选择逃避。他无法面对真正的自己其实就是自我精神的隔膜。

三 个体精神成长与外部环境"隔膜"的救赎

王安忆的小说世界为我们呈现的是无尽的隔膜,继而由隔膜而产生的孤独情怀。在《纪实与虚构》中,作家写道:"现在我们的身心已涂满历史的墨迹,交流的障碍日增夜长。我们还都不如青少年们那样活力充沛,我们多少有了些惰性,我们还患得患失,怕吃亏的思想很严重。一场海阔天空的聊天之后,我们总是又累又落寞。谈话变成一种润滑剂之类的东西使我们不留痕迹地互相滑了过去,我们谁也抓不住谁。我们的话就像漂流瓶一样,随波逐流,命运叵测。"[①] 然而作家极力关注的也是想要解决的人生及生命的普遍困境。王安忆在记录着人们的孤独和苦难的同时,也一直在思考如何与生命中无可逃避的孤独感抗争以及如何对情感的隔膜进行救赎。她对人的情感隔膜的描写是为了实现她对人生之谜、人类的生命与命运的执着探寻与叩问,是一种在精神上实现超越与救赎的努力。王安忆在揭示出人生孤独的生存状态的本质之后,更多的则是对人类为了实现自身的超越而进行的种种努力。

---

① 王安忆:《纪实与虚构》,人民文学出版社2005年版,第303页。

首先是感情的疗救。王安忆曾对情感的力量抱有很大期望，特别是对用爱情的力量来救赎人与人的隔膜充满信心。情感的隔膜不就是要靠情感的关爱消除的么！王安忆的小说中很少描述幸福的家庭之爱、朋友之爱、两性之爱，但是她透过爱试图解救人与人情感的隔膜。《荒山之恋》中的妻子，以贤惠温柔和关爱抚慰了孤独、懦弱的大提琴手的丈夫，家的温暖使他感到安全、勇敢。《小城之恋》中女主人公通过母爱找到了救赎生命的出口。但是在王安忆的探索中，爱情并没有完成对隔膜的救赎。《荒山之恋》中男女主人公的殉情，《小城之恋》与《锦绣谷之恋》中恋人最终都以分手告终，《长恨歌》王琦瑶孤独悲惨的结束了自己的一生，《米尼》《我爱比尔》中女性为执拗的爱付出了自己的青春。其实都说明了王安忆以情感救赎隔膜的努力失败了。感情毕竟是脆弱的，飘忽不定的，也许她能暂时抚慰孤独的心灵，但毕竟感情有些时候也是很脆弱的，如果没有刻意的经营，它也容易千疮百孔，并没有足够的力量承担起拯救人类情感隔膜的任务。

其次是实现物质层面的丰富。《叔叔的故事》中主人公"叔叔"通过自身的努力获得事业上的成功，也为他吸引来许多女性，似乎这也是一种救赎的方式。可是"叔叔"的悲剧根源在于他们想迫切渴望融入现实，但没有认清现实世界，现实最终会将他抛弃。不得不承认隔膜是与生俱来、普遍存在的，是人类生存的本真状态。在这些小说中王安忆对人的生命价值意义展开了深入的思考，她认为人在生命中不断地体验着无所不在的隔膜，人与人之间隔膜也使得对人生进行审查和思考，从而为人类寻找到生存的意义与精神上的寄托，这也是王安忆的小说能升华到更高层次的原因。

人与人彼此的隔膜使人倍感悲哀与荒凉，正是在对情感隔膜的深度体验中，人类一步步认知人性、体会世界的本质。由体会隔膜，解救隔膜，最后是宿命般的接受隔膜。综观王安忆一系列作品，我们看到她背负着人与人情感的隔膜，一路走来的迷惑和艰辛，她思考着、纠结着，终于最后放下隔膜云淡风轻。她的作品中人与人情感的疏离正是对隔膜贯穿于生命主题的诠释。

王安忆对人与人情感隔膜的认知主要来源于其儿时生活的家庭氛围。王安忆在追忆自己的儿时生活时表示虽然母亲常伴左右，但是母亲忙于事业却很少与其有母女之间的沟通，因此王安忆的童年生活影响着她对周围世界的敏感。她笔下的人物有很多成长在单亲家庭中，比如《长恨歌》中的王琦瑶及女儿，《桃之夭夭》中的郁晓秋；即使家庭中有父母，父母也对孩子缺乏关爱而致使感情充满隔阂或沟通不足，比如《流水三十章》中的张达玲，《米尼》中的米尼、《叔叔的故事》中的大宝等。这些人物都是从小缺乏父亲或母亲的关爱与沟通，没有享受到家庭的温暖，他们无法从家的环境中寻找到消解隔膜的空间。同时，隔膜书写还有一个深层原因，那就是王安忆的过于敏感，当周围人全都对隔膜习以为常，坦然接受的时候，她却一直纠结于隔膜或者情感的疏离的怪圈之中。她的敏感和情感的隔膜互为因果，陷于难以摆脱的地步。王安忆以反抗隔膜作为出发点，但反抗过后得到的却是孤独。然而，这并非意味着王安忆的探寻是徒劳的，她的行为是一种无可代替的收获。尽管内心充满焦虑、失落、漂泊，但她仍坚持在焦虑中思考，在失落中探索，在漂泊中安定。不断出发，不断离开，永远的精神流浪者也是永远的精神家园的探寻者。她继续构建着自己的文学世界，为人类生存的困境寻找一个精神的停泊地。

第十一章　迟子建：人与自然"隔膜"的表现者*

迟子建是1964年出生于北极村的东北女作家，她从1983年开始文学创作，著有长篇小说《树下》《晨钟响彻黄昏》《伪满洲国》《越过云层的晴朗》《群山之巅》《额尔古纳河右岸》等，小说集《北极村童话》《白雪的墓园》《清水洗尘》《雾月牛栏》等。迟子建曾被誉为"自然化育的文学精灵"，因为她一直认为"大自然是这世界上真正不朽的东西。它有呼吸，有灵性，往往会使你与它产生共鸣"[①]。的确，钟情于人与自然关系的思索与书写是迟子建创作的一个显著特征。迟子建的中短篇小说中就有不少作品以对自然的青睐和人与自然关系的审视为主题，面对现代化对人的自然状态的异化、人与人关系的疏离等问题，她把思索的维度纳入到对人与自然关系的审视之中，《关于家园发展历史的一次浪漫追踪》《原始风景》《白银那》《鱼骨》堪称其中典型。在迟子建的作品中，人生长于自然之中，自然和人本来是和谐地融合在一起的，只是随着市场化浪潮的到来，自然受到了侵害，生活于其中的人以及人与人之间的关系也受到了影响，造成了一定程度上的人的"异化"。面对这种后工业社会经济"直线性"的发展一步步地破坏了自然、生态环境，抑制了人际关系的协调和人类精神的健康发展的现实状况，作为知识分子的

---

* 本章部分内容曾发表于《河南社会科学》2009年第6期，参见王秀杰《逆向精灵：迟子建现代怀旧中的人文关怀》。

① 方守金、迟子建：《自然化育文学精灵——迟子建访谈录》，《文艺评论》2001年第3期。

迟子建展开了深深的思索。回归自然，回到人类最本真的状态，投身于大自然的怀抱中，重新唤起被现代文明社会所遮蔽的人类的强悍生命力、健全的人格精神和融洽的人际关系，作品通过诗意小说中的现代怀旧、生态信仰下的人文诉求以及人文关怀中的精神探寻，表达了作家对自然、社会与人的精神的现实关注和终极关怀。

一　自然生态领域人与周围环境的"隔膜"

迟子建作品中之所以流露出浓厚的现代怀旧情绪，是因为随着社会经济和文化的发展，在后工业社会所带来的后现代语境下，"文化和文明为人类创造了安乐窝，而同时，又将人与孕育他的'母胎'——自然，不可挽回地分割开了。在现代生活表面的繁华下人孤零零的无所依傍，人失去了自己的家园，这就不能不令人怀恋前现代的自然状态"。①

小说《关于家园发展历史的一次浪漫追踪》中，厌烦了都市生活的淑萍夫妇，带着他们最心爱的小狗"咪咪"（是个曾被遗弃的杂种），从大城市来到"我们村"，渴望在逃离了喧嚣与疲惫的都市生活之后，能够皈依自然，因而在他们的房屋建好之后，当"我"习以为常地一再提醒说"你们该有一个院子了"时，淑萍却困惑地说："院子，为什么要院子呢？"长期生活在村子里的"我"其实只是无意识的觉得每家都应该有个院子来加强防范，来使生活于院子内的人有一种安全之感，因而面对淑萍的困惑只是说："家里通常都有一个院子，这没有什么道理可言，这是种不成文的规矩。"从二人的对话当中我们可以看出，即使生活在村子里的"我"，面对日益被破坏的生态环境，潜意识中已经不自觉地把人与自然放在了对立的位置关系中，拥有了对自然的防范意识。而正是追求回归自然的淑萍夫妇，理想是让自己的房屋兀立于自然之中，真正享受人与自然的和谐氛围，但是从村民对自然的防范意识中我们已经能够预料到他们理想破灭的趋向。相应的是后来"咪咪被熊抱走了"，最终不得不为房屋建筑起院落，但看起来安全的院落其实还是笼罩着危机的，因为生态环境及食物链的破坏随时都有可能给他们带来危险，这也表

---

① 马大康：《反抗时间：文学与怀旧》，《文学评论》2009 年第 1 期。

明，把城市作为世界上最大的罪恶的淑萍夫妇注定来到这个靠近森林的小村依旧实现不了皈依自然、让心灵自由徜徉于自然怀抱中的愿望。难怪村民朵落在听淑萍说了城市的林林总总怀着好奇离开村子奔向城市去看看的时候，"我无法对朵落说些什么。可我觉得，地球上出现第一座房屋的时候，房屋的主人与自然之间一定订立了某种契约，后来是谁负了箴言使得另一方恼怒起来我们已无法探清了。平衡失落了，世界就一直倾斜着，尽管我们驻守家园，可我们却在滋生和发展着那些敌意、困惑和谜"[①]。这里充满了作者对生态平衡失调后人类生存处境的思索。

同样的思索在小说家张炜身上表现得也很明显，他曾说，城市是一片被肆意修饰过的野地，我最终将告别它。我想寻找一个原来，一个真实。这样一个"原来"和"真实"在迟子建的《原始风景》中也得到了异曲同工的表现。在这篇小说中，自然直接走向了前台，成为作品中的"角色"。呈现在我们面前的是一幅清新别致的原始风景：以粗壮的松木为原料、外表糊着厚厚的浅黄色泥巴的木刻楞房屋、村民们以活人的热情给天和地注入生动的呼吸的鱼汛、夏至前后始终被光明所拥有着的白夜、美得令人伤心、宁静的使人忧郁的月光、金黄色、具有梦幻神秘色彩的金色草垛……生活于这样得天独厚的自然环境之中，给人一种自然、放松、温暖而又殷实的感觉。对迟子建而言，大自然是生命的有机整体，人只有把自己纳入这种宇宙整体的生命之流中，才能体悟到生命的终极意义。当迟子建追怀自然时，她似乎就回到了温馨的"家"，她对自然的眷恋，也是对失落的文明的眷恋。

二 社会生态领域人与自然的"隔膜"

正如上文所言，"迟子建小说对自然的钟情揭示了迟子建的信仰取向，而这一信仰正代表了我们这一时代关注社会、自然和人如何和谐发展的知识分子的共同心声，这就是生态信仰。面对全球化的自然生态危机，实践层面上公众的自然保护意识已经开始树立。但面对普遍的社会生态危机和精神生态

---

① 迟子建：《迟子建文集》第3卷，江苏文艺出版社1997年版，第168页。

第十一章 迟子建：人与自然"隔膜"的表现者

危机，人们似乎还不知所措"①。现代文明本质上是建立在对自然的暴力统治之上的，人与自然的和谐关系早已被斩断，这种断裂也带来了人的思想观念的变化，现代世界观强行造成了人与周围自然界、自我与他人、心灵与身体之间的破坏性断裂。

《白银那》中，当百年不遇的鱼汛再次光顾白银那的时候，沉默、憋屈了太久的渔民们一下子焕发了往日的风采，就连因中风偏瘫终年卧床不起的陈守仁也兴奋得直流口水。学校也停课了，人们像过重大节日一样顷刻间都操起工具，汇集到了江边捕鱼的阵容之中。此时大家的心情是喜悦、兴奋而又幸福的，大家企盼着在鱼汛期间尽情享受捕鱼的乐趣，也期待着捕尽量多的鱼来使各家的生活过得更加富足。然而，当人们还处于懵懂的快乐与兴奋中时，商品经济浪潮的侵入却让这场百年不遇的喜讯变成了全村的一场灾难。

鱼汛的第四天，村里唯一一家个体食杂店的老板马占军夫妇却在村民的疑惑中率先结束捕捞活动，开着四轮拖拉机进城办货去了。他们凭着商人的敏感，预料到鱼的丰收必然需要大量的食盐来腌制，因而抱着卖盐比捕鱼更有赚头的想法开始了他们大发鱼汛财的谋划。他们先是在路上把村里唯一一根通往外界的电话线给掐断，阻断了乡长联络鱼贩子的途径，接着在城里给相关的鱼贩子提供假信息，故意不让鱼贩子尽早过来收购，这样在信息联络上陷入"孤岛"的白银那村村民就不得不来购买他的高价盐，以此来牟取暴利。但令马占军没有想到的是，他提供的盐的价格已经大大超出了村民的承受范围，没有任何一个人买他的"黑心盐"，而且由此引发了众怒，使他成为包括乡长在内的所有人的对立面，经历了长时间的相持、调节，风波依旧。就在人们使尽解数而鱼又面临着腐烂的情况下，面对着乡长劝说、儿子为了女友及村民绝食的情景，马占军依然毫不让步。邻里关系、父子关系在利益和金钱的诱惑下变得如此脆弱，最后爱鱼爱得疯狂的卡佳冒着生命危险去山林中取冰块挽救鱼的性命，结果殉身于途中。马占军之子马川立也因为父母对乡民的绝情无颜面对女友而失去了自己的爱情。当这样一场百年不遇的鱼汛最终以卡佳的葬礼和父子关系破裂、恋人分手、村民感情淡漠结束的时候，

---

① 史元明：《生态信仰与社会批判——生态批评视野下的迟子建小说世界》，《齐齐哈尔大学学报》（哲学社会科学版）2006 年第 3 期。

我们不禁思索：商品经济的浪潮带给人们的是心灵善良与无私的被劫掠，利益的诱惑使灵魂变得更加自私和空虚。现代文明的伤痛我们应该如何去抚慰？惨痛的代价又将怎样才能弥补？这确实是我们时代的一大问题。迟子建通过对自然环境的恶化引起的人与人之之间关系的疏离这一社会生态问题关注，表达了其生态信仰观指导下的人文诉求。

三 精神生态领域人与自然的"隔膜"

生态危机不仅仅发生在自然领域，社会领域，同时也发生在精神领域。或许，人类精神世界中价值取向的偏狭，才是最终造成地球生态系统失调的根本原因。《白银那》中，当自然不再赐予村民们丰厚的食物以及捕鱼、狩猎这样其乐无穷的生产、生活事宜时，人们越来越觉得生活失去了光彩和韵味。虽然现代化的步伐已经悄无声息地迈入小村，但老人们仍然觉得生活在可怕地倒退。"他们在冰排的震颤中回忆的仍是几十年前的渔船、灯火和黄昏。他们逐渐地变得懒散、邋遢、灰心丧气，看人时表情漠然，目光呆滞，常常无缘无故地对一条狗或一只鸡骂个不休。"① 可见，人的想象力、情感与精神都是在与自然做最充分的交流时才能春意盎然，如果与自然的关系趋于断裂，其后果也可想而知。因此，迟子建曾说："高科技的发展在使生活中的一切都变得极为方便和舒适的同时，也在静悄悄地扼杀了人的激情。……也许在新世纪的生活中，我们的周围会越来越缺乏尘土的气息，我们仿佛僵尸一样被泡在福尔马林中，再没有如烟往事可以拾取，那该多么可悲。我对人类文明的发展进程总是心怀警惕。"② 《鱼骨》中的漠那小镇，因为生态的变化，冬天小镇的人们由于不能捕鱼而只能百无聊赖地生活着。然而有一天镇长成山的一个故意的事件却点燃了镇上所有人沉睡已久的生命热情。当上级布置要把山林中的一头大熊活活捉住的任务时，由于多年不做这样的事导致人们生命力的衰竭，镇长怕镇民胜任不了这项工作，故意在自家门口放了一堆新鲜的、诱人的鱼骨，漠那小镇最敏感的女人旗旗大婶第一时间发现了这一信息，并告诉了镇上所有的人，于是大家怀着惊喜和冲动，兴致蓬勃起来了，纷纷

---

① 迟子建：《迟子建文集》第 2 卷，江苏文艺出版社 1997 年版，第 364 页。
② 迟子建：《晚风中眺望彼岸》，《花城》1997 年第 4 期。

准备捕鱼的工具。在旗旗大婶的带动下，就连病了两三年的"老开花袄爷爷"也来了精神，病也没有了，加入到捕鱼者的行列。自然生态对于人的生命力的召唤由此也可见一斑。甚至"小旗旗"在养母及镇上其他人组成的捕鱼者行列中，也不甘示弱，忍着被寒夜冻得疼痛的双脚，执着地站立于捕鱼者的行列之中。等养母发觉并责备她时，她带着稚嫩的哭声说："我第一次守江，连一夜都守不了，那多丢人呐。开花袄爷爷都八十岁了，还站在那。""等天亮了再让我回镇子，我就可以说是守了一夜了。"① 简单朴素的执着却让我们感动，也更加感慨展示于自然面前的幼小生命的顽强与不屈。当人们守了整整一宿却一无所获并最终明白其实并没有鱼汛来临时，镇长把在自家门前放鱼骨的谜底告诉了大家：他担心大家胜任不了猎熊的工作，所以试探着摆出鱼骨，看他们是否还像几十年前一样地敏感而有耐力。这不仅是对敏感与耐力的考验，更是对小镇人们生命质量的考验，当然这种考验其实正逼视着我们每一位现代人。心理学家弗洛姆曾用"无能感"一词来描述现代人失去生存的勇气而一味被动依赖的生存状况，这种带有后现代意味的"无能感"以及由此引发的焦虑感和面对社会和人生的茫然无措感，其实已经成为我们时代人们在生存质量上已处于病态的一种显现。作品中以旗旗大婶为首的漠那小镇人在一场浩浩荡荡捕鱼的预热之后，开始了猎熊的征程，但是他们能否完成任务，能否展现生命的坚韧与顽强，我们不得而知。我们还需叩问，生命在自然的挑战面前是否依然健旺，依然绚丽而强悍？

文学艺术可以作为一个时代的精神状况的象征，然而在20世纪90年代商品经济的浪潮中，在文学的娱乐、消费功能凸显的创作语境中，如同一个"逆向精灵"般的，迟子建以其强烈的现实关怀意识，通过上述作品为读者勾勒了一幅知识分子眼中的"时代与文学的肖像"。迟子建"对在时代日常流程中逐渐流失的美与爱的追怀和寻求，追怀是向后回溯，寻求是面对目下和向往未来，而这一切，关涉当今时代人性的健全发展和人类永恒的生存理想，基底上是对生命的殷切惜重"②。这充分显示了作家的现实关怀和承担意识。

---

① 迟子建：《迟子建文集》第2卷，江苏文艺出版社1997年版，第168页。
② 施战军：《独特而宽厚的人文伤怀——迟子建小说的文学史意义》，《当代作家评论》2006年第4期。

鲁枢元在《生态文艺学》开篇就指出，文学艺术问题并不单单是文学艺术领域内的问题，被誉为"北国的精灵"的女性作家迟子建在这样的生态自然观的熏染下，面对后工业社会、经济"直线性"的发展进步一步步地破坏了自然、生态环境，抑制了人际关系的协调和人类精神的健康发展，作为知识分子的一员对此展开了深深的思索，通过表现自然生态、社会生态、精神生态领域人与自然的隔膜，表达了作家对自然、社会与人的精神的现实关注和终极关怀。

第十二章　余华:"狂人"与众人"隔膜"的表现者

余华是当代最重要的先锋小说家之一,自1984年发表作品以来,先后出版有《十八岁出门远行》《偶然事件》《河边的错误》等小说集和《在细雨中呼喊》《活着》《许三观卖血记》等长篇小说,形成了自己独特的先锋品格,并成为先锋小说潮流中最引人注目的作家。特别是早期的中短篇小说如《十八岁出门远行》《往事与刑法》《四月三日事件》《一九八六年》《现实一种》《河边的错误》《世事如烟》等,这些作品以其对暴力、血腥的痴迷叙述,在当代文坛掀起了一股余华式的"血雨腥风"。在余华的小说里,世界就是一个巨大的屠场,人也失去了最后的理性与温情,人与人之间的隔膜越加深重,只剩下暴力、复仇与欺诈。

余华作为先锋派作家的典型代表,他笔下的人物形象大都张狂怪异,在20世纪80年代的小说创作中,他的小说呈现出令人咋舌的残酷、冷峻与黑暗。值得注意的是,在余华的小说中有一类"狂人"形象频频出现:《四月三日事件》里患迫害妄想症的18岁青年;《一九八六年》中自虐的中学历史教师;《河边的错误》中不断杀人的疯子以及精神崩溃的许亮。他们是疯子、是偏执狂、是暴力分子,精神失常、心理畸形。他们与周围人不同,沟通交流存在障碍,他们看似癫狂,可是却更加真实。这类"狂人"与众人之间的隔膜,不仅是人的异化,也是社会扭曲的真实表现。本章主要以《现实一种》《一九八六年》《河边的错误》《四月三日事件》几部作品,分析余华笔下的

"狂人"与众人之间的隔膜。

一 余华小说中"隔膜"主题呈现的特点

《现实一种》讲述了一个家庭互相残杀的故事，充斥着大量触目惊心的暴力描写。主人公山岗、山峰是同一屋檐下形同陌路的兄弟，常以暴力殴打自己的妻子。山岗四岁的儿子皮皮被一种奇怪的欲念驱使，摔死了山峰还在襁褓之中的儿子。山峰为了复仇踢死了皮皮，而山岗又以冷酷残忍的刑罚杀死了自己的亲弟弟山峰。山岗被枪决，尸体被弟妹捐赠后被肢解。极端自恋只顾数自己的骨头又有几根断裂、离死期还有多远的老母亲也在无人知晓的情况下凄凉死去。

在《现实一种》中，人的精神处于崩溃的边缘，身体好像只剩下视觉与听觉两种感觉存在，而大脑已死，小说表现出强烈的视觉、听觉特征，故事中显示着人与人之间接触的缺乏与沟通的隔膜。小说中人物的听觉都异常敏锐，他们去看、去听，但却没有思想意识，正如动物一样，仅仅出自本能的驱使。"天刚亮的时候，他们就听到母亲在抱怨什么骨头发霉了"。在不短的篇幅里，作者不断描写各种各样令人不快的声音：抱怨声、雨声、打斗声，老太太听到自己骨头断裂的声音……四岁的皮皮出自本能的对声音刺激的反应，更导致了可怕的行为：他一次又一次使劲地拧婴儿的脸，使婴儿大声哭了起来，并对哭声感到一种"莫名的喜悦"，接着他又对准婴儿的脸扇耳光，就这样，皮皮一次又一次地殴打襁褓中的婴儿，异常激动地享受那爆破似的哭声。而正是这种对声音的迷恋、对感观刺激的追求，导致了家庭的暴力仇杀。在这里，人与人没有正常的沟通能力，被异化的"狂人"与亲人好友间是隔膜的，他们的沟通交流只能用一种动物本能的方式，暴力的行为，人性不断被扭曲和异化成为人日常生活的一种常态，就像一种融入血液的本能冲动，可以爆发在包括至亲好友等任何人之间。

《现实一种》开篇第一句话："那天早晨和别的早晨没什么两样。"一开始就指出山岗、山峰一家人机械重复的日常生活现状。起床后"他们像往常一样围坐在一起吃早饭，早饭由米粥和油条组成"。一家人每天的生活就是在这样的重复中拉开了序幕。"到了上班的时候了，兄弟俩这时才站起来，接过雨伞后四个人一起走了出去，他们将一起走出那条胡同，然后兄弟俩往西走，他们的妻子往东走"。就这样，他们按着早已形成的生活轨迹，像行星一样每天周而复始地沿着预定的轨道运行，每天的生活都在意料之中，毫无新鲜与惊奇。这种日常生活的机械重复带来的可怕后果，那就是人与人之间极度的疏离与冷漠，产生了隔膜："兄弟俩走在一起，像是互不相识一样。"长期处于隔膜之下的兄弟俩，最终导致了手足间的互相残杀。

《一九八六年》中，主人公历史老师丧失了所有理智，变成一个彻底的疯子，在混乱分裂的意识中，只剩下曾打算研究的各种古代酷刑。他把自己当成施刑者和受刑者，在自己身上一件件试验这些刑罚。余华以令人毛骨悚然的语句叙述了历史老师血腥恐怖的自戕：疯子抓起通红的铁块往自己脸上贴去给自己施以"墨"刑，用钢锯割掉自己的鼻子对自己施以"劓"刑，锯断自己的两条脚对自己施以"刖"刑……作者用绝对冷静的自然主义的笔法表现了各种肉碎骨裂的暴力细节，例如描写铁块贴在脸上，一股白烟腾出来，发出焦臭无比的气味。描写锯子锯着鼻骨所发出的轻微摩擦声，胸膛上无数歪曲交叉的血流和撕心裂肺的狂叫声，鼻子像秋千般地在脸上荡漾。描写剧痛之下身体像筛谷似的抖动，钢锯锯脚骨时从皮到肉再到骨头的每一个步骤……与此形成鲜明对比的是围观者残忍的趣味和对惨剧的麻木不仁，此时的历史老师在众人眼中就是一个"狂人"，无人理解甚至就没有人想要去了解。作品中众人看到那种场面惊讶不已，背后却是哈哈大笑，没有半点儿怜悯之意。妻子对疯子的态度，好像听到他的脚步声就浑身哆嗦，精神极度紧张，内心极其害怕。妻子找到了自己安静祥和的生活，不愿再面对疯子的打扰，她不想再回想起那段令人害怕的历史，她不想打破自己的幸福生活。当她看到疯子死了，"蓦然在心里感到一阵轻松"，她又可以维持自己往日宁静的生活了。作者通过疯子让读者看到众人的冷漠、妻子的逃避。作者有意插叙了悲剧前的夫妻情深，来与现在的形同陌路对比，在巨大的反差中折射出"狂人"与亲人之间的隔膜，亲情的虚伪与人性的沉沦。

《河边的错误》也讲述了一个疯子杀人的故事。疯子一次又一次地杀人，但代表着理性秩序的法律却拿他毫无办法，刑警队长马哲只好以暴力遏制暴力，杀死疯子来避免悲剧的重演。最具反讽意味的是，为民除害的英雄马哲最后只好遵从公安局长的安排,装疯卖傻来逃避法律的制裁。《河边的错误》中直接冠名了一个"疯子",他的一系列所作所为更符合施虐狂的标准。疯子住在老邮政弄里,和幺四婆婆一样,从前年开始,一向独来独往的孤老婆子幺四婆婆把疯子接到了自己家中,对其进行了无微不至的照顾,幺四婆婆有时将三十五岁的"疯子"当成自己的儿子,有时又将他视作自己已故的丈夫。而"疯子"对于幺四婆婆却是恩将仇报,他的虐待行为也是变本加厉、逐步升级的。一开始,"疯子"只是在上街买菜时,将篮子扔到远处,等幺四婆婆捡回来,他却将它扔得更远并以此为乐。发展到后来,"疯子"竟然对悉心照顾自己衣、食、住、行的幺四婆婆大打出手并且出手越来越狠。之后疯子陷入一种无法自拔的凶残之中,杀人就如同儿童游戏一样,他连续杀死三个人而且总是同样布置现场,同样在现场河边洗衣服,然后再提着衣服回家。其他人物也大都具有这样一种近于疯狂的气质,幺四婆婆带有明显的受虐狂特点,她将疯子收养是为了受虐的性满足,一度被警察马哲调查的工人许亮仅仅因为被调查便陷入无法自拔的狂乱想象,他把自己想象成"一个绝对不可能摆脱嫌疑的跳进黄河也洗不清的那种倒霉的人",因为他相信这个世界不可能有任何一个人能够相信他的解释,他仅仅目击过一次杀人却在想象中将自己当成每次杀人的目击者,不断寻找别人证明他不在现场。在警察马哲已经确定了杀人凶犯的情况下,"许亮依然顽固地认为这不过是警方故意释放的烟雾弹",以便抓捕他,最后他终于绝望自杀。

余华的《四月三日事件》同样写了一个类似于"狂人"的患迫害狂的青年,他同样感到他的同学、街上的陌生人、店里的营业员以及他的邻居、父母亲、都憎恶他和想迫害他。同样认为所有的人都已联合起来,要在四月三日这一天对他采取行动,行动的目的是害死他,或者站在脚手架上拿砖头砸死他,或者把他劫持到马路中间让车撞死他,他也同样坚信这行动的主谋是他的父母。

在这些作品中余华将"狂人"癫狂的一面表现得淋漓尽致,"狂人"不但与周围的人存在隔膜,更是与自己的至亲存在隔膜。作者用冷酷的描写不断渲染放大隔膜的存在,去揭露社会是如何让人异化的。

二 "狂人"与众人"隔膜"的原因

余华可以说是当代作家中描写"狂人"最多的作家,《一九八六年》中自虐的中学历史教师;《河边的错误》中不断杀人的疯子以及精神崩溃的许亮;《四月三日事件》以"狂人"式的"迫害狂"为主人公;《此文献给少女杨柳》《鲜血梅花》的主人公也有点过分自恋的精神分裂气质。

在人与人的关系问题上,余华认为人是以自我中心、冷漠自私的,彼此间是存在隔膜的,不能实现思想情感的交流,不会相互理解,只会相互伤害,《现实一种》中的一家人相互漠不关心,丈夫经常殴打妻子,儿子厌恶母亲,终于手足相残;《爱情故事》中青梅竹马的恋人最后变得互相厌倦;《我没有自己的名字》中众人以戏弄和凌辱智力低下者为乐;《我胆小如鼠》中老师耍弄学生,小孩子也恃强凌弱;《四月三日事件》中所有人包括自己的父母对"我"所策划的谋杀阴谋……可以说,这些都是人与人之间隔膜的写照。

20世纪80年代末到90年代的中国,伴随着社会转型的焦灼感,人文精神失落引起的人的价值的贬值现象,多种文化,多种意识的交流混杂,喧嚣尘上。市场经济已经全面启动,中国进入社会、文化大转折时期。经济市场化、文化多元化、社会消费化的同时,知识分子所拥有的80年代的理想激情、启蒙话语、精英意识逐渐退潮,在这种过渡时期,整个社会生活在一定程度出现了狂欢性,在意识形态领域,新的和旧的、主流的和边缘的、官方的和民间的等意识形态在各个方面展开对话和交锋,出现众声喧哗的局面,出现意识形态的狂欢。在众声喧哗的时代,作家不再受来自体制内的制度和意识形态等显在或潜在的规则制约,也无须按照主流话语的要求在惯常的艺术轨道上行进。狂欢的时代因素,加上余华自身的独特个性,所以余华创作了个性独特的小说,他的小说主题的特别,小说人物的特别,艺术手法的独特,很明显表现出他与传统的决裂和先锋的分离。这样一个狂欢的时代甚至有点狂乱的时代,人是什么样的生存状态,为什么会有这样的状态,为什么会出现超常的疯狂和超常的平静?这都是余华想要通过这些极端的表现,给浮躁的现代人的启迪。

人外在或内在表现出的"狂"态,是一种生命激情的弘扬,是对生命真实的生存状态中生命本质的表现。他们挣扎着生存，他们挣扎着生死，他们在生存的极限中表现出一种超出常规的生命的韧性和生活的乐观和豁达。这种狂既是生命的本真，也是生命的激情的燃烧。这些"狂"既有生命生存状态外在表现的狂，也有在艰难生存过程中精神痕迹的狂。在这些人物的狂态背后，反映了余华对现实社会真实精神状态的反映，也体现了作者对人们现存的生存、生活的精神状态的理解和哲学思考，表达了自由平等的世界观和对理想生存境界的追寻。

在当代作家中，张洁也同样描写过"狂人"，《七巧板》里医学院的高才生、出色的脑病专家金乃文，就是一个精神分裂症患者；《无字》里吴为一出场便发了疯。但在她们身上更多的是作家关于女性自我意识的思考，在社会历史掩盖下的女性真实生存、女性真实内心世界，作者企图探寻关于女性自我发展之路的可能走向。这与余华不同，余华想要表达"只有人的精神才是真实的"，他选择疯癫、精神分裂的"狂人"为视角，就是要打破日常生活经验，寻求一种内在的真实，因为"狂人"眼中的世界与常人眼中所谓正常的世界不一样，是反常、分裂的。在这种反常、分裂状态中，有时更容易发现被文明和秩序掩饰和压制的人性的真实。

三 余华对鲁迅"狂人"意象的继承与创新

鲁迅和余华是不同时期的作家，但不约而同地对"狂人"感兴趣。鲁迅早就在《狂人日记》中借狂人之口说："这时候，我又懂得一件他们的巧妙了。他们岂但不肯改，而且早已布置；预备下一个疯子的名目罩上我。将来吃了，不但太平无事，怕还会有人见情。"为了印证它，鲁迅举章太炎为例，章太炎被袁世凯控制的媒体多次说成疯子。其人既是疯子，议论当然是疯话，没有价值的了，每当有议论，也仍在他们的报纸上登出来，不过题目特别《章太炎大发其疯》，统治者以此将他们打成"另类"，将其边缘化和异化，以削弱他们的影响。

与"五四"时期的中国一样，20世纪90年代的中国正处于社会的转型时期，其间改革开放、市场经济、新技术革命等在促进社会现代化的同时，也出现了多种文化、多种意识的交流混杂，使人们处在一种特有的焦躁的状态之中，余华敏锐地抓住这一特征并及时地表现出来。当然，余华小说在颠覆历史理性的时候，还继承了五四启蒙文学的许多核心意象。诸如"疯癫""狂人""吃人"等意象，这在《四月三日事件》《现实一种》《古典爱情》等小说中比比皆是。作为过去的、历史的象征，它必然代表着文化和精神信仰的转变，同时新时期的"疯癫""狂人""吃人"等意象所蕴含的精神底蕴也不再是五四时期的精神底蕴。余华在解构这些、颠覆这些相似历史的时候，其实已经无意识地承担了一个剧烈转折时期和狂欢的时代给予他的文学使命。

在当代作家中，余华被认为是鲁迅精神最有力的继承者和发扬者，而他们作为各自时代的先锋作家，又呈现出不同的特点。余华和鲁迅的许多小说都关注了人性的阴暗残忍，展示了人与人之间的冷漠敌对。余华对于人性之恶是肯定，而鲁迅虽然也致力于写人性之恶，但从不对人性之恶予以肯定。余华小说中的人物有着比鲁迅的《狂人日记》中的狂人更加疯狂、残酷变态和暴力的行为，余华的态度却比鲁迅更为冷静、客观和冷血。余华小说中的"狂人"处于远离主流的意识形态和文化形态，生活在主流社会之外，处于边缘化的状态，他们对主流社会表现出强烈的隔膜，他们不理解、不适应，他们的生命形态在整体上，表现出一种"狂"乱的外在特征和内在精神上具有精神呓语的"狂"态。这种"狂"是指在行为上不拘伦理、道德、礼法和社会规范的拘囿，放纵本能、张扬本性、追求生命自由与平等，以狂放的姿态释放生命的本真和生命的激情。在精神上，他们要么彻底疯狂成为疯子，要么彻底平静，成为对生存和生活彻底执着的人。

鲁迅、余华创作的"狂人"形象，前者包括《狂人日记》《长明灯》《孤独者》中的"狂人"，后者包括《四月三日事件》《河边的错误》等作品中的"狂人"，可看出二人对"人"的内涵的不同理解。作为启蒙主义者的鲁迅笔下的"狂人"是时代的英雄，担负唤醒愚昧国民的重任，余华笔下的"狂人"表现出非理性、反英雄化的倾向。二人都关注于人，关注于人的命运，有着共同的人类终极关怀的意识。鲁迅所处的中国内忧外患的时代，决定了他的民族主义、启蒙主义立场。作为启蒙者的鲁迅笔下的"狂人"是"大写的人"，是引领整个时代的人，是人道主义观念中的"讲人道、爱人类"的人，肩负唤醒愚昧民众的重任，称为"尤为高尚尤近圆满的人"。在《狂人日记》中,"狂人"反复说一句话:"凡事须得研究,才会明白。"他坚信可以用理性来挫败和劝转吃人者。理性之光使他从历史的字缝里看出字来:"满本都写着两个字是'吃人'!"这种对历史的理性认识和对未来的确信给予了他反抗的自信,使他敢于面对鬼鬼祟祟的迫害者大笑起来,"自己晓得这笑声里有的是义勇和正气"。而且这种自信的大笑,使得"老头子和大哥都失了色,被我这勇气和正气镇压住了"。"狂人"未始没有感到周遭现实的黑暗和沉重,但"我"晓得它的沉重是假的,便挣扎出来,出了一身汗。可是偏要说:"你们立刻改了,从真心改起!你们要晓得将来是容不得吃人的人,活在世上的",狂人相信人只要去了这"吃人"的心思,人们就能"放心做事走路吃饭睡觉,何等舒服"。《狂人日记》最后在"救救孩子"的呐喊中结束,透露了他对"后起的生命"的殷切希望。到了《长明灯》中的狂人已是不给自己任何后路,勇敢地反抗着旧的传统道德的时代的英雄。"我要吹熄他",是他决绝的声音,拼死也要搅乱现存的秩序,他"要放火",烧掉腐朽的旧礼教,照亮所有被束缚、被蒙蔽的灵魂。余华不同,"文革"后,价值解体、文化失范的现实,使社会普遍存在着一种怀疑主义、不可知论的文化氛围,"大写的人"的瓦解似乎已不可避免。余华笔下的"狂人"集中了人性中阴暗、丑陋、非理性的一面,通过对这一区域的描写,余华告诉人们说这也是"现实一种",它不是站在人的自我中心主义的立场上所看到的现实,而是"用无作者思想、无主体知识、无同一性理论"来取代人的视角之后的后人道主义眼中的人性现实。余华力图以此来完成对"人的自大传统的终结",实现对人道主义启蒙观念的颠覆和消解。

与鲁迅小说中的"狂人"不同,余华笔下的"狂人"是与时代处于紧张、对立状态中,而又只能无所作为的人。《四月三日事件》中的少年像患被迫害狂的狂人一样处于迫害者的监视、围困之中。他意识到了自己处境的危险,但他既无力把握眼前的现实,更无力与这种强大的现实对抗。他不惮以最坏的恶意去推测现实,而现实却似乎往往被他不幸而言中。但他并没有勇气去直面诘问这些"监视者"和"迫害者",只能在假想中挫败对手。《四月三日事件》无疑是对鲁迅《狂人日记》的一次世纪呼唤,它与《狂人日记》有着精神渊源。鲁迅借狂人之眼发现了人的"吃人"本性,余华通过与"狂

第十二章　余华："狂人"与众人"隔膜"的表现者

人"具有相同精神气质的"我"之眼看出"他人即地狱"的世界真相。

鲁迅是以"哀其不幸，怒其不争"的方式来看待病态的现实与人生的，他将批判作为确立启蒙理想的基础，在对国民性批判时，深入挖掘造成国民性格弱点的心理结构、文化根源，侧重的是理性制约下心理的真实。正是几千年来的传统精神、心理的挤压造成民众自我观念的丧失，精神上的创伤较之身体上的痛苦要重得多。鲁迅是站在理想人性的立场上揭露国民性的病态，站在人道主义的立场上不遗余力攻击吃人的社会的，他创作的一个基本主题是表现"人"的希望被毁灭的悲剧，这赋予鲁迅小说以鲜明的人学意义。与之相反，余华采取的是一种非人格化的叙述方式，在他的小说中有一个高出人的存在的平台，他将其比喻为奴隶主观看奴隶角斗的看台，他向人们描述的正是从这个看台上居高临下所看的人间图画。《现实一种》写的是一场由于儿童无知造成婴儿的偶然死亡，所引发的兄弟相残的疯狂事件。小说的叙述却是摆脱了任何社会的道德、心理、情感的因素而只呈现客观的事件进程。小说中的家庭成员之间彼此隔绝，相互敌对，这与传统给我们描述的"父严母慈，兄弟怡怡"的图画大相径庭，就是与"五四"作家所描写的亲情畸变相比，也大异其趣。"五四"作家是痛心地感到了亲情的异化，才揭示这种异化的关系以求得正常的亲情关系的回归。余华似乎认为这种亲情关系只能是这样，原本如此，所以没必要痛心，感到痛心者，只是对此抱了太多不切实际的主观幻想，是一种"人性的，太人性的"的人道主义的感伤。在写兄弟相残时，余华小说表现出一种黑色幽默的精神。山岗将弟弟绑在树下，脚心涂以烧烂了的肉骨头汁，让小狗去舔，弟弟终于在难忍的大笑中一命呜呼。

鲁迅站在启蒙主义者立场上，因其始终如一地对人的前途和命运的关切，具有了其永久的不可被取代的人学意义。余华以对人的自我创造能力和自我拯救能力的否定为背景，颠覆了关于人的"假设"，但他并不能给人指出新的出路究竟何在，余华小说创作的意义不在于它建构了什么，而在于它凸现了以往人的观念的危机。鲁迅作为中国 20 世纪最伟大的作家，余华作为当代文学史上的优秀作家，在"狂人"形象的创作中，对"人"的内涵的理解不尽相同，但二人有着同样对人的命运的密切关注，对人类的关注，有着终极关怀的意识。

在当代作家中，余华被认为是鲁迅精神最有力的继承者和发扬者，鲁迅笔下的"狂人"是对封建制度清醒的反叛，旨在揭露家族制度和封建礼教的弊害，如果说鲁迅是以人的"狂"譬喻国民性的残缺，那余华则是在变动的社会思潮中，大胆探索经济社会下人的精神压抑与变态以及人失去希望后的整体癫狂。

第十三章 阎连科:"边缘人"与社会"隔膜"的表现者

阎连科从1980年开始创作以来,其主要作品有《年月日》《耙耧天歌》《日光流年》《受活》《丁庄梦》《风雅颂》《四书》《炸裂志》等。按其作品内容大致分为四个系列,即:"东京九流人物系列""耙耧系列""瑶沟系列""和平军旅系列",除"东京九流人物系列"外,其他三个系列均属于乡土小说。特别是在阎连科乡土的小说里,他以一以贯之的坚持,对乡土社会中广大乡民的苦难进行极端化的书写。他常常带着异常充沛的叙事激情,狂放无度的艺术想象,悲喜交加的叙事语调,在各种极端化的生存境遇中,为人们展示撼魂动魄并发人深省的生存图景。从《耙耧天歌》《年月日》到《黄金洞》《耙耧山脉》,从《日光流年》到《受活》等,"我们不仅要在那些惨烈的细节还原中经受巨大的情感冲击,还要在那些充满绝望与无助的人物命运中饱受人道的折磨。它们将那些来自民间底层的苦难、蒙昧乖张的人性、强悍刁钻的传统伦理与现代美学上的残酷,紧紧地熔铸在激情化的抗争理想之中,并由此构成了阎连科小说所特有的一种异常繁富的审美特质。"[①] 对阎连科极端环境中的激情化书写研究已经非常详尽,本章拟从"隔膜"这一全新的视角出发,以《鸟孩诞生》《丁庄梦》《乡村死亡报告》《小村乌鸦》等作品为例,对阎连科笔下"边缘人"个体生存与社会存在之间的隔膜进行分析,厘清隔膜的表现及产生隔膜的原因,意图对边缘人的生存镜像予以观照,引

---

① 洪治纲:《乡村苦难的极致之旅——阎连科小说》,《当代作家评论》2007年第5期。

发人们对社会弱势群体的关注和思考。

一 阎连科小说中"隔膜"主题的呈现

正如前文所谈到的,鲁迅作为"五四"文学革命的先驱,以其犀利的眼光和敏锐的洞察力揭示着病态的中国社会中人们的生存状态,表现出人与人之间情感的格格不入,形成了中国现代文学中表现人与人之间关系的重要主题"隔膜",成了20世纪中国小说"隔膜"主题的开创者和表现者,继而,"隔膜"主题在小说中不断成为作家进行书写和阐释的对象。如叶圣陶对小城镇市民社会"隔膜"的细致表现;巴金对家庭成员间"隔膜"的精细书写;老舍对城乡"隔膜"的精雕细琢;丁玲对时代"新女性"与传统"隔膜"的鞭辟入里的分析;钱锺书在《围城》中对中西文化"隔膜"的倾心观照……"隔膜"主题自从在小说中被表现以来,就伴随着时代浪潮的发展不断进行着书写、改观,到了当代作家阎连科的笔下,"隔膜"这一主题更是得到了浓墨重彩的描绘。《两程故里》通过对一心想做村长的村民程天青和原村长程长顺以及工于心计的封建宗法代表程天民之间的竞争,表现了权力和人性之间的"隔膜";《寨子沟,乱世盘》通过渴望美好爱情的小娥在最后的反抗与出走展示了现代人文精神与封建宗法意识之间的"隔膜";《黑猪毛,白猪毛》用震撼人心的笔触描写了底层民众为了替轧死人的镇长去坐牢从而获得镇长庇护而相互争取坐牢机会的可怕景象,批判底层民众与乡村基础政权之间的深重"隔膜";《大校》通过传统女性人物秋霞在公爹死后由于责任的卸担而带来的内心失重的呐喊"我公公死了,我以后侍奉谁啊,谁还让我侍奉啊",凸显了传统女性与自身个性解放的隔膜之深,表现了女性个性解放的艰难;《老屋》通过兄弟二人为了争夺具有神秘色彩的老屋而相互残杀,表现血缘亲情之间的隔膜已经达到了令人发指的地步:爷爷为得到老屋,不为祖爷及时请医生致使祖爷死去,从而得到老屋。叔叔为了老屋,害死伯伯家三个亲外孙,伯伯为了复仇,用石头砸死叔叔及侄子,在这里,我们看不到日常伦理中的父慈、兄悌、子孝,有的只是对老屋费尽心机的霸占和不顾一切的复仇,人的原始兽性压制了人的善良和理智,被淋漓尽致的得以表述,血缘的凉薄,亲情的冷漠这般让人胆战心惊!《黄金洞》以傻子二憨的口吻表达了金钱和人性之间的"隔膜",父子之间、兄弟之间相互仇视、迫害,城里女人桃为了金钱人尽可夫,亲情、伦理又一次得到颠覆;《年月日》以大旱之年,先爷为保留种子与天"对战"突出了人与自然的隔膜;《鸟孩诞生》《丁庄梦》《乡村死亡报告》《小村乌鸦》从社会边缘人的角度出发,表现了边缘人个体生存的艰难与社会存在的"隔膜"……当然,阎连科笔下"隔膜"主题的表现是多种多样的,不是一篇文章就能涵盖或论述完整的。本章以短篇小说《鸟孩诞生》和长篇小说《丁庄梦》为例,主要就边缘人这一特殊群体的生存状况与社会存在之间的"隔膜"进行分析。

二 "边缘人"个体生存与社会存在之间"隔膜"的表现

探讨"边缘人"个体生存与社会存在之间的"隔膜"的表现,首先,要对边缘人这一概念进行界定。所谓边缘人主要是说其在很大程度上意味着少数,与多数的不同,但又不是仅仅指多与少的对立,更多是指与主流社会、主流群体之间的格格不入,被放逐于主流社会与主流群体之外,在情感上常常有被抛弃、被排挤、被否认的深重焦虑与深刻自卑,无法在主流中找到自己的位置,孤独、寂寞、敏感、自卑而又自我……作为生活在社会最底层的群体,始终遭受着来自身份歧视、待遇不公等方面的困扰。特殊的社会地位使他们总能真实地感受到个体存在于世所要面对的各种痛苦和焦虑。正如狄更斯所形容的那样,对于居于中心位置的人而言,社会是"最昌明的时世,阳光灿烂的季节,欣欣向荣的春天,他们眼前无所不有……"而在远离中心的边缘人眼中,却是"最衰微的时世,长夜黑暗的季节,死气沉沉的冬天,他们眼前一无所有"[①]。从这一视角出发,我们对边缘人个体生存与社会存在之间的隔膜进行观照,力求为边缘人群体能得到现实生存现状的改观和精神层面的疗救做出贡献,并再次重申文学的人道主义使命感和社会责任感。

(一)"边缘人"与普通人的"隔膜"

在上文中,我们已经分析,"边缘人"作为社会中的一个特殊的群体,异

---

① [英] 狄更斯:《双城记》,张扬、张玲译,上海译文出版社2006年版,第3页。

于主流社会和主流群体，存在于社会的最底层中，这一社会地位的境况决定了在其生存境遇中必然会遭受来自主流社会的普通群体的歧视和排挤，嘲弄和冷漠，而这足以造成"边缘人"与普通大众之间的"隔膜"。

阎连科在《鸟孩诞生》中，通过描写在都市中流浪的鸟孩、凤子、傻男与都市普通人之间的"隔膜"，揭示了都市人的冷漠、麻木与残忍！面对初到都市无票乘车的鸟孩，售票员因一角钱的车票，用他又硬又大的皮鞋底儿在鸟孩的屁股上不遗余力地踹了一脚，而在鸟孩挨了一脚还未及完全下车的情况下，司机残忍地关掉车门，把他的小脚夹在车门之间，而这些换来的是都市人的哈哈大笑！都市人的残忍与冷酷不言自明。第一次在二七广场迷路的时候，警察给鸟孩的待遇不是指明方向，仍然是在他的屁股上踢了一脚，在欲将他赶出都市时，"本来是要拧他乱发下的耳朵，可又忽然改变了主意，只在他屁股上踢了一脚。这就最终使鸟孩明白，那些所有要把他赶出世界的都市人，因为他们无与伦比的文明，因为他们无与伦比的圣洁，他们总是在鸟孩的屁股上踢去一脚，而不是在鸟孩脸上刮去一记耳光，不过是怕鸟孩脏了他们的圣手罢了。这件事情，曾经使鸟孩对自己所谓的人生，产生过缠绵的气馁。料不到，自己作为人们中的一位成员，连配别人刮一记耳光的资格，也莫名地远他而去。他为一生没有挨过都市人的耳光感到遗憾"。"警察，是最常踢他屁股的人了，可他们从不伸手在他的脸上掴打一下，难道我鸟孩的脸连挨一耳光也不配吗？我真有那么无可比拟的脏？"阎连科通过鸟孩对挨都市人耳光的渴望与自身遭都市人嫌恶的待遇的描写直指都市人冷漠的灵魂，都市人对作为边缘人的鸟孩的损害与侮辱淋漓尽致地表达了其间"隔膜"的厚重与无法调和的可能。作为一个都市的流浪者，他无法在都市中找寻生存的空间。"饭馆、酒楼的门口，都守有穿呢服的公子小姐，不消说是不让他走近半步。而胡同的小饭馆，宁可把五颜六色的肉菜倒进饭桶，再倒进厕所冲尽，也不让他沾一个手边。还有车站，无论火车站、汽车站、抑或公共汽车的停车场，更是不让他去投宿。"对于都市人来说，鸟孩是异类，是丑恶，是肮脏，是应该被驱逐出城市的垃圾。他们不愿放弃自己文明的架子、干净的外表，对流浪城市的鸟孩给予理解、同情，他们用尽可能高傲的无视来凸显自身身份的高贵。然而，城市人看似高贵的灵魂在鸟孩自杀惨剧的拷问下赤裸裸地展现出来,到底是谁更肮脏?到底是谁杀死了本该得到社会关爱的弱势群体——鸟孩?其答案不言而喻,都市人的冷漠和残忍杀死了对都市充满向往的鸟孩,而这冷漠与残忍正是由于作为边缘人的鸟孩与都市的"隔膜"而造成的。

鲁迅先生曾把20世纪20年代的中国称为"没有花,没有诗,没有光,没有热"的"沙漠",并指出"比沙漠更可怕的人世在这里"[①]。一语中的,道破了人们在这"沙漠"中彼此不相通,相互隔膜,缺乏沟通和理解的现状。随着时代发展,人们物质文明的极速发达,人与人的隔膜并没有减弱,反而有愈演愈烈的趋势,这对于有着高度社会责任感的作家来说,不能不说是一种身体的"凌迟"与灵魂的受难,因此,阎连科在其《鸟孩的诞生》中对作为社会边缘人的鸟孩、凤子、傻男与都市人的"隔膜"通过鲁迅先生在《呐喊》《彷徨》中所开创的"看与被看"的小说情结、结构模式给予激情、热烈的观照,意在揭示国民劣根性在当代人精神中的根深蒂固。在《鸟孩的诞生》中,都市人与凤子、傻男形成了"看与被看"的模式,同时,鸟孩自杀后,落在二七纪念塔的飞檐上,看着大都市的市民为他的死而忙乱惊呼的景观又形成了"看与被看"的第二次延续。"看与被看"的对立模式使看客与被看的对象之间永远也到达不了沟通、理解的境地。在阎连科的小说创作中,我们可以清晰地感知到看客与被看的对象之间的隔膜和看客们对于这种隔膜存在的心安理得和无动于衷的人生态度。

在第一次"看与被看"的小说情结、结构模式中,我们看到了都市人在观看凤子与傻男在大庭广众之下做男女恶行之时的形形色色的嘴脸及各种丑恶的心态。"亚细亚大楼和天然服装大楼之间的那条马路上,彩灯闪烁,满天辉煌。而路的中央,围满了都市的男女,仿佛在看一样东西。窃窃的私语和女人哧哧的笑声,如同大风天里,砰砰啪啪连接响起的雨滴声。男人们那'干呀!'、'爬上去!'的哄笑声,倒急如要淹没雨声而有意在树冠上盘旋的大风","亚细亚大楼的14407号服务小姐,一只手捂着她快活漂亮的半面红脸,一手指着人群中间,和另一个男人边笑边说着什么"。而鸟孩要钻过十几层的人墙才能到达人群的最里面,十几层的人群都在观看着躺在地上口吐白

---

① 鲁迅:《鲁迅全集》第1卷,人民文学出版社2005年版,第404页。

沫的凤子遭受着傻男的蹂躏，没有同情，没有制止，有的是对傻男的怂恿的呼唤"上！上！爬上去，爬到肚子上！"，有的是"看"的快活与兴奋！"傻男把凤子的裤子褪下的时候，人群骤然间鸦雀无声了。大家都把目光搁在仰躺着的凤子的下半身，所有那枯草干黄的目光，都在凤子的身上吮吸着水分，仿佛要把凤子吸干吸成一片干草地……傻男赤条条面对大家的时候，都市人以为他污辱了这都市，人群中有欢欢快快的骂咧声，借以这种谩骂，以示都市人的文明和正义。不过，实事求是公证而论，都市人还是文明庄重的。比如走过来的都市女人，压根就没朝人群的最前边挤，她们只躲在人群缝里窃窃地笑。她们又矜持又漂亮又肃穆，男人们让傻男上的时候，她们提心吊胆，一言不发，对凤子表示许多怜悯和同情。傻男最终也对起了都市人，他脱下裤子，挺着他坚硬的阳物，不负都市之望地爬到了凤子的身上。"都市人以看似文明庄重的外表意淫着凤子作为女人的身体，傻男的所作所为也仅仅是不负都市之望，满足了都市人内心性欲的膨胀。当都市所有的人群对此无动于衷，兴奋的像观赏电影一般观赏这场滑稽的场景时，鸟孩义无反顾地冲上去拉着傻男撑在地上的左胳膊，然而，这换来的是傻男把鸟孩踢出丈余远后都市人爽朗的笑声，"有人笑起来。这一笑都市人便从沉静的烦闷中解脱了，大家都跟着那笑声惊涛骇浪地笑起来"。这个场景与鲁迅所描写的《示众》中的看客何等的相似：大家观看示众者的注意力随着车夫的摔倒而迅速的转移！然而，阎连科《鸟孩的诞生》中，看客们在躲开鸟孩摔过来的身体后，又涨潮般朝傻男和凤子围过去，生怕错过了什么精彩的细节！当傻男完成了对凤子的侵犯离开后，"都市人感到些微的失望，似乎戏在不该收场之时，提前谢了大幕，且演员也不顾观众高昂的情绪，径自退下舞台走了。这多少有些让人伤心怅惘"。作家用慢镜头的方式把灯光打在都市人这些看客的脸上，映照了都市人作为看客的光鲜外表下的肮脏的心灵。鲁迅先生曾沉痛地说过："群众——尤其是中国的——永远是戏剧的看客。牺牲上场，如果显得慷慨，他们就看了悲壮剧；如果显得觳觫，他们就看了滑稽剧。北京的羊肉铺前常有几个人张着嘴看剥羊，仿佛颇愉快，人的牺牲能给予他们的益处，也不过如此。而况事后走不了几步，他们并这一点愉快也就忘却了。"他们"只愿暴政在他人的头上，他却看着高兴，拿'残酷'做娱乐，拿'他人的苦'做赏玩，做慰安"。①

"看客"是对国民大众的文化心理最恰当不过的概括。看客心理最主要的特征是麻木与冷漠，他们与被看的对象之间既不存在联合的关系，也不存在对立的关系，而是一种距离，更确切地说是看者与被看者之间没有任何感情上的联系。对被侮辱被损害者的辛酸与苦难报以嘲笑，加以咀嚼鉴赏。"'看客'现象的本质是把本来应该引起同情、义愤等正常伦理道德情感的自然反映，扭曲变形为一种旁观者的审美反映。这种'看客'效应似乎除了自身以外的任何不幸与痛苦，都能被他们变成一种赏心悦目陶情冶性的对象和体验。"②

这种对于弱者的不幸赏玩的兴趣表明"看客"在本质上并不缺乏现代觉醒者所具有的敏锐感知愚昧、麻木的特质，而在于他们把对于不幸的兴趣，变成慰藉自己乃至于让自己投入"演戏"的资本，如凤子与傻男的行为也仅仅是为看客的都市人增添红红绿绿的兴趣；所以他们在面对别人的痛苦遭遇时不仅不心生同情，反而心安理得地欣赏、玩味。而且，这样的事情对于都市人而言，不算什么，鸟孩、凤子、傻男这些都市的异类，是本该被清理出城市的垃圾，都市人用高贵的怜悯之心没有轰他们出去就是莫大的恩赐了，怎能还要求都市人对他们流露出一点点的同情和理解呢？而凤子作为对都市的回报，也只能是用那女人的躯体，为都市人的生活，凭空增添许多红红绿绿的乐趣，给都市人的闲情之中增加些许的逸致。鸟孩、凤子、傻男被漠视乃至成为被鉴赏的对象的社会现象反映出庸众的人生态度是何等的无聊、自私、冷漠和残酷！"看客"心理作为一种民族文化心理，已经内化为国民大众的自觉行为，"看客们"对于人的判断，不是以人的个性价值为标准，而是以社会地位为标准，一个人在社会中的等级地位决定了人们对他价值判断的标准和对待方式的依据，对于弱者可以肆意践踏，对于强者则卑躬屈膝，这已经成为人们处理日常事务的一种潜规则。那么，鸟孩、凤子和傻男作为这个社会最底层中的一员，自然会成为被肆意践踏的对象。

在鸟孩自杀后，落在纪念塔的飞檐上，看着为他的死忙惊呼的人们，

---

① 鲁迅：《鲁迅全集》第2卷，人民文学出版社2005年版，第384页。
② 庄汉新、邵明波编著：《中国20世纪乡土小说论评》，学苑出版社1997年版，第8页。

不免产生了一丝惊喜。这形成了"看与被看"模式的延续与第二次对视。鸟孩通过复仇式的自杀完成了对都市人灵魂的拷问,实现了对都市人的复仇。在鸟孩作为"看"的主体的审视下,作为"被看者"的都市人的灵魂得以展示,我们从中看到了都市人的冷漠,也通过感知鸟孩复仇后的快感看出鸟孩与都市人的隔膜的不可调和。

同样,在阎连科的另一部长篇小说《丁庄梦》中,边缘人与普通人之间的隔膜也通过"看与被看"的模式得以展示。马香林唱坠子时,台下坐了一大片的丁庄人,有病没病的都来了,凑着热闹赶来了。作为没病的普通的丁庄村的人,来看马香林唱坠子不是基于一种对于一个临死之人内心愿望的尊重和对于坠子艺术的喜爱,而仅仅是看热闹来了!从这热闹的看客中,我们看到了得了艾滋病的边缘人与普通人之间高墙般铸造的深厚隔膜。小说中的另一个情节,贾根柱将丁亮和杨玲玲偷情的事情告诉宋婷婷后,宋婷婷"像一股风样从丁庄卷过来。旋风样,朝着学校里刮。大大小小的人,男男女女的人跟在宋婷婷的身后边,跟着往学校风卷着。这热闹是要超过马香林说说唱唱的热闹呢"。

丁庄村的人大大小小,男男女女跟在宋婷婷的后面,他们不是来劝解,不是来解决这场争吵,他们是来观看,是来作冷漠的旁观者,可怕的看客,他们以一种唯恐天下不乱的心态跟在宋婷婷的身后,无疑,这种看客的姿态为这场热闹蓄足了阵势。作者用一种看似旁观的姿态实则热烈的情感为我们刻画了看客们丑恶的嘴脸及冷漠、麻木的心态,使我们在哀叹看客们无知灵魂的同时,看到了作为普通人的看客们与作为艾滋病的边缘人之间的隔膜。

中国的现代民众仍旧愿意当"看客"的深层历史文化原因应该归结为封建传统文化的余孽对人的根深蒂固的影响。它否定了人的主体性,否定人的尊严,扼杀人的个性,毒害人的心灵,造成了人格的扭曲,精神世界的普遍瓦解崩溃和沉沦。"看"的姿态,拉开了人与所看事物的距离,形成了世界与我无关的思维方式,人们竞相筑起用于自我防卫的墙壁,这种思维方式导致人与人之间缺少关爱、沟通和理解,走向了彼此之间的隔膜。隔膜,是人与人之间必然存在着的而又无法摆脱的一种无奈境遇。

（二）"边缘人"之间的"隔膜"

《鸟孩诞生》中，不仅有"边缘人"与普通都市人的隔膜，而且，在"边缘人"之间也存在着心灵的隔膜。凤子的孩娃如果不死，也是和鸟孩一样的年纪，作为曾经作过母亲的凤子而言，对孩娃的思念只能寄托在与孩娃年纪相仿的鸟孩身上。"她翻身摸到他的脸时，便面对着他，把他的脸往被窝里轻轻一按，捂到了她的胸上……在那漆黑寒冷的夜里，他忽然感到凤子的身子哆嗦了一下，然后镇静片刻，她却用双手紧紧抱住他的头，把他的脏脸死死地压在了她的乳房上……他所感到的只是恐惧，只是觉得这女人要把他吞进深渊。于是他想挣脱，又有些不敢……"面对凤子母爱发泄的举动，作为孩娃的鸟孩始终无法理解其含义，只想挣脱……在凤子遭傻男玷污的当夜，当鸟孩因自己没有保护凤子不受玷污而深深自责时，凤子却赤条条走进鸟孩的被窝，"不由分说，把鸟孩紧紧地抱在怀里，然后一个翻身，使鸟孩爬到了她的肚上。她强硬地按着鸟孩的头，把她的乳头塞进了鸟孩的嘴里，继而，不等鸟孩明白过来，又把鸟孩那柔弱的小鸡儿，放到她的两腿之间。这些作为先是使鸟孩不知所措，继而感到异常的恐惧，不由得全身震颤起来。他想从她身上挣脱下来，可她紧紧地抱住了他的头，按住了他的身子。她抬起头来，把嘴唇死死地压在他又脏又小的额门上，紧吻不放。他感到她的双唇在燃烧，贪婪地吮吸，好像要把他的弱小的生命吸尽似的"。凤子在遭到玷污后，作为人的本能的性意识的苏醒使得作为边缘人的凤子只能把鸟孩作为自己的性对象，而这些看似荒诞的行为折射出了社会边缘人的生存境遇的艰难，他们不仅在心灵上遭受着社会主流的排挤，而作为一个人的身体本能的需求也无法得到发泄，只能在压抑中变异、歪曲，以极端滑稽、可怕的方式出现，身体与心灵的双重压抑昭示了其生存的艰辛，同时，这些行为也反映了作为边缘人之间心灵与情感的隔膜，凤子无法使还是孩子似的鸟孩明白自己的需要，鸟孩作为一个孩子也无法理解作为大人的凤子的渴求，他们因为年龄、经历的差异无法沟通，只能由着这隔膜发展，以至于发生行为的扭曲、怪诞。

《丁庄梦》中，患上艾滋病的丁庄村人由"我"爷爷集中到村里学校统一吃住，每人从家里上缴一些粮食作为每日口粮，然而，等粮食上缴完毕后，

"赵秀琴就发现了那装满了面的袋里塞了几块砖,一块砖足有五斤重,四块砖就是二十斤。又去另一个袋里摸,摸出一个碗似的石头来。再到米袋里摸,没有砖,没有石头,有几块几斤重的瓦片在那米袋里"。

这个场景不由得令我们心酸,临死之人,却因害怕自己吃亏,别人占便宜,而在上缴的口粮里做手脚,我们在悲哀他们的不幸之时,对他们的奸诈也产生了愤怒之情。同为社会边缘之人,在生命被判处死刑之后,不是相互扶持,相亲相爱共同走下去,而是相互算计,丁跃进和贾根柱为了获得掌管学校艾滋病人的领导权,不惜以丁亮和玲玲偷奸之事威胁"我"爷爷,他们相互欺诈、相互嘲笑,仿佛只有把刀尖戳向别人的心脏,自己的伤口才能愈合一样,在这里,我们看到了人与人之间的隔膜如此之深,鲁迅先生所说的国民劣根性再一次循环展示。

三 "边缘人"与社会存在之间"隔膜"的原因

"边缘人"作为社会的弱势群体,理应得到社会的关注和理解。然而,在当下社会,"边缘人"的生存境遇却不尽如人意,社会给予边缘人的只是冷漠的仇视与无情的嘲讽。究其原因,首先是由历史和体制形成的等级观念造成的。鲁迅先生在《坟·灯下漫笔》中阐述过关于人的贵贱、大小、上下之分,并引用古人语"天有十日,人有十等,下所以事上,上所以共神也。故王臣公,公臣大夫,大夫臣士,士臣皂,皂臣舆,舆臣隶,隶臣僚,僚臣仆,仆臣台",[①] 从上到下,形成了一个象征着权利地位的等级"金字塔"。几千年的封建专制统治使人与人之间的这种等级观念深驻于人们心中,将人与人隔膜起来。"边缘人"处在等级"金字塔"的最底层,是贵贱、大小、上下之中的贱、小、下的位置。虽然,社会发展到了今天,但人们头脑中残存的封建等级观念仍旧没有完全破除,这些等级观念左右着人们的思想与看待"边缘人"的态度,因此,处在这样位置的"边缘人"自然会受到来自主流社会的不公与歧视。

其次,"边缘人"个体生存与社会存在之间的隔膜的原因还表现为社会大

---

① 鲁迅:《鲁迅全集》第1卷,人民文学出版社2005年版,第227页。

环境下普通人同情心的缺失与匮乏。鲁迅曾旗帜鲜明地指出:"中国民族最缺乏的东西是诚和爱,换句话说,便是深中了诈伪无耻和猜疑相贼的毛病。"①这样的国度是多么的冷酷与悲哀。在这样一个缺少"诚与爱"的社会中,人们之间的坦诚相待是根本不能实现的。缺少友爱使得隔膜无处不在,而越是隔膜,人们之间越是不能坦诚相待,又反过来加重了隔膜。"边缘人"作为一种特殊的群体,游离于主流之外,本来在精神上处于一种高度紧张、极端敏感的状态,又得不到社会的公正待遇和普通人的关爱和理解,这无疑加重了"边缘人"对社会主流的仇视与隔阂,使得沟通与理解无法建构。此外,由于同情心在当下的匮乏,普通大众难以理解"边缘人"的痛苦,因此,即使他们表现出了些许的同情和关心,但那也是建立在自己高高在上的基础上对"边缘人"的俯视般的可怜,这可怜不是同情,更谈不上消解与"边缘人"之间的隔膜。弗罗姆强调,爱是一门关于生活的艺术。他说:"爱是对我们所爱的生命和人或物成长的主动关注。"② 主动关注就意味着心与心的沟通与理解,以一种平等的姿态发自肺腑的关心,通过爱与被爱,个体逐渐认识自我的重要性以及自身对于他人的意义存在,从而由他人认可向自我认可转化。而这些才是消解社会存在与"边缘人"个体生存的隔膜的有效途径。

最后,存在主义哲学认为:存在的即是合理的。"隔膜"作为存在于世的人无法避免的精神现象的存在也是合理的。因此有学者提出了"人与人之间存在隔膜是个常数,而人与人之间能够达到相互理解则是个变数"的说法,因此,人与人之间应该加强沟通、理解,才有助于消解"隔膜"的加重。

研究阎连科作品"边缘人"个体生存与社会存在之间的"隔膜",有助于对当下处于弱势群体的"边缘人"给予同情,引发社会关注,寻求人类"共生",以人道主义精神展望消除隔膜的美好前景。

---

① 许寿裳:《我所认识的鲁迅》,人民文学出版社 1953 年版,第 18 页。
② [美]埃里希·弗罗姆:《为自己的人》,孙依依译,生活·读书·新知三联书店 1988 年版,第 251 页。

第十四章　韩东：知识者与乡村"隔膜"的表现者

韩东作为新生代的代表作家之一，著有《我们的身体》《我的柏拉图》《交叉跑动》《爱情力学》《吉祥的老虎》等小说、诗文集。2003年之后又陆续出版长篇小说《扎根》《你和我》《小城好汉之英特迈往》《知青变形记》《中国情人》等。韩东是带着强烈的反叛意识走上文坛的，1998年5月，他联合朱文等新生代作家发起了一场被称为"断裂"的事件，并主编《断裂丛书》，对现存文学秩序、文学规范发起强烈批评，表现出与主流文学史断裂、拒绝被主导文化同化的决然态度，在文坛产生强烈反响。韩东曾如此概括自己的小说创作："迄今为止，我写了十二个中篇。具体地说，我写了几个无聊的城市青年，两个很猥琐的男人和一个无辜的女人……可见我的人物皆是穷途末路者，身份卑微、精神痛苦。我以为得意的人是特别乏味的。"①

从韩东的文学创作可以看出，他倾向于描写个体生活，并不在意传统文学的宏大叙事。而这种个人化首先是作家的创作立场，主要包含两层含义：第一，从主体创作者来看，作家在写作的过程中对个人化写作的自觉坚守，面对自己，尊重自己，书写自己，这不仅是一种写作行为，同时也是一种伦理态度和价值观念。作家排除外界多种因素对艺术创作的干扰后，坚持个人价值取向，从自我内心出发坚持从事独立的写作。第二，从写作内容来看，个人化的写作是指作家将个人日常生活作为主要的描写对象，将生活琐事详

---

① 韩东：《我的柏拉图》，陕西师范大学出版社2000年版，第1页。

尽刻画，以此彰显作家心理活动和内心感受。从这种"个人化"写作来看，它表面上似乎只是描绘了生命的表象，但实际上作家将人生经历与小说创作进行交织，生活同小说成了不可分割的一体，小说创作穿透了生活的表象而直指作家真实内心与灵魂深处。朱文的小说集《弯腰吃草》曾邀请韩东为自己作序，这里面的一段话其实可以说是韩东对写作与生活态度的真实流露，即把握住自己最真切的痛感，最真实地和最勇敢地面对是唯一的出路。朱文曾这样对韩东说："真实的写作将和你的生活混为一体，直到我们相互交织、相互感应，最后不分彼此。他们把写作看成了成功的一种方式，如果能从其他方面获得更多的成功和回报，放弃写作又有何不可呢？"①

在文学创作中坚持个人化写作的韩东，他并不想成为公共意志的"传声筒"，他的小说中，我们看不到那种对时代社会物质与精神状况的宏观概括——集体经验书写，宏大历史叙事，在韩东看来，这正是这个时代被绝大多数"正统"作家表现"责任感""正义感"的方法，对于韩东而言，他始终独立于文学体制之外，注重对生活细节的详尽描述，对被遮蔽的个人生命轨迹进行真切描摹。他关注的是个人心态与追思。在这种关注中，他更强调对生命的艰涩阻滞感受的体会，着重揭示正日趋物质化的社会角落里普遍存在的种种尴尬，从而引起人们的警觉。关于这一点评论家郜元宝在谈到江苏一些作家的创作时曾特别指出："……像苏童、朱文、韩东等，可以看出他们好像有一个共同点，好像有一种一脉相承的东西，就是他们都很善于发现人性中的那种卑微的东西，那种小聪明，小智慧，小龌龊乃至小无耻，总之是很庸俗的东西。"② 韩东不再把人物性格的塑造放在具有社会普遍意义的典型环境中，不再聚集于关乎国家、民族、社会的人生命运，不再有一波三折的传奇故事，却转而注重个体的或细节的真实。韩东是个个人主义者，他感兴趣的是个体心态的表达，是现代人在灵与肉，传统与现代，本能与道德的夹缝中苦苦挣扎的困境。当个体生命处于无处不在的隔膜中时，韩东让笔下的人选择了漂泊，在这种心态的影响下，韩东创造了"乡村"和"都市"两种独特的文本题材。如果说老舍的《骆驼祥子》通过祥子在都市的遭际，主要

---

① 朱文：《弯腰吃草》，华艺出版社1996年版，第1页。
② 郜元宝：《卑污者说——韩东、朱文与江苏作家群》，《小说评论》2012年第3期。

表现了由于"乡下人"对都市的"隔膜"而造成的命运悲剧,那么韩东的小说则从另一个角度,即城市人或者说知识者由于生存境遇的变迁——由都市下放、下乡到农村以后,由于对农村的"隔膜"而造成的悲剧等。当然韩东的意义还在于他又继续探讨了由于政策的改变,原来下放、下乡的知识者进城以后的境遇:十几二十几年的乡下生活,又使他们对日益现代化的都市生活有了诸多不适,产生了新的"隔膜",精神、心灵永远处在一种漂泊的状态,那么何处是归宿呢?这也许是韩东小说给我们带来的思考。

一 被流放的父辈与农村的"隔膜"

1978年中共中央正式宣布"文化大革命"结束,十年浩劫就此成了历史,政治环境逐渐开明,文学创作也日益呈现出复苏的态势。此后的文学创作趋势便是重新确立人的主体位置,对人的生命意义进行重建。"伤痕文学"作为最早揭示"文革"破坏性灾难的文学,其整体感情基调都是悲伤压抑的,它将叙述主体定义为在"文革"期间遭受过残酷迫害,精神肉体都曾遭遇重创的父辈知识分子、下乡知青,而叙事结构也大多统一表现在政治干预生活的前提下,受迫害者的悲惨境遇。这些作品的基调千篇一律,满是悲伤与苦难,在长时间的渲染下,以至于使人们在潜意识里将"文革"与"苦难"画上了等号。分析研究这类小说的创作者不难发现,他们有一部分是亲身历经了苦难的"归来者"作家群,但也有一部分似乎并未亲身体验过"文革"对人性的扭曲与漠视,二者皆使用相同笔调去描绘这类父辈知识分子在苦难岁月中的磨砺与隐忍,同时展现了狂乱时代下紧张激烈的政治斗争运动。王蒙的《布礼》中,钟亦成遭受厄运之后却仍然相信自己的祖国,对祖国充满感激之情;张贤亮的《灵与肉》《绿化树》《男人的一半是女人》则塑造了一系列受难的知识分子形象,他们经受着肉体与精神上的压抑与折磨,承受着灵与肉的撕扯,"苦难"与"忠诚"是他们性格中的典型特点。而韩东在描述此类题材的作品时,却选取了与"伤痕"文学截然不同的角度。"文革"在他的笔下已经隐去,而只是被处理为一段特殊的时代背景,从前动荡激烈的政治风潮和惨烈血腥的斗争运动都已消失不见,童年记忆中的"下放地"可谓是庇护所的存在,韩东截取农村生活烦琐细碎的日常生活作为主要书写对象，身居于此的父辈表面上已经平和融入周边环境，但内心的暗潮汹涌更能勾勒出他们的彷徨与挣扎。

《扎根》作为韩东的第一部长篇小说，其部分情节正是韩东幼年随父下放经历的真实还原。主人公老陶的原型便是韩东父亲方之，他曾与高晓声、陆文夫等人提出"干预生活"的主张，并准备组织"探求者"文学社，后因此被下放到农村进行劳动改造。而小说中老陶正是一个犯了政治错误并接受劳动改造的作家，他在被改造之前就经常去周边的农村了解当地风土民情以深入生活。而当"文革"轰轰烈烈的开始，为了避免家人遭受更大迫害，老陶主动要求下放到偏远农村，并且从一开始就在心底打定了"扎根"的主意。他让妻子学习医疗知识，去给村民当"赤脚医生"，要求儿子在农村掌握一门一技之长，以便将来在农村生长，并计划使陶家"开枝散叶"、繁衍子嗣。他自己更是以身作则带头实施"扎下万年根"的计划，建起了一座"既可以避免脱离群众，又能起到打万年桩的效果"的泥墙瓦顶的房屋。他专注整饬院子和自留地，在物质资料生产和生活习惯等方面，全面向三余农民看齐，自主学习栽培和种植技术，为三余生产队出谋划策，甚至在父亲陶文江死后也并未将他迁回老家，而是深深埋葬在三余的土地上，老陶用种种的方式身体力行地执行着"扎根"农村的政策。然而当政治风向回暖，"文化大革命"结束后，试图在三余扎根的老陶及全家人又被调回了城里，在农村扎根的愿望终究因为社会政治原因破灭，那座曾经耗费老陶大量精力、物力的房屋在现实中早已破败并被拆除，三余人在原址上建立起丰盈自己生活的皮件加工厂。儿子小陶再也没有回过三余，三余那座老宅如今只在小陶的梦境里出现过。甚至于老陶自己也并未在三余留下什么生活印记，在老陶的追悼会上有数百位来宾，没有一个来自三余这个他扎根过的地方。"于部长的悼词中对老陶率领全家下放的事只字不提。那些辞藻华丽有如骈文的挽幛条幅中三余的生活也不见蛛丝马迹。还有那些追忆和怀念文章，述说了老陶的体面和荣光，但是没提三余。三余，长达六年的扎根生活，就这么轻松被抹掉了"[①]。时代和命运同老陶开了玩笑，在下放和回城的过程中，老陶的生命就此泯灭。

其实老陶内心并不是全然认同"扎根"这个行为的，他的矛盾心态在为

[①] 韩东：《扎根》，花城出版社2010年版，第234页。

儿子谋划未来的时候表现的格外显著。一方面他让儿子掌握一门在农村生活的一技之长，希望让小陶留下来，安心在当地做农民，与乡下女孩结婚生子，甚至认真思考过用自己积攒下来的钱给生产队买一台拖拉机，好让小陶能当个拖拉机手，种种举措只是为了让小陶留在生产队。当他得知小陶的老师兼好朋友知青赵宁生一直向小陶灌输离开三余的思想，便立刻阻止小陶与赵宁生的交往。另一方面他教儿子写作这门手艺是为了能让儿子吃上写作这碗饭，以便将来留在省城。当生产队长想让女儿嫁给小陶，老陶不为所动，虽然他很想让陶家扎根于此开枝散叶，但是内心还是渴望离开三余的。面对自己在政治压力下选择的"扎根"举措，老陶是十分矛盾和无奈的。这种矛盾的心理甚至穿插于老陶的文学创作中。他始终坚持"政治干预生活"的写作原则，坚持用概念化的方针与现实紧密结合，行文中对自己的真实情感进行压抑。可是人并非机器，需要将情感进行宣泄，于是压抑已久的老陶会在情感失控后，全然将政治原则抛在脑后，在创作中表现真实的自我。老陶的大部分小说都反映出了这种矛盾复杂的创作心理，那个时期知识分子的精神压抑和折磨可见一斑。

如果说老陶一家是主动下放的话，《扎根》中还有另外一类下放人员。被押送回乡的富农余耕玉一家无论是政治地位还是经济条件都远远不如老陶一家，但是唯有余耕玉一家实现了真正的扎根，因为他的精神实质就是生活在三余的农民。长期的城市生活形成的知识文化方面使老陶在看待问题思考生活方面比周围农民要深刻有见解的多，但是正因为如此，陶家人并未如老陶所愿扎根农村，从生活经历来看，他们更像是在三余进行了一次政治旅行。老陶潜意识要在三余扎下"万年柱"，可是经济及文化上的优势使老陶在最基本的生活习惯上都与三余农民全然不同，这潜在意识的隔膜感注定了老陶的梦想终将要破灭的。韩东笔下的主人公与现实产生疏离，成为乡村世界的"另类"，但政治现状又不可能让他逃离，下放乡村世界中的父辈知识分子最终与现实产生了不可调和的矛盾，人物命运形成了对"扎根"的鲜明嘲讽以及对荒谬生活的无情批判。

在另一篇有关"文革"的长篇小说《知青变形记》中，韩东讲述了一个更为荒诞的故事。文中的下乡知青因为一个玩笑遭受身份危机，从此过着压抑而隐匿的生活。知青的父亲是在"文革"开始便被打倒，被迫去五七干校学习改造的"走资本主义道路的当权派"，属于当时典型的下放知识分子。当他改造归来，和大儿子罗胜一起去看望小儿子时，得知儿子因被打上"破坏春耕"的罪名而畏罪自杀。当他随着大儿子一起去给小儿子上坟时并未表现出过多悲哀甚至没有一丝质疑，受过高等知识教育的父亲理所应当有独立的思考和准确的判断，了解自己的儿子并不可能如他们所说的，奸污生产队耕牛，但是在"文革"这样一个特殊的时代，他一个被下放改造的干部又怎能对官方进行质疑和反抗，只好不断说着谢谢，并接受这个荒诞的理由。文中对罗晓飞父亲的描写并不多，但是却深刻表现出"文化大革命"时期知识分子的卑微、懦弱和挣扎，更体现了那个时代无以名状的悲哀和愚昧。

《扎根》中的老陶，《富农翻身记》中的老冯，《描红练习》中的李建宁，《田园》中的建白，都可以看作是同一类型的"父亲"，这些人在"文化大革命"遭受批判，被下放到偏远的农村接受改造。"文化大革命"后，他们复出文坛，创作的作品流露出沉重的回忆和感伤情绪，同时也具有强烈的自我审视意味，他们呼唤自由，但由于在"文化大革命"中遭受到长期的心理压抑和精神摧残，使得他们在面对"文化大革命"结束后的崭新社会，显得无所适从，他们的心灵似乎还在昔日的阴影中而没有走向新的现实。韩东以下放农村改造为背景，塑造出的这一批被流放的父辈知识分子，深刻审视了他们精神思想中的历史局限和困惑，更揭露了时代的黑暗与荒谬。

二 下乡知青对农村的"隔膜"

"文化大革命"时期知识青年上山下乡是一场涉及数百万青年的政治悲剧。这场运动的后果就是一代青年人牺牲了青春和前途，这群人的悲剧命运可以被看作是时代悲剧的缩影。尽管大部分人都知道这场上山下乡运动是一场政治闹剧，但是不少亲身经历的知青作家仍创作了一批作品缅怀自己在动荡时代中消逝的青春岁月。这些作品在基调上充满了强烈的浪漫主义色彩，在人物形象上塑造了一批振臂激情高呼"彻底批判"和"坚决打倒"的青年男女，他们对自身经历加以理想化，撰写了一段青春无悔的颂歌。当他们以自我的视角去书写"文化大革命"时，并不能真正反思"文革"造成的悲剧。韩东在塑造"文化大革命"岁月中的知青男女时,并未对激情青春蹉跎岁月进行缅怀,而是直言了那个荒谬时代下人性的扭曲和命运的无常。尤论是《扎根》中的赵宁生,《知青变形记》中的罗晓飞,还是《小城好汉之英特迈往》中的任杆子等人,他都坚持以冷静客观的笔调去还原知青生活的真实面貌。在解构了以往知青自我刻画的光辉理想形象后,韩东将笔下的知青塑造成为一种懦弱胆小、在政治高压下扭曲自我个性与灵魂的异化形象者,无疑给我们研究"文化大革命"题材小说时提供了不一样的思路。

长篇小说《知青变形记》的主人公罗晓飞为了争取回城积极表现,主动要求饲养生产队唯一的耕牛。谁知耕牛因病趴窝,竟将他卷入一个充满谎言和报复的政治旋涡。他被村民和知青大许污蔑为奸牛犯,以"破坏春耕生产"的名义被定罪,并有可能被判处死刑。与此同时,村里一户人家发生了命案,哥哥失手打死了弟弟,为了不使有限的劳动力减少,为了使悲剧后的悲剧不再发生,罗晓飞与那个死者被福爷和队长等当地村民调包顶替,前者全面接受了后者的妻儿和社会关系,并以死者的姓名和身份继续生活。在返城大潮中,罗晓飞也曾想过恢复自我身份,但以失败告终,最终接受了命运安排,完成了在农村中"扎根"的政治使命。

罗晓飞从丧失理性、失去自由到身心变异经历了三次蜕变历程。第一次蜕变是在"奸牛"事件后,邵娜出面辩解,她为了同伴忍受侮辱,承认自己与罗的恋爱关系,罗在污蔑面前却只会默默地避让与接受;第二次蜕变发生在村民抢走罗后,他不得已做了死者的替身;最后邵娜帮助罗晓飞联系了回城招工单位,为了证明自己是知青罗晓飞,他供出了村民哥哥杀死弟弟的事,哥哥为好被公安局抓走,村民要他把范家六口都带走,在村民的软硬兼施下,他不得已接受村民的要求,再次来到公安局,承认自己不是知青罗晓飞,而是农民范为国,完成了他的第三次变异,最后他在自己的坟前三鞠躬,这样他完全掐掉了自己的历史,埋葬了自己的青春,这是对自己的告别与身份纠缠的解脱。因"文革"这样一个特殊的时代背景,作为知青的罗晓飞接受了"知识无用论",在身份发生异化的过程中,他虽然也不断反抗挣扎,但始终是无力和有限的。当政治压力和权威话语向他倾倒而来,他还是会选择躲回到"农民"身份的保护下。而知青的异化首先就表现在人际交往间充满了虚伪。知青为了早日回城而积极表现，在干活中只喝稀粥少喝水，争取少上厕所，积极争取表现机会去饲养耕牛。其次是信任的丧失，为了摆脱罪名不惜诬陷同伴，一个虚假的玩笑使一名知青背负死罪。再次是人与人之间的残酷无情，王助理当众羞辱邵娜，要她表演"交配"，在特殊的时代背景下，人与人的关系发生了扭曲变异，人性尊严遭到极大践踏。在小说中，韩东将我们带回到那个荒谬的时代，让我们直面民族伤痕与人性异化，罗晓飞的自我分裂成了一个竭力控制自己命运的主体和被别人操纵的客体，罗变成农民范为国的过程，也是他由人变为非人，知青变为非知青的过程，是放弃个人自我，屈服政治高压蜕变的过程。如果说卡夫卡《变形记》表现的是高度发达的资本主义文明重压下现代人扭曲异化的残酷过程，那么韩东的《知青变形记》则是在人与历史的关系中，深入反思了知青自身。实际上，罗的异化除了历史的原因之外，也有知青同类的相互倾轧，他们正是这一悲剧事件的参与者与制造者，作家直面历史与苦难的生命，荒诞与暴力时代政治高压下，人类的生存困境暴露无遗。

《西天上》中的赵启明没有丝毫"扎根"农村的信念，为了避免和当地的农村姑娘结婚从而断了自己回城的后路，选择与知青顾凡谈恋爱；后来，被抽调到小学当老师，基本上与村民们断绝联系，轻易不走出校园；因为想念城市里的生活，他不惜降低身份与下放干部家的小孩交朋友，只为感受一下失去已久的城市生活方式；最后，他实在难以忍受农村的生活，不得不装病回城里。《扎根》中的赵宁生则更为极端，他出门总是骑着自行车，不允许自己的脚上沾上三余的泥土。《知青变形记》中的知青们在刚下放到村子上就明白了一个道理：离开就是为了回去，互相监督、防备着，每个人都在积极争取机会、好好表现，以期早点回到城里。《母狗》中的小范，她到农村后不久，便一直默默地接受贫下中农的再教育，回答村里人提出的一个个充满恶意的问题，被愚弄、被嘲笑是她在农村的处境，对于村里人谣传她和小学校长通奸，她只有忍气吞声，终于在舆论的重压下喝药自杀。《恐怖的老乡》中则写出了一个虚伪的、贪生怕死的知青。韩东笔下的知青无疑都是懦弱、胆小的形象。他们在政治地位上处于劣势，除了听从上级的安排，日复一日地参加生产劳动，奉献自己的大好青春之外别无其他，他们都在被动地生活着。

韩东的创作不仅颠覆了很多作家塑造的努力奋斗吃苦耐劳的知青形象，而且还对很多知青回城后感到生活不尽如人意而怀恋下放生活的思想给予了反讽。20世纪80年代，一些知青作家创作了描写回城和知青返乡寻旧地的作品，都表现出对阔别已久的农村基层生活的恋恋不舍和深情怀恋的感情。韩东的《下放地》改变了以往作家们对于知青重回插队第二故乡所见所闻的真实感受。小说的描述中，曾经下放到三余农村的卫民，在县城中待烦腻之后，突然想带着自己的女友小蒙回到阔别已久的三余村去看看。但是真正回到故地之后，卫民才发现三余的一切都不是他以前所记忆的那样，三余村的村民们根本就不记得谁是卫民，卫民回乡想要寻找的记忆早已荡然无存。

无论是罗晓飞还是卫民，这群来自城市无法回归城市文明的知青，他们的心理预设与现实境遇出现了极大偏差。当他们面临生活的分岔口，对周围的环境由熟悉到陌生而逐渐感到焦虑，他们或者再次回到农村，或者在现代的生活中举步维艰，家乡已不再具有原有模样。韩东在《西天上》中对于知青人生悲剧有这样的告白："他们不走向未来，仅仅成为过去。"① 这群将文明带入乡村，却又无法回到现代文明的知青，社会急速转型对他们的生活产生断层之后，却又没为他们展开新生活。韩东对这群被现代社会所淘汰的人们，并没有找到更好的出路，所表露的更多的是无法走向现代生活的焦虑感。

三　随父母下乡的少年对农村的"隔膜"

对于20世纪六七十年代那段特殊历史，韩东有自己的理解。从八岁随父母下放农村，到十七岁考上大学离乡返城，韩东在农村渡过了九年时光，他自己也承认那段经历对他而言是一种恩赐。当时年纪尚小的韩东对于自己和家人共同融入农村的漫长过程有深刻记忆。他的许多作品中都细致刻画了下放干部家的少年形象，这些在下放生活过程中成长起来的少年都有着韩东自身的影子。他们的成长过程缺乏社会道德和集体信仰的指引，排斥主流精神，注重个人生活体验，他们带着"文革"的记忆成长起来，却没有崇高的理想抱负，也并不叛逆乖张，而是平淡的生活在生活中，仿佛"文革"并非导致

---

① 韩东：《西天》，人民出版社2007年版，第175页。

第十四章 韩东：知识者与乡村"隔膜"的表现者

他们从城市下放到乡村的罪魁祸首。他们在农村这个封闭的环境内，努力适应外来者身份，并不断为融入当地生活圈而做出努力。但是即使是天真无邪的孩子，仍要不断承受当地人审视的目光。

《要饭的和做客的》中小成是随父母下放的孩子，因身份的特殊性很受老师小林喜欢。小林和她的同伴同样来自城市，在日常生活中对小成很是照顾。这就引起了乡村少年建勤的不满，他时常对老师恶作剧，并嫉妒小成。为了早日融入集体获得集体认同，小成不得不随着建勤一起，公然辱骂老师。少年们始终与历史保持距离，在日常生活中玩着属于自己的无聊游戏。《掘地三尺》的故事发生在"深挖洞、广积粮"的时代，童年时期的"我"寂寞无聊，只能每天数砖头玩。而深挖洞使得"我"的童年丰富多彩。孩子们模仿电影《地道战》在地洞里嬉戏打闹，丝毫没有体会到到处是洞给生活带来的不便，沉重严肃的政治任务就这样被消解。这群少年在他们的世界里不受任何束缚，只需取悦自我。然而韩东在讲述他们的成长故事时，又强调人物命运的悲剧性与宿命感，为他们蒙上了一层荒诞的外衣。

韩东的长篇小说《小城好汉之英特迈往》讲述了在贫瘠的县城里，三个从小梦想成为英雄的少年，一个死于非命，另一个潦倒一生，还有一个功成名就的故事。这三人的故事仿佛时代的缩影。三人性格不同，遭遇不同，却在同一段时间里结下深厚的友谊。韩东在讲述他们的成长历程是付诸日常生活的。从小英勇善斗的朱红军，极有自我原则，绝不欺负弱小同学。生性懦弱的丁小海，家庭贫苦，为了温饱日夜奔波。"我"怀揣成为艺术家的梦，每日无所事事。他们生于城市，长于乡村，流于县城，他们是小城里的好汉。尽管他们处于特殊的时代中，政治环境严峻，生存条件苛刻，他们的少年生活仍充满乐趣，例如对大街吐痰、四处撒尿、"哎呀来"等游戏都是他们在日常生活中自创的。少年们自由自在的成长，但是韩东对他们宿命安排具有偶然性。当初因为当兵而在大家眼里成为英雄的朱红军，莫名其妙成了犯罪团伙的头目，最后糊里糊涂丢掉性命。生活拮据的丁小海辛苦创业，发迹之后染上赌瘾最终又回归贫困。而"我"自小梦想成为一个作家，后因画作暴富，物质生活极大丰富。书中的三名"好汉"实际上都投入世俗生活的大潮而碌碌无为，甚至连自我性命都无法保存。这群成长后的少年生活在一个混乱特殊的时代，他们始终无法感受到生命存在的价值，只有无聊和空虚。

韩东对这群少年生命历程的刻画正是对自我生存经验的审视，而他们的遭遇讲述了这个世界充满了不确定性，人们被荒诞世界所挤压，失去自我和个性，最终只能落入失败。

四　知识者回城后对都市的"隔膜"

20世纪90年代由于城市经济飞速发展，社会结构、文化风格发生重大转型，而身处其中的韩东重新打量着这个发生巨大变化的城市环境，他笔下的都市完全不同于乡村，他以独特的视角从都市生活的日常细节着眼，选取生命个体的生存经验，打量身处都市环境中个体的情感关系，并在抽象的都市景观中塑造出一群"生活在生活之外"的"漂泊者"，他们被命运所挤压，在生活中充满失意，宿命的悲剧早已注定，被抛弃或者出走是他们不可抗拒的命运。韩东所塑造的这类人物形象，体现出他对现实生存困境以及人的存在危机的深切关注。

（一）无家可归的"漂泊"

当代主流作家在描写都市景象时，总是将重点放置在城市的灯红酒绿和声色电光，城市整体呈现着令人眼花缭乱的繁华景象。而韩东完全颠覆了主流作家笔下的当代城市生活。纵观韩东笔下的城市描写，无论细节还是整体景观都是指向南京。作为江苏作家群中的一员，他更愿意对自小生活的城市景观进行建构，"韩东并不刻意描写南京的标志性生活，他的小说不是招揽性的，看不到苏童式的田园风光和旧时宅院或叶兆言笔下的京陵余韵，只是平庸的城市同样平庸的日常生活……"① 南京在韩东的笔下是灰暗且令人窒息的，他揭开城市的一角，打破主流文化遮蔽的光环，穿透生活的表层去透视城市生活的真相——昏暗且凋敝。《三人行》中的夫子庙只是一个融合了不同时期仿古建筑的破败拥挤的地方："车铃声响成一片，把他们挤上鳞次栉比的屋檐下的人行道。一半节日一半日常装束看上去似是而非的人群又把他们隔

---

① 郜元宝：《卑污者说——韩东、朱文与江苏作家群》，《小说评论》2012年第3期。

开了。电线本身也交织松弛，而且凌乱，让人失望。"① 而在《此呆已死》中，曾经幽静清雅的鸡鸣寺变成一个人群聚集流走的集散地，当一个精神病流浪者突然横尸街头，围观群众对尸体漠不关心，关注点只是四处乱飞的苍蝇："由于苍蝇的介入人们注意到他的异样。老太婆十分惊诧厕所里的苍蝇竟没有往日多，原来都被那个要饭花子吸引走了。由于职业原因她早已把那些可爱的苍蝇据为己有，现在眼睁睁地看见它们离自己而去不禁妒火中烧。她要把那人赶走，以便赢得她的那些苍蝇，于是向前走了几步向那人大声吆喝。"死者横卧街头，仿佛路边酣睡的流浪者，游人如织穿梭一旁，如此诡异的镜头在韩东笔下竟是美感十足："人们被满树的樱花所吸引，只有苍蝇们激动万分，在呆子的身上排列出了百思不得其解的图案。"②

因商品经济的飞速发展，消费主义日渐成熟，精神文化的空悬使得城市里产生了一批被生活挤压的小知识分子，他们的身份可以是诗人，可以是大学教授，可以是记者，但最重要的他们是一群在城市中无所归依的"漂泊者"。知识分子身份的日益边缘化使得他们妄图对社会发起反抗，但是现实的沉重使得他们只能采取"漂泊"这样消极的方式去应对。"漂泊"是韩东对这一族类反抗方式的真实概括。当外界因素过于强大，只能选择不参与不合作的消极方式表明自身立场。刘松、东平、小夏三人在城市周边游走，毫无目的，渴望环境为"他们带来新鲜有益的刺激？哪一年能不出点出人意料的事儿？"当长时间的游荡失去了目的地后，只剩下无聊与疲惫。"如果有一万人为寂静作证，寂静就变成一场喧闹了。在 N 市，今年的除夕，散布在大街小巷的行人何止一万？东平知道他们并非是来体会静谧的，而正是他们使死寂的星球上最平常的静谧成了一个神话。他们逐年吞噬着那一时刻。东平对那一时刻的体验从战争过后的核冬天逐渐向一个夜深人静的大厕所过渡。"③因为他们不愿对命运妥协，不愿用口号与谎言遮蔽自我，在失去了对主流社会的信任后，选择让灵魂无止境的出走成为他们体现真实自我的唯一方式。

作为"漂泊者"，首先必须是受过教育的知识分子。知识文化体系促使他

---

① 韩东：《美元硬过人民币》，上海人民出版社 2006 年版，第 233 页。
② 韩东：《此呆已死》，上海人民出版社 2009 年版，第 245 页。
③ 韩东：《美元硬过人民币》，上海人民出版社 2006 年版，第 304 页。

们可以对自我生存状态和社会现实进行思考，知识成为他们反抗社会的武器。而"漂泊者"也必须具备作为人最基本的生存的权利，他们必须保证自己能获得在社会生存的基本物质资料，而市场经济体制的成熟以及职业身份使之成为现实。韩东自身及其笔下的人物，正是这样一种体制外的边缘人物，他们多有着诗人、小说家、画家等文化人的身份，没有固定的职业，游离于权力中心之外，有老卜、王智、马费、马宁、刘松、东平、小夏，有陈国栋、李明智，以及一系列第一人称"我"。虽然塑造了一批知识分子，但韩东说他特别不喜欢知识分子这个概念，认为强调这个概念的人认为他们自己有知识、高人一等。韩东在访谈中不止一次对部分文人言谈举止间散发的优越感表示反感。他认为这些文人身上悬挂的光环并非是自身努力与智慧的象征。他对这种读书人极尽嘲弄，用他妙笔生花的文字把这些讨人厌的嘴脸生动的呈现给我们，除了《革命者穷人和外国女郎》中英雄般的吕东和被人唾骂的闻山，还有《前湖饭局》里毫无原则随声附和的一群文人。韩东总是在文字间流露出对把控文坛势力当权者的不满，也总对真正热衷探索文学本质的作家心存同情。

闻山在入狱前风光无限，各大报纸杂志社争相约稿，可谓是一呼百应，就连闻山身边的朋友也沾了他的光，偶尔有一两篇文章见报。可是在闻山入狱后，地位和名誉同以前形成鲜明反差，从以前的文坛"明星"到如今成为人们避而不谈的"公害"，是文坛势力捧起了闻山，也是这样的文化氛围毁了他。

闻山是个自大又霸道的人，他从不在意身边朋友的感受，从不征求他人同意就安排下种种任务。他强制性地为人发表文章，如果朋友忤逆闻山的意愿，就会使周围一众编辑统统遭殃，于是朋友只得在"半推半就"间附和闻山的安排，发表了文章。其实周围的编辑早已对闻山心生怨念，但是碍于闻山名气所在只得敷衍行事。

文中的"我"即是故事的讲述人，又是闻山事件的参与者。在闻山名声正劲之时，他不愿附和闻山，但是又不得不依靠闻山的关系保证自己的稿件能被杂志社录用。闻山出狱归来，我又并不真心地接纳闻山，对于闻山和外国女孩莉莉的一出出闹剧，我始终是冷眼旁观的。而我在与闻山的交谈间才发现，之前与闻山因为相同原因入狱的吕军，不知何故却成为众人眼中的英雄。韩东在此时点出，真相的是非黑白早已被文人们所颠倒，如今的文坛是软弱的。韩东借用闻山的形象，指出当下文坛中部分文人道貌岸然的一面。他们一方面对名利不屑一顾，以知识分子标榜自我；一方面又对利益狂热追逐，金钱、女人、地位都不能少，他们看似清高，实则卑鄙龌龊，他们自诩为"文化人"，以"文化"的名义标榜自己，游走于各种饭局之中。但是这样一种"文化行为"最终却被饭局的各种喧嚣和错综复杂的关系所淹没，"文化"也就由此变质。

其次，"漂泊者"都是受到社会排斥打击的个体。韩东曾跳出体制，对传统文学秩序进行反抗，而他笔下的"漂泊者"正是体现了他的精神实质，游离于主流社会之外。深究这种松散的关系，正是因为在长久的现实生活中对社会的不信任造成的，他们拒绝主流社会，也被主流社会所拒绝，《去年夏天》中的"我"因为没有单位，在进入某机关探访朋友时遭到门卫的盘查和拒绝，后又因和门卫争吵被扣下自行车。这所有的一切都因为"我"拒绝了社会，"我"没有单位，所以社会把我排斥在外也就理所当然了，难怪那个老门卫如此理直气壮。尽管我大声抗议："我来找人凭什么不让我进？""我的确没有单位，没有单位就不能找人了吗？"① 也丝毫没有作用。这里的门卫成了拒绝"漂泊者"的社会力量的象征。其实，两者之间矛盾的焦点是"单位"，在崇尚体制的社会里，没有单位意味着在体制之外，是体制化的异类，被社会排斥就是理所当然的。而在《三人行》中"漂泊者"以蒙混的方式进入金陵大学，"金陵大学张灯结彩的大门前，保卫科的七八个小伙子们正等待着，他们手持电棒和绳索，在寒冷中激动得浑身发抖。他们将在自称杨东平、刘松、夏龙的三个身份不明的人身上搜出三把手枪。虽说是毫无杀伤力的玩具仿真枪，但足以借此邀功请赏的了"②。在这里的门卫、保卫科的人员成了拒绝"漂泊者"的社会权力、力量的象征。

再次，在理想破灭后，身体处于无目的漂泊状态是"漂泊者"最显著特征。长篇小说《小城好汉之英特迈往》中，成年后的游走者多次进行着没有

---

① 韩东：《此呆已死》，上海人民出版社2009年版，第201页。
② 韩东：《美元硬过人民币》，上海人民出版社2006年版，第350页。

目的、没有意义的闲逛。他们缺乏情绪,也甚少表露出自己的性格特点,他们只需要把自己的身体走动起来,在没有方向、没有结果的行动中证明自身的存在感,"我经常会坐在丁小海的摩托后面,他带着我在南京城里闲逛。也没有明确的目的,走到哪儿算哪儿。比如有一次,摩托车已经发动了,但我们不知道要去哪里。还有一次,丁小海骑摩托到我家楼下。我下来后,他对我说:'我们去中山陵逛逛吧。'我以为他有话要说,就上了车。当时天色将晚,我们一路无话。等骑到了地方,游人已经走光了。中山陵的规模看上去比白天要小得多,并且静谧异常,环绕四周的山林黑沉沉的。我们坐在台阶上,分别抽了一支烟。除了随口的闲聊,丁小海并没有什么重要的话要说。就像我们大老远地跑到这里来就是为了抽一根烟似的。也的确是这样。抽完烟,丁小海就对我说:'我们回去吧'"①。在这里,我们看不到他们的内心,也捉摸不到他们的个性。他们和这个世界若即若离,内心只能通过"逛"这一行动呈现出来。也就是说,"漂泊者"主体灵魂缺失,成为这个时代一种精神缺乏的症候群体。个体形象存在平面化特征,躯体缺失激情,只衍生出无聊感,只有以不断奔走的行动才能证明自身的存在。在这里,带有"个人经验方式"的"漂泊者",褪去了以往主流意识形态附加之上的象征性外衣,裸露成为一种带有"呈现"功能的行动符号。漂泊概念的架设,成为韩东脱离公众经验和集体意识形态的一次努力。作为最能体现韩东个人化特征的"漂泊者",话语特征是对任何事物排斥且否定的。事实上正是韩东无信仰主义造就了这一切。出生于60年代的韩东,从不信仰任何精英和权威,他所认同的是无拘无束的自由和个体的独立性。也正是因为这样,在脱离了主流社会之后,韩东发现个体生存权利不断地被公共领域所侵蚀,他想反抗却又没有有力武器,不想同流合污却又无可奈何,在四面碰壁后,只能放任笔下人物的自我出走。"漂泊者"是社会的反叛者,他们再被主流社会排挤后,精神始终处于空悬状态,显得无所适从却又空虚乏味。当"漂泊者"摆脱了束缚自己的一切因素后,却发现在现实生活中无所依靠,成了尴尬的多余人,这并不是个体的真正独立和自由。

---

① 韩东:《小城好汉之英特迈往》,上海世纪出版社2008年版,第294—295页。

（二）无处不在的"隔膜"

"在社会生活中，由于出身、地位、职业，特别是教育背景、所处境遇不同，人们之间有一定的距离或者隔阂是正常的。但是这种距离或者隔阂超过了一定的限度而成为隔膜时，就发展成了一种精神疾患，它不仅影响了人们之间关心互爱的情感交流，更为严重的是，它表现为一种无意识的冷酷或残忍。"① 对这种"隔膜"现象地批评审视是中国现当代文学的一个普遍创作内容。在韩东的小说里，无处不在的隔膜感是他重点表现的内容，他谈到自己的创作时曾说："与其说我关注的是存在问题，还不如说我关注的是情感。爱情，男女之情，人与人之间以及人与动物间的感情是我写作的动因，也是我基本的主题。有时，生存的情感被抽象为关系。对于关系的梳理和编织是我特殊的兴趣所在。"② 正是因为人际关系间的微妙复杂与隐秘，才造成无处不在的隔膜感。韩东小说中突出的特点是主人公因人与人之间交往的错位和沟通的断裂，使得生存处境和生命感觉上产生不可名状的隔膜，而出现了个体性的漂泊。

《交叉跑动》讲述李红兵和毛洁之间交往的冲突与纠缠。李红兵入狱前是一个堕落的花花公子，出狱后遇到毛洁，便倾心于她，然而毛洁与他的交流仅限于身体，她对肉欲沉迷，始终拒绝灵魂的交流。终于有一天，李红兵发现造成自己与毛洁产生隔膜的原因竟是毛洁死去的前男友。双方无法达成一致，并感到彼此之间生命交流的障碍，在这种情况下，"他决定离开此地，失踪是他最后的选择。他没有告诉他要到哪里去，何时回来，没有一个多余的字，一句伤感的话，没有提到毛洁。他什么都没有说，除了离开和已经离开这个事实，这正是李红兵的聪明之处"。③

李红兵因他和毛洁之间关系的隔膜选择主动离开。离开带来方向、时间、目的等各个方面的不确定性，使这一动作充斥着各种可能性的暧昧。走向未知走向暧昧成为"漂泊者"重获生命活力的唯一方式。韩东的短篇小说《美

---

① 郭运恒：《论巴金小说〈寒夜〉中的隔膜主题》，《河南师范大学学报》（哲学社会科学版）2014年第3期。
② 韩东：《我的柏拉图》，陕西师范大学出版社2000年版，第1页。
③ 韩东：《美元硬过人民币》，上海人民出版社2006年版，第233页。

元硬过人民币》《火车站》《同窗共读》《和马农一起旅行》描述的形形色色的人群中,我们看到的是无处不在的隔膜。《前湖饭局》里,我和朋友于常军一起赴宴,在座的除了"我"本人之外全部都是松洲老乡,"看来这里就我一个外乡人。尽管有于常军坐在我的身边,和我说话,我还是感到隔膜和孤单。一隔膜和孤单我就喜欢内省,一内省我就把事情绝对化了"①。这些隔膜意味着对秩序生活的格格不入以及厌倦,人与人之间的情感备受压抑,挫折无处不在,沟通处于错位的状态中,欲望四处弥漫,人性走入自我怀疑的狭隘中。但遗憾的是,韩东的小说中我们始终看不到针对这些困境所采取的有效行动措施,主人公无一例外选择了无力的漂泊,使一切处于开放性的可能中,成为没有结局、无意义的漂泊状态。

《障碍》是韩东对此关系阐释的示例性文本。小说表面上写了三个男人与一个女人之间的暧昧情爱关系,实质上是铺设了人与人之间的多重障碍。王玉曾和朱浩站在大街上接吻,和"我"情投意合发生关系,同时东海也对她虎视眈眈充满欲求。王玉成为三个男人之间的障碍,同时他们和王玉之间的情感也因为另外两个人的存在而产生了隔膜感。

友情和爱情的冲突无时无刻不萦绕在他们心头,成为一种挥之不去的隔膜。"比如我和王玉,可能就是这样的。我们都能体会到那由于朱浩的存在所产生的公开的难堪和隐秘的快乐。在我看来,她是我朋友的女人。在王玉看来,我是她男人的兄弟。我和王玉,真是下流的一对,或者说:我们在一起体会着下流。从机会上说,也许还是千载难逢的呢。"② 他们只能凭借身体随波逐流来寻觅肉欲带来的片刻精神安宁,以游戏的姿态去对抗不可逃避的难堪。"我和王玉的日子基本上是黑白颠倒的,或者不分。台灯或蜡烛不分昼夜地亮着。我们饿了就吃,恢复过来就干,困了当然就睡觉。我的闹钟停了,手表不翼而飞,日历也很久没有翻动过了。我们没有或取消了时间。洞穴幽暗,世纪漫长,没有人来提醒我们。"他们的放纵和所谓的自由只不过在形式上具有迷惑性,实质上仍然是一种无处可逃的悲剧存在。于是小说写到最后,"我"把王玉送往码头,"两个人,我把另一个送到江边去。我在想把她送走

---

① 韩东:《明亮的疤痕》,华艺出版社2005年版,第228页。
② 韩东:《美元硬过人民币》,上海人民出版社2006年版,第275页。

以后的回程就已经非常接近纯粹了。我把她送走,把她扔下,那唯一妨碍我的东西"。这样的方式在表面上解决了三个男人之间的冲突和隔膜,却仍然将自己置身于一种不明确、不稳定的状态中。

(三) 两性关系的"隔膜"

在韩东书写都市的过程中,给我们留下深刻印象的是在时代更替的过程中,他对金钱、权力、性的热衷及描写,从侧面揭示了现代都市中人们情感缺失的真相。在 20 世纪 80 年代,人们的情感和金钱意识有了初步的觉醒,从而对欲望进一步挖掘,到了 90 年代这种想法真正的膨胀起来并促进都市化进程。在这个社会转型时代,人们不再怀揣崇高、对理想向往,不再执着于追求生命终极意义,而是怀疑和否定一切。人们不再相信天长地久的爱情,在乎的只有瞬间、短暂,生命的意义也被掏空,虚无摆在都市人的面前,在欲望无法释放的时刻,人们经历着灵魂的撕扯,陷入精神的困境。

在韩东"都市题材"的小说中,大量作品探讨当下人的性爱哲学,他不厌其烦地对现代都市人的"性"心理加以引导,为了揭示现代人生存处境,林舟曾说:"这种凸显并审视心理过程的叙述结构,实际上是服从了韩东的性话语叙事的理性倾向,它超越了道德层面而进入对生命个体存在的勘探。"[①]韩东始终在探索性爱主体在追寻性爱的途中产生异变的过程。当性爱缺失时,主体的生命状态处于空洞无聊中,而出于本能的性爱得到了满足时,主体仍不可避难陷入虚无。《障碍》中,"我"一边在他人身体中获取性爱的和谐,一边又不断拷问自我,"性"带来的是心灵深处的下流与猥琐,自身灵魂处于不断焦虑与拉扯中。《我的柏拉图》中,大学教授王舒沉溺于对学生费嘉美好的爱情想象中,可是当所有的幻想被费嘉亲手打碎,"她这样写道:'您只是我的老师!'既无落款,也不见他的名字。但他知道这是写给他的,那个'您'显然就是指王舒了,而那个写字条的人当然就是费嘉。她给他的全部信息就是这行暧昧不清的小字。一切都出于迫不得已,她不想在他面前现身,也完全没有表现的欲望。"[②] 王舒在费嘉事件后精神遭受到巨创,甚至演化成

---

① 林舟:《在绝望中期待——论韩东小说的性爱叙事》,《当代作家评论》2000 年第 6 期。
② 韩东:《我的柏拉图》,陕西师范大学出版社 2000 年版,第 155 页。

肉体上的折磨，之后的他很少出行，即使出行也不过任凭交通工具载着他进行无目的的游荡，学校对于他来说已经是一种压抑性的存在，每周两次在学校举办的政治活动和学习交流会也使他越来越感到窒息，只有目不斜视，放空大脑，处于半失明的状态，他才能感到些许的安全。当对人际交往的恐惧愈演愈烈后，王舒终于决定将情感悉数收回，转而使情欲投注在费嘉同学钟建珊的年轻肉体上，"他不再相信爱情，认为人与人之间只存在片刻的温暖"。在故事的最后，他在钟建珊的逼问下，说出言不由衷的话："你是知道的，我是一个不相信爱情的人。"性爱行为使个人陷入无可控制的焦虑状态，试图摆脱这种心理状态的个体，最终演变为自我分裂。性爱关系中的"漂泊者"内心经受了巨大的自我碰撞与冲击，这种过程正是生命个体内心发生的争斗。

《我和你》中，"我"是一名中年男子，在一次与朋友的聚会中认识了女友苗苗，二人在确认恋爱关系后开始了一段相当甜蜜的恋爱时光，随着情感的加深，"我"逐渐感到苗苗并非如"我"爱她般那样爱着"我"，在得知苗苗去寻找前男友李彬并坦承还在爱着他时，"我"试图与苗苗结束恋爱关系，俩人在一周后和好，然而前男友李彬如同一道挥之不去的阴影，争吵始终不断，俩人最终在一次剧烈的争吵后分手。随后，"我"陷入了对爱情真谛的思考并最终下定决心从此不再相信爱情，转头投向肉欲的怀抱。爱情之路被人为封闭，性与爱，灵与肉分离成两个特殊的个体，爱情原属意义被彻底放弃，存在于"我"内心深处的只有性。韩东在性爱叙述中坚持发出两种声音，身体的言语不断诉述性的欲求，内心的言语则是主人公在性爱得到满足后对自我的审视，这种过程表现的正是两种自我的碰撞与冲突，在这样激烈的冲突下，人的内心世界发生分崩离析，爱的价值始终得不到实现，人陷入无所依凭的焦虑和孤独，不断挣扎却又危机不断。

韩东在自我的写作中呈现出一种与传统完全不同的游离状态，这种反叛精神及创造性的写作在他的小说中体现得淋漓尽致。这种写作立场与韩东这一代人（60年代作家）的历史文化背景息息相关。"文革"的灾难在他们童年的历史上不无模糊的痛苦印记，长大的过程适值一切传统价值观念重新接受实践的检验，理想的幻灭、青春的茫然与处于社会转型期的无所适从感增强了他们对政治的厌弃和对于生活的怀疑。走上社会后，市场经济文化下滋生的无数欲望使他们感到无奈、沮丧和痛苦。一代人终于在精神的幻灭中成熟。正如韩东在一首诗中表达的那样："/热情的时代过去了，毁灭/被形容成最不恰当的愚蠢/成熟的人需要平安的生活/完美的肉体升空、远去/而卑微的灵魂匍匐在地面上/在水泥的跑道上规则地盛开。"在幻灭的阴影下，他们对一切秩序的东西本能地充满反感并决意反抗，甚至于采取激进的行动（如"断裂"事件），但时代并没有给他们以足够的力量和机遇来感受和创造与这个时代相符合的精神操守和人格风范，隔膜感无时无刻不在他们的心头萦绕，在失去明确目标的情况下，他们只能任凭身体随波逐流却又不甘心灵魂逃之夭夭，他们企慕绝对之物带来精神的安宁，却厌倦与拒斥假托或借助任何权威的羁绊，于是隔膜和无所依托成为他们精神生活的常态。也正在这种文化心态的影响下，韩东创作了许多独特的作品。韩东曾说过：我的小说面向单纯敏感的人，面向愿意倾听真实的人，愿意体会独特与神奇的人，是为关心灵魂和人的卑微处境的人写的。那些将自己包裹得严实而冠冕堂皇或傲慢自得的人不能也不必去读我的小说。这种固执而又不无傲慢的态度也使隔膜成了韩东小说创作中的显著特征。

结语 "隔膜"：一个难以尽说的话题

"隔膜"是 20 世纪中国小说一种突出的主题现象，由于以往的研究对这一论题的涉及较少，没有形成规模和系统，因此本书的研究既是对这方面缺憾的弥补，也为 20 世纪中国文学研究提供新的思路和方法。

"隔膜"既是精神问题，又是社会问题，既是古老问题，又是现实问题，既是文学问题，又是人性问题，因此对 20 世纪中国小说"隔膜"主题系统而深入的研究，必将为中国特色社会主义建设中"以人为本""和谐社会"的人与人友好相处，和谐共生的社会关系提供丰富的文学形态及人生形式，也为中国特色社会主义文化建设提供精神、思想、心灵等方面的可资借鉴的人性资源。

"隔膜"既是民族问题，又是世界问题。本书的研究既可以运用"精神分析学"的理论方法，又为"精神分析学"理论的民族化提供丰富的文学例证。

20 世纪初叶，自鲁迅率先从文学上对"隔膜"这种社会和精神现象表现以来，"隔膜"主题在小说中就成为作家进行书写和阐释的对象。正如本课题所阐释的那样，鲁迅对人间无所不在的"隔膜"进行了表现；叶圣陶对小城镇市民社会"隔膜"的细致表现；巴金对家庭成员间"隔膜"的精细书写；老舍对城乡"隔膜"的精雕细琢；丁玲对时代"新女性"与传统"隔膜"的鞭辟入里的分析；钱锺书在《围城》中对中西文化"隔膜"的倾心观照。中国当代作家延续了现代小说中的隔膜主题，但是作家的视野也随着社会政治环境、文化环境的变迁发生了很大变化。贾平凹对社会现代化与文化之根的

"隔膜"阐释；刘震云在人与人的交往和生存之道中对权欲和人性"隔膜"的探讨；女性作家张洁追求爱情与坚守传统的隔膜表现；东北作家迟子建通过彰显人与自然之间的"隔膜"来呼吁人与自然共融，呼吁人类本性的回归；上海作家王安忆从个体精神成长与社会环境的隔膜表现出发，阐释了个体与他人的情感隔膜以及个体与自我的内在精神隔膜，并表达了作家试图打破这种隔膜的努力；先锋小说作家余华延续了鲁迅的小说叙述视角和精神传统，刻画了"狂人"与众人的隔膜；阎连科从社会边缘人的角度出发，表现了边缘人个体生存的艰难与社会存在的"隔膜"，作者通过对边缘人的生存镜像予以观照，引发了人们对社会弱势群体的关注和思考，新生代作家韩东，表现了社会变迁中知识分子的现实生存与灵魂漂泊之间的"隔膜"，既不适应农村，又不适应城市，对知识者这种双重"隔膜"的表现，也将为我们新的城镇化浪潮所引起的社会成员关系的变化提供可资思考的空间……

可以说，"隔膜"主题自从在文学作品中被表现以来，就伴随着时代浪潮的发展不断进行着书写、改观，在20世纪中国小说中"隔膜"这一主题为作家所需要，所青睐，得到了浓墨重彩的描绘。

作家对"隔膜"主题的探寻和摸索就像我们对"无底洞"的那个"底"的探寻，因而是一个无止境的过程，同样，对研究者而言，对文学作品中"隔膜"主题的研究和探讨同样只能接近，永远无法抵达那个"底"，就像爱情是小说永恒的主题一样，随着人类自我认知、情感表达的需求越来越高，"隔膜"必将成为一个说不尽的话题，引导我们不断去发现、去探索……

参考文献

作品类

巴金:《巴金全集》,人民文学出版社1986年版。

迟子建:《迟子建文集》,江苏文艺出版社1997年版。

丁玲:《丁玲文集》,北京燕山出版社1998年版。

韩东:《韩东文集》,上海人民出版社2009年版。贾平凹:《贾平凹文集》,陕西人民出版社2004年版。

老舍:《老舍全集》,人民文学出版社1999年版。

刘震云:《刘震云文集》,人民文学出版社2009年版。

鲁迅:《鲁迅全集》,人民文学出版社1981年版。

钱锺书:《围城》,人民文学出版社1980年版。

王安忆:《王安忆经典小说集》,北京联合出版社2014年版。

阎连科:《阎连科文集》,人民日报出版社2007年版。

叶圣陶:《叶圣陶文集》,吉林文史出版社2002年版。

余华:《余华文集》,作家出版社2012年版。

张洁:《张洁文集》,人民文学出版社2012年版。

资料类

曾光灿、吴怀斌编著:《老舍研究资料》,北京十月文艺出版1985年版。

陈思和编著:《中国当代文学史教程》,复旦大学出版社1999年版。

董健、丁帆编著：《中国当代文学史新稿》，北京师范大学出版社 2013 年版。

郜元宝、张冉冉编著：《贾平凹研究资料》，天津人民出版社 2005 年版。

郭志刚等编著：《中国现代文学史》，高等教育出版社 1999 年版。

何火任编著：《张洁研究专辑》，贵州人民出版社 1991 年版。

洪子诚：《中国当代文学史》，北京大学出版社 1999 年版。

李存光编著：《巴金研究资料》，海峡文艺出版社 1985 年版。

林建发：《阎连科文学研究》，贵州人民出版社 2013 年版。

刘春玲编著：《迟子建文学研究》，吉林大学出版社 2013 年版。

刘增人编著：《叶圣陶研究资料》，北京十月文艺出版社 1988 年版。

孟繁华、程光伟：《中国当代文学发展史》，北京大学出版社 2011 年版。

钱理群等：《中国现代文学三十年》（修订本），北京大学出版社 1998 年版。

田惠兰、马光浴、陈珂玉编著：《钱锺书杨绛研究资料》，华中师范大学出版社 1997 年版。

王庆生编著：《中国当代文学》（修订本），华中师范大学出版社 2002 年版。

吴仪勤、王金胜、胡健玲编著：《余华研究资料》，山东文艺出版社 2006 年版。

夏志清：《中国现代小说史》，复旦大学出版社 2005 年版。

许寿裳：《我所认识的鲁迅》，人民文学出版社 1953 年版。

杨义：《中国现代小说史》，人民文学出版社 1998 年版。

禹权恒编著：《刘震云研究》，河南大学出版社 2015 年版。

袁良骏编著：《丁玲研究资料》，天津人民出版社 1982 年版。

张新颖编著：《王安忆研究资料》，天津人民出版社 2009 年版。

中国社会科学院鲁迅研究室编著：《鲁迅研究学术论著资料汇编》（1913—1983），中国文联出版公司 1990 年版。

庄汉新、邵明波编著：《中国 20 世纪乡土小说论评》，学苑出版社 1997 年版。

论著类

［英］阿兰·德波顿：《身份的焦虑》，陈广星、南治国译，上海译文出版社2007年版。

［美］埃里希·弗罗姆：《为自己的人》，孙依依译，生活·读书·新知三联书店1988年版。

曹书文：《家族文化与中国现代文学》，中国社会科学出版社2002年版。

陈思和：《中国现当代文学名著十五讲》，北京大学出版社2003年版。

陈子谦：《论钱锺书》，广西师范大学出版社2005年版。

戴锦华：《涉渡之舟：新时期中国女性写作与女性文化》，陕西人民教育出版社2002年版。

樊骏：《中国现代文学论集》（上、下），人民文学出版社2006年版。

高玉：《现代汉语与中国现代文学》，中国社会科学出版社2003年版。

郭运恒：《鲁迅论略》，吉林人民出版社2003年版。

郭运恒：《中国现代文学新论》，河南人民出版社2011年版。

贺桂梅：《女性文学与性别政治的变迁》，北京大学出版社2014年版。

胡永修：《巴金研究》，电子科技大学出版社1993年版。

［印］克里希那穆提：《最初和最终的自由》，于自强、吴毅译，华东师范大学出版社2005年版。

蓝棣之：《现代文学经典：症候式分析》，人民文学出版社2006年版。

李存光编著：《巴金研究文献题录（1922—2009）》，复旦大学出版社2011年版。

李向东、王增如：《丁玲传》，中国大百科全书出版社2011年版。

李怡：《为了现代的人生——鲁迅阅读笔记》，上海教育出版社2004年版。

李泽厚：《中国现代思想史论》，东方出版社1987年版。

鲁枢元：《生态文艺学》，陕西人民教育出版社2000年版。

鲁迅：《鲁迅全集》，人民文学出版社1981年版。

马云：《中国现代小说的叙事个性》，中央广播电视大学出版社1999年版。

［美］玛格丽特·米德:《代沟》,曾胡译,光明日报出版社1988年版。

毛泽东:《毛泽东选集》,人民文学出版社1991年版。

孟悦、戴锦华:《浮出历史地表——中国现代女性文学研究》,河南大学出版社1989年版。

商金林:《叶圣陶传论》,安徽教育出版社1995年版。

沈红芳:《女性叙事的共性和个性》,河南大学出版社2005年版。

宋永毅:《老舍与中国文化观念》,学林出版社1988年版。

孙洁:《世纪彷徨:老舍论》,百花洲文艺出版社2003年版。

汪晖:《反抗绝望》,河北人民出版社2000年版。

王德威:《被压抑的现代性——晚清小说新论》,宋伟杰译,北京大学出版社2005年版。

王富仁:《中国反封建思想革命的一面镜子——〈呐喊〉〈彷徨〉综论》,北京师范大学出版社1986年版。

王晓明:《无法直面的人生——鲁迅传》,上海文艺出版社1993年版。

吴小美、魏绍华、古世仓:《老舍与中国新文化建设》,民族出版社2006年版。

［美］西蒙娜·德·波伏娃:《第二性——女人》,湖南文艺出版社1986年版。

杨联芬:《晚清至五四:中国文学现代性的发生》,北京大学出版社2003年版。

赵园:《艰难的选择》,上海文艺出版社1986年版。

郑朝宗:《但开风气不为师·〈文化昆仑——钱锺书其人其文〉》,人民文学出版社2000年版。

论文类

戴锦华:《世纪的终结:重读张洁》,《文艺争鸣》1994年第4期。

樊青美:《论张洁作品中爱情理想的建构与解构》,《沈阳农业大学学报》(社会科学版)2007年第2期。

方守金、迟子建:《自然化育的文学精灵——迟子建访谈录》,《文艺评论》2001 年第 3 期。

郭春蕾：《余华作品中"疯子"形象解读》，硕士学位论文，华中师范大学，2011 年。

郭运恒：《鲁迅小说"隔膜"主题论析》，《南京师范大学文学院学报》2012 年第 3 期。

郭运恒：《论巴金小说〈寒夜〉中的隔膜主题》，《河南师范大学学报》（哲学社会科学版）2014 年第 5 期。

贺彩虹：《试论刘震云小说〈一句顶一万句〉的"闲话体"语言》，《中国现代文学研究丛刊》2013 年第 6 期。

洪治纲：《乡村苦难的极致之旅——阎连科小说》，《当代作家评论》2007 年第 5 期。

黄轶：《在"华丽"与"转身"之间——评刘震云〈我叫刘跃进〉》，《扬子江评论》2008 年第 14 期。

季进：《论钱锺书著作的话语空间》，《文学评论》2000 年第 2 期。

李城希：《性格、问题与命运：虎妞形象再认识》，《文学评论》2009 年第 6 期。

李复威：《新时期以来爱情文学的遭遇》，《北京师范大学学报》1996 年第 4 期。

李玉申：《方方：女作家王安忆数第一》，《中国青年报》2001 年 6 月 19 日。

林华瑜、马萍：《权力场上的人性角逐——论刘震云早期中篇小说》，《当代文坛》2004 年第 6 期。

林琳：《鲁迅与余华笔下癫狂形象塑造比较论》，硕士学位论文，辽宁大学，2011 年。

林宁：《刘震云小说研究评述》，《海南师范大学学报》（社会科学版）2007 年第 5 期。

林舟：《清醒的文学梦：韩东访谈录》，《花城》1995 年第 6 期。

刘影：《王安忆小说研究述评》，《南京师范大学文学院学报》2001 年第 3 期。

马大康：《反抗时间：文学与怀旧》，《文学评论》2009 年第 1 期。

邱谨：《回望女性意识成长之路——张洁小说中的女性意识发展脉络》，《当代小说》2012 年第 2 期。

沈雁冰：《王鲁彦论》，《小说月报》1928 年 1 月。

施战军：《独特而宽厚的人文伤怀——迟子建小说的文学史意义》，《当代作家评论》2006 年第 4 期。

史元明：《生态信仰与社会批判———生态批评视野下的迟子建小说世界》，《齐齐哈尔大学学报》（哲学社会科学版）2006 年第 3 期。

王必胜：《"三刘"小说研究》，《作家》1993 年第 2 期。

王馨：《新写实小说：到位的描写生活——读刘振云〈一地鸡毛〉》，《文艺研究》2003 年第 3 期。

王秀杰：《逆向精灵：迟子建现代怀旧中的人文关怀》，《河南社会科学》2009 年第 6 期。

徐德明：《"乡下人进城"的文学叙述》，《文学评论》2007 年第 11 期。

徐立平：《关注人类生存的一种普遍困境——鲁迅小说"隔膜"主题探究》，《大连民族学院学报》2010 年第 12 期。

徐书奇：《从无暇到无字：女性主义视域下张洁的婚爱小说解读》，《河南师范大学学报》2012 年第 6 期。

叶澜涛：《贾平凹研究述评》，《湖北大学学报》2016 年第 1 期。

张崇员、吴淑芳：《20 年来余华研究综述》，《徐州师范大学学报》2007 年第 9 期。

赵淑梅：《生活的权力化与权力的生活化——刘震云小说的权力观》，《齐鲁学刊》2010 年第 5 期。

后　　记

本书是在河南省哲学社会科学规划项目"二十世纪中国小说'隔膜'主题研究"（立项号：2013BWX030，结项号：2016C098）的基础上修改而成的。

中国"现代文学"已经有一百多年的历史了，其间经过几代学人的努力，从初创到现在已经成熟，其基本概念、范畴、话语方式、研究范围已经确定，也就是说中国"现代文学"学科已经成为一门历史学科逐渐地被规范。因此，对"现代文学"的研究，如果仍用传统的理论方法和视角，在诸如文学现象、社团流派，甚至作家作品等固有的范围内进行的话，不能说没有意义，但取得突破性成果的可能性不大。本书站在新世纪时代的高度，受新的研究方法和研究视角的启示，我们从"隔膜"主题的视角对20世纪中国小说作一整体观照，不仅是对传统中国现代文学研究内容的补充，而且富有一定的开拓性，具有一定的理论和现实意义。这也是申请2013年度河南省哲学社会科学规划项目得到批准的根本原因。

获得立项以后，我们随即展开了既分工又协作的研究工作。首先由负责人对本课题所涉及的基本概念、基本理论、研究方法、主要内容及基本观点作出总体筹划，然后分头实施。具体情况如下：崔宗超撰写了第一、二、四、五、六、九、十章；王秀杰撰写了第十一、十二章及参考文献的整理；赵淼撰写了第十三章；冯娟娟、田冬锦撰写了第七、八、十四章；郭运恒撰写了第三、十三、十四章以及绪论、上篇"中国现代小说'隔膜'主题概述"、下篇"中国当代小说'隔膜'主题概述"、结语和后记等。初稿完成以后，郭运恒和崔宗超根据河南省哲学社会科学规划项目的具体要求进行了统稿、修改并改写或重写了部分章节，以使课题顺利结项并获评"优秀"。

书稿完成以后，文学院院长赵黎波教授积极联系出版事宜，得到了中国社会科学出版社的鼎力支持，责任编辑郭晓鸿主任就出版体例以及本书的基本结构、章节安排、主要内容甚至主要观点都给予了切实的指导。郭运恒和崔宗超根据具体意见又进行了统稿、修改或重写，以符合出版要求。这里我们首先对赵黎波院长、郭晓鸿主任的关心和支持表示衷心地感谢！

其次要感谢的是特约编辑席建海先生和责任校对杨林先生，他们对书中有关的语言表达、词语运用、错别字以及标点符号的修改校正，让我们除了感佩其深广的学养以外，还为其敬业精神而感动。看到二校样稿上修改、勾画甚至涂抹的笔迹，我们都感动地无以言表。他们不仅是"一字之师"，更是本书全体参研人员定当终生学习的楷模。当然要感谢的人还有很多，特别是我的太太李建平教授，她除了很好地完成自己的科研教学工作以外，数十年来对本人给予了无微不至的关心和照顾，可以说书中也凝聚了她不少的心血，至此，再一次表达我的感激之情！另外，本书还得到了河南省社会科学后期资助项目的资助，特此感谢！读书、教书数十年了，虽然也发表过数十篇论文，出版了三五本著作，但本人深知自己的功力和能力，除了"为稻粱谋"混口饭以外，不会留下什么影响和痕迹。去年，家人就张罗为我庆祝生日，其间我也附庸风雅，仿鲁迅《自嘲》诗口占一首：

六十感怀

年近甲子心悠悠，一生奔忙为何求？

没有学问功名事，尽是烂砖碎瓦头。

性情偏直受人指，甘愿做个老黄牛。

夕阳岁月怎样过？任凭生死两春秋。

作者古典功底有限，特别对律诗的平仄、押韵、对仗以及起、承、转、合的常识知之有限，因此，诗形式的好坏暂且不论，但其内容却是作者生平学问、性情的真实写照。一生没做什么学问，也没有做官发财，即使发表一些论文、出版几本著作，也是砖头瓦块、边角废料，没有什么价值。

但性情的耿直、为人的实在以及生性的洒脱却为我赢得了好的心情和许多知心朋友，这也是作者能够潇洒面对生死的资本。

以上这些并不是作者在有意卖弄才情，也不是说这一本著作就一定会有价值，因为作者也知道，任何一种视角都是对其他视角的舍弃，我们所做的只是一种补充，并不影响作家的以前的结论和今后的研究。另外需要说明的是，本书在写作过程中也吸收了前辈和同辈学人一些观点，虽然在行文中也做了必要的注释，但难免有遗漏的地方，为此，作者除了表示真诚的歉意以外，再一次对他们说声谢谢！

最后我还想说的是，这或许就是作者的最后一本著作，缺漏和错误一定不少，诚恳地希望有关专家和读者批评指正。

郭运恒
2017 年 7 月
于河南师范大学寓所